ALINE SANT' ANA

TUDO *por nós*

VIAJANDO COM ROCKSTARS – 4.5

Editora Charme

Esta é uma obra de ficção. Nomes, personagens, lugares e acontecimentos descritos são produtos de imaginação do autor. Qualquer semelhança com nomes, datas e acontecimentos reais é mera coincidência.

1ª Impressão 2022

Produção Editorial: Editora Charme
Capa e Produção Gráfica: Verônica Góes
Revisão: Equipe Editora Charme
Fotos: Shutterstock - AdobeStock

FICHA CATALOGRÁFICA ELABORADA POR
Bibliotecária: Priscila Gomes Cruz CRB-8/8207

S232t Sant'Ana, Aline

Tudo por nós / Aline Sant'Ana;
Adaptação da capa e produção gráfica: Verônica Góes;
Revisão: Equipe Charme – Campinas, SP: Editora Charme, 2022.
(Série: Viajando com Rockstars; 4.5)
288 p. il.

ISBN: 978-65-5933-066-9

1. Romance Brasileiro | 2. Ficção Brasileira -
I. Sant'Ana, Aline. II. Goes, Veronica. III. Equipe Charme. IV. Título.

CDD B869.35

Editora Charme

www.editoracharme.com.br

ALINE SANT' ANA

TUDO por nós

VIAJANDO COM ROCKSTARS – 4.5

Editora Charme

**“ÀS VEZES,
SE APAIXONAR É A
ATITUDE MAIS
CORAJOSA QUE
ALGUÉM PODE TER.”**

— KIERA CASS

DEDICATÓRIA:

**PARA TODOS
AQUELES QUE
TIVERAM QUE
PERDOAR A SI
MESMOS.**

PRÓLOGO

With shortness of breath
I'll explain the infinite
How rare and beautiful it truly is
That we exist

— Sleeping At Last, "Saturn".

Rio de Janeiro, Brasil

Roxy

Eram as mãos dele em mim. E eu sabia disso porque reconheceria aquele toque em qualquer dimensão. Seus dedos ásperos dançaram pelo meu rosto, tirando-me do airbag.

Eu ouvi Shane chamar o meu nome, mas estava tão aterrorizada...

— Está tudo bem, amor. Abra os olhos. Nós estamos bem. Eu desviei a tempo. Porra, deu tempo... — Seus lábios tocaram a minha testa. — Estamos vivos, amor. Abra os olhos para mim, Querubim.

Couro, canela e chuva. Shane D'Auvray.

A respiração estava presa na garganta, as lágrimas, se esgueirando nos meus olhos, como se precisassem sair, mas ainda não tivessem coragem.

Abri as pálpebras.

E descobri que um minuto pode durar uma vida inteira.

Porque nos segundos em que meus olhos percorreram Shane, cada centímetro dele, uma vida se passou naquele carro. Meu coração, acelerado e com mil toneladas, se tornou mais leve que uma pluma quando suas íris destoantes passearam por mim.

— Você está bem? — Foi a minha vez de erguer as mãos para ele, tocando seu peito, seu rosto sem um arranhão, suas coxas. — Você tá bem, Shane?

— Só apaguei por um segundo, acho que foi o susto. Tô legal. Você tá sentindo alguma coisa? — Vi sua atenção em cada parte minha, suas mãos...

Ainda podia sentir o tranco do cinto de segurança, o airbag e o susto absurdo antes disso quando Shane saiu da avenida e foi para a mata. Eu senti uma batida, talvez em algo pequeno, mas não colidimos de frente com o carro na contramão.

Nós poderíamos *ter colidido de frente.*

Shane tinha acabado de salvar a nossa vida.

— Você sabe que salvou nossas vidas?

— Ei! Qual é a situação? Estão todos bem? — A porta do carro ao meu lado se abriu em um rompante e Mark, com o semblante completamente concentrado, surgiu. Ele estava prendendo a respiração. Ainda assim, eu podia ver o quanto o segurança da The M's parecia pronto para qualquer coisa. — Você desviou, Shane. Mas preciso saber se estão...

— Estamos bem — prometi.

Mark se inclinou e tocou meu rosto, o polegar passando na minha bochecha, para um sorriso surgir nos seus lábios.

— Caramba! — Ele exalou fundo. — O filho da puta correu pela avenida. Querem que eu chame uma ambulância?

— Não, estamos bem... sem nenhum machucado — Shane respondeu por nós.

— Vou ligar para a seguradora e chamar o Oliver. — Ele fez uma pausa e tirou o celular do bolso. Mark o colocou na orelha e suspirou com força. — Oliver, preciso que faça um favor para mim. Primeiro, quero que fique calmo...

Mark se afastou e eu olhei para Shane.

— O desgraçado veio do nada... — Ele balançou a cabeça.

— Shane, eu sei. Eu estava aqui. Ele veio na contramão. Não foi culpa sua. — Toquei seu rosto. — Aliás, você salvou a nossa vida. Poderia ter sido tão pior.

— Você tá bem mesmo? — ele perguntou pela enésima vez. Seus lábios tocaram minha testa e eu fechei os olhos. — Porra, estamos vivos.

— Estamos.

Melinda nunca vai voltar, Querubim. Ela está morta.

Me afastei por um segundo e observei Shane. Meu corpo inteiro estremeceu e o coração ficou do tamanho de uma noz. A sensação sombria, a mesma que surgiu quando Shane contou a verdade no carro, antes de tudo acontecer, pressionou o meu estômago como se uma faca o perfurasse.

— Sei que você tem perguntas, Roxy...

— Depois conversamos, quando estivermos em Miami e seguros — interrompi, tocando seus lábios com a ponta dos dedos. Aqueles lábios macios que me beijaram tantas vezes. A emoção, que estava com medo demais para sair, extravasou do meu peito para os olhos. Comecei a soluçar. — Ago-ra eu só...

Tirei o cinto de segurança e me joguei nos seus braços. Apertei-o com toda a força que restava nos meus músculos. Meus dedos tremeram assim que senti suas costas nuas, sua existência. Shane inspirou no meu pescoço e soluçou comigo. Por nós, talvez por Melinda, talvez por tudo o que aconteceu. A nossa discussão. A verdade. O acidente.

Os questionamentos viriam depois, porque agora a única coisa que eu sentia era uma gratidão imensa por ainda estarmos respirando.

CAPÍTULO 1

I'm lying awake
I'm begging you to stay
I know we didn't work before
But now I'm seeing you so clearly

— Jack Hawit, "Run Away".

SHANE

Meu irmão não parava de me abraçar.

— Porra, Shane. Porra. Porra!

— Eu tô bem — prometi, envolvendo-o com a mesma força. — Só o carro que...

— Foda-se o carro. Caralho, eu não acredito que vocês passaram por isso.

— Não vamos contar para os nossos pais, Zane. Por favor. Não foi grave, cara. E eles vão se preocupar com nada.

— É, eu concordo, mas, cacete... — Zane se afastou do abraço, segurou as laterais do meu rosto e seus olhos castanhos, vermelhos pelas lágrimas que ele já tinha derramado, me mediram como se não quisessem me deixar ir. — Você tá legal mesmo?

— Você perguntou mil vezes. — Abri um sorriso torto. — Cacete, eu tô legal. Só a minha canela que tá doendo um pouco, mas já olhei... tá roxo só.

— Vamos ver isso quando chegarmos em Miami.

— Beleza.

Estávamos no avião, prestes a decolar. Já deveríamos ter nos sentado e o meu pé direito estava latejando, de um mau jeito que dei no acidente, o lance de pisar no freio. Não foi nada sério. Eu não estava mancando ou algo fodido assim. O que me fez pensar nas consequências se eu estivesse a mais de cinquenta quilômetros por hora.

Porra.

Meu coração ainda estava batendo como se eu tivesse ido de foguete da Terra a Marte, caralho.

A verdade. O acidente. E Roxanne. Eu tive tanto medo naqueles segundos, como se todos os traumas sobrevoassem a superfície.

— Estamos felizes que vocês estão bem. — Carter engoliu em seco. Ele estava com a Roxy, abraçando-a de lado, acariciando seus cabelos como se fosse uma criança. — Cara, meu coração parou assim que recebi a notícia do Oliver. Eu e Yan tentamos acalmar o Zane, mas nós piramos também. Eu tô feliz por vocês estarem aqui.

— Estamos gratos por vocês terem se safado de algo que poderia ser muito pior. — O maxilar de Yan pareceu tenso. — Nossa, ainda está difícil processar.

Mark ligou para Oliver porque o carro estava no seu nome. Mas simplesmente todo mundo foi para a estrada, cara. Todo mundo, tem noção? Lua, Cahya, Oliver, Yan, Carter, Zane, Erin, Kizzie... todos apareceram lá, com os rostos assustados e lágrimas nos olhos. Foi somente um susto, mas, mesmo assim, um *baita* susto.

Ficamos um tempo resolvendo a parte burocrática do acidente e Oliver teria de preencher mais papéis à distância. Porra, eu não teria cabeça para cuidar disso.

Zane me abraçou umas cem vezes no local do acidente. Carter segurou-me pela nuca e me beijou na testa por um minuto inteiro. Yan simplesmente me apertou em seus braços. E as meninas... porra, elas nos envolveram como se tivéssemos o mesmo sangue. Tocaram em nós como se fôssemos um bem precioso. Era amor, cara. Éramos uma família.

— É, eu sei. — Exalei com força, olhando cada um. — Foi para concluirmos a turnê na emoção. — Tentei sorrir, mas não consegui. — Eu...

— Passageiros, peço que atendam ao sinal luminoso de atarem seus cintos... — o piloto instruiu.

Zane deu um passo para trás e secou o nariz com as costas da mão.

— Vamos para casa, pirralho.

Uma casa sem Roxanne. Nosso acordo tinha acabado.

— Vamos colocar uma música para nos distrair da tensão? — Lua ofereceu. A força em seu olhar, como se aquela mulher já tivesse encarado a morte de frente mais vezes do que poderia nos dizer, me arrepiou inteiro. — Creio que devemos ser gratos por vocês estarem aqui.

— Bota a música pra tocar, fujona. — Consegui sorrir para ela.

Carter deu um beijo nos cabelos da Querubim e a deixou ir. Eu estendi a mão e Roxy, respirando fundo, com os olhos ainda molhados, aceitou. Caminhamos até um par de poltronas e sentamos.

Era como se eu tivesse que dizer para o meu cérebro fazer o básico, porque ainda estava em choque.

Passei mais uma vez meus olhos por ela pela minha visão periférica.

— Sem dor? — perguntei baixinho.

— Não. Nem um arranhão. Nada. — Seu lábio inferior tremeu. — Eu ainda estou assustada. Quando vai passar? Já faz mais de uma hora...

— Dê um tempo para o seu corpo entender que você tá bem, Querubim. A adrenalina é uma merda. Fica na corrente sanguínea por um tempo.

— Ainda estou tremendo.

— Vamos respirar juntos.

— Tudo bem — ela murmurou.

Segurei sua mão quando o avião começou a taxiar e entrelacei nossos dedos, sentindo o seu calor, meu corpo a sentindo *ali*, mas sem estar lá.

Tudo tão distante. Como se uma muralha de gelo me separasse dela. Uma muralha de vinte e dois anos, mas não só isso. Na real, não *mais* isso. Uma muralha de dor, negação, mágoa e segredos.

Roxanne me amava, mas ela não me queria. Como *poderia* querer?

Eu a havia machucado, porra. Durante anos. Não foram meses sendo um babaca. Foram *anos* renegando o que poderíamos ter sido. Anos escondendo dela a morte da Melinda. Não de propósito também, cacete. Eu simplesmente não conseguia me abrir sobre isso. Ainda assim, foram anos me fechando em uma bolha só minha, sem pensar que, ao me esconder, eu estava ferindo a pessoa que mais me importava.

Caralho, que mulher permaneceria?

O avião decolou, me arrancando dos pensamentos com brusquidão. Roxy suspirou fundo, fechando os olhos.

— Estou tão cansada.

— Vamos dormir — falei, tirando o apoio dos braços entre as poltronas para que ficássemos mais confortáveis.

Roxy não buscou o meu ombro para deitar.

Ela simplesmente ficou ali, de mãos dadas. E por mais que não pudesse ver, eu sentia o seu coração fechando as comportas para que eu nunca mais invadisse. Eu podia sentir o amor de Roxanne Taylor morrendo por mim.

Eu, que sempre a tive...

Cerrei as pálpebras.

E chorei em silêncio.

Roxy

Havia algo estranho no ar. Uma sensação de término tão profunda, como se uma parte minha tivesse ido embora. Minha alma estava tão microscópica, encolhida em um canto, com medo de aparecer. Olhei para a TV que mostrava o trajeto; fazia mais de três horas que estávamos voando para casa.

— Você está bem? — Erin perguntou baixinho. Ela estava com Carter do lado esquerdo do avião, Shane e eu do lado direito.

Seus dedos ainda estavam entrelaçados aos meus e ele estava ressonando baixinho.

Balancei a cabeça em negativa para Erin.

— O que aconteceu? — reforçou. Carter, que estava do lado da janela, apenas precisou virar a cabeça sobre Erin para nos observar.

— Terminamos, eu acho — expliquei.

Porque era isso, não era?

Eu não sei o que tinha acontecido entre nós dois. Eu abri o meu coração. Falei dos meus temores. Sobre Melinda voltar. E ouvi que ela estava morta. O que isso significava? Melinda tinha *literalmente* morrido? Morrido para ele ou falecido?

Eu não vi nada nos jornais, a única coisa que soube foi que seu padrasto e sua mãe mudaram de país.

Talvez devido ao choque, eu não tivesse parado para pensar a respeito.

Oh, Deus! Shane...

Depois que ela se foi, ele se afundou. A culpa o correndo, a depressão e, então, as crises de ansiedade. Internações. Lágrimas. Ele prometendo que nunca mais amaria de novo. Melinda o havia destruído. Mas isso não era uma novidade. O que era novidade...

— Como aconteceu? — Erin perguntou. — O que houve, Roxy?

Lágrimas desceram dos meus olhos quando percebi o motivo de ela ter se tornado uma mártir aos olhos do Shane. O motivo de ele defendê-la com unhas e dentes. A razão para que ela sempre o assombrasse.

Não era a possibilidade de Melinda voltar.

Era o fato de ela nunca ter ido.

Mesmo que tenha falecido, Melinda sempre faria parte de Shane.

Deus, eu precisava de uma pausa no tempo. Não com Shane. Comigo mesma. Eu precisava me colocar no lugar. Eu precisava de mim agora.

— Eu disse que sempre o quis — falei para Erin, precisando respirar fundo. Vi seus olhos azuis se tornarem um mar de cristais quando começou a chorar. — Mas não pude receber uma resposta.

— Ele não disse nada? — Foi a vez de Carter perguntar.

Neguei com a cabeça.

— Conversem quando pousarmos — Carter pediu. — Por favor, Roxy.

— Sim, nós...

— Hum — Shane gemeu.

E, para a minha surpresa, ele se moveu para o meu lado, deitando a cabeça no meu peito. Quando inspirou meu perfume, gemeu de novo e passou os braços na minha cintura. Ele era tão grande e eu, tão pequena, mas, de certa forma, nos encaixamos. Shane mexeu a lateral do rosto, buscando a posição perfeita, até que estivesse bem acima do meu coração.

E respirou devagar, em seu profundo sono.

Meu coração acelerou, mas tão quebrado quanto me sentia.

— Conversem, por favor — Carter insistiu.

Abracei Shane, inspirando o cheiro do shampoo que, descobri, ele tinha usado o meu de maçã verde. Sorri, mesmo que lágrimas descessem por minhas bochechas, e agradeci mais uma vez a Deus por estarmos vivos, ainda que separados.

Minha alma sempre estaria com Shane.

Independentemente do que o futuro nos reservasse.

Querubim

SHANE

Me abaixei, abrindo os braços, e meus olhos ficaram úmidos quando Snow saiu correndo pelo extenso gramado. Era um dia ensolarado em Miami, sem nuvens, apenas o sol sobre nossas cabeças. Porra, parecia que tinha sido uma vida atrás que nós estávamos curtindo o Brasil. Balancei a cabeça e foquei no Snow, a língua rosada para fora, as patas dançando no ar enquanto ele pulava como um coelho em mim. Seria ainda mais cômico se meus olhos o vissem em câmera lenta.

Senti o baque quando suas patas finalmente envolveram meus ombros.

O rabo de cachorro metido dançava para lá e para cá.

— Porra, senti sua falta, filhote — falei para ele, acariciando seu pelo. Meus pais caminhavam devagar na nossa direção, assim como os Taylor. Blair e Kennedy sorriam para nós. — Se comportou?

Snow uivou.

— Ele foi um bom menino — papai disse. E então Snow me abandonou quando foi até Roxanne. Ele quase a derrubou, lambendo-a no rosto, fazendo uma bagunça boa.

Estávamos bem.

Os caras e as meninas foram para o apartamento, mas eu, Roxy, Zane e Kizzie quisemos visitar os D'Auvray e os Taylor primeiro. Eu tinha que buscar Snow também. Prometi a eles que o faria assim que pisasse em Miami. Antes, Zane quis ter certeza de que nada tinha acontecido com a minha canela e fomos visitar um médico de confiança da The M's e tal. Tudo certo. Nada quebrado. E nós finalmente pudemos ir para casa. Claro que, como previsto, os quatro estavam nos esperando com ansiedade.

— Fez alguma coisa para nós, mãe? Tô morrendo de fome. — Zane a abraçou primeiro. Então, abraçou nosso pai. Mamãe disse alguma coisa sobre a lasanha que nosso pai preparou, o que fez meu estômago roncar, mas...

Senti os olhos dela em mim e Roxy, como se nos lesse além de qualquer coisa.

Ouvi a minha Querubim se desvencilhar de Snow, enquanto abraçava os seus pais juntos.

Suspirei fundo, tentando me manter inteiro, e me aproximei do papai primeiro. Ele bateu duas vezes nas minhas costas enquanto me abraçava apertado.

— Kizzie me mandou uns vídeos do show. Estou tão orgulhoso, filho.

— Eu sei, pai. — Segurei-o pela nuca, sorrindo para tranquilizá-lo. — Vocês ficaram bem?

— Sim, só sentimos falta de vocês. Mas pouca coisa. — Sorriu de lado, provocando.

— Ah, cacete. Sei que mal dormiram de preocupação.

— Mentira — meu pai brincou, rindo. Então, me observou daquele jeito que desvendava a minha alma. — Está tudo bem?

— Claro — menti.

Minha mãe veio, me puxando para um abraço, e eu a beijei várias vezes no rosto, enquanto ela ria de felicidade.

— Oi, mãe.

— Oi, querido. — Ela foi me levando para casa. — Me conte tudo, não me esconda nada.

— Porra, como se eu fosse dizer tudo.

— Você sempre diz. Tem a língua tão grande quanto a do seu irmão.

— Acho que não...

Entramos na casa em que vivi toda a minha vida, com Snow eufórico. Todo mundo conversando ao mesmo tempo. Depois de lavarmos as mãos e nos sentarmos para um almoço fora de hora, percebi que, nossa, senti falta da casa dos meus pais e dos Taylor também. Morar sozinho era bom, viajar em turnê, melhor ainda, mas, porra, a minha casa, na real, sempre seria com os meus pais.

Eu não queria ficar olhando para *ela* como se fosse obcecado. Mas, merda, eu não conseguia *não* fazer essa porra.

Roxy estava sorrindo para a sua mãe, conversando sobre algo que a fazia brilhar. Seus cabelos loiros estavam presos e ela parecia tão linda como se não tivéssemos passado um susto filho da puta horas atrás. Tão linda que meu coração se quebrou mais um pouco.

Deus, me deixa ter essa mulher, fiz uma oração silenciosa. *Cara, eu nunca pedi nada pro Senhor. E sei que tô atrasado uns anos. Mas, se o Senhor olha por nós, como fez naquele carro, como nos protegeu do acidente, só...*

Merda, eu a queria tanto.

E não tive tempo de falar com a minha melhor amiga, cara. Talvez mais tarde. Talvez outro dia. Mas estava agoniado para colocarmos os pingos nos is. Ela se declarou, porra. Eu tinha de dizer... mesmo que Roxanne não me quisesse.

— Não vai comer, querido? — Ouvi a voz da minha mãe.

— Hã? — Pisquei. — Aham. Vou sim.

Nós comemos e conversamos. Contamos sobre a viagem, cada coisa que vivemos, exceto o acidente, que nem tinha vez na mesa. E nem precisava. Só ia preocupá-los e estávamos bem. Então os Taylor nos fizeram rir com as novidades do jardim dos D'Auvray, que Kennedy e o meu pai quase destruíram para construir um pergolado, que era uma espécie de casinha aberta, com sofás e sei lá mais o quê. Depois eu ia ver.

— Mas por que vocês cismaram? — perguntei, comendo a minha quarta fatia da lasanha. Por sorte, meu pai fez três travessas. E eu e Zane ainda achávamos pouco.

— Não é porque estamos velhos que não pode rolar um romance nessa casa, filho. — Meu pai arqueou as sobrancelhas.

— Ué, mas é pra quê *especificamente*? — Zane franziu a testa.

— Para eu ficar com a mãe de vocês sob o luar, dividindo um fondue...

— Ah, me economiza, pai. — Comecei a rir. E parei de repente. — Espera, é para transarem ao ar livre?

— Filho! — Charlotte ralhou. — Não, é um ambiente que cabe cerca de três ou quatro casais....

— Suruba, então.

— Shane D'Auvray! — Minha mãe segurou a risada. — Dá para ficar por lá enquanto fazemos um *churrasco* ou apenas compartilhamos alguns *petiscos*. Nada sexual. Queríamos um ambiente ao ar livre.

— Eu acho fantástico, tia Charlie e tio Fred — Roxy disse.

— Muito romântico — Kizzie concordou. — Acho que vai fazer bem para vocês dois.

— Talvez Shane e Roxy possam aproveitar — Kennedy, pai da Roxanne, abriu um sorriso. — Está tão bonito e acolhedor.

Silêncio na mesa.

Até Snow parou de pedir com a patinha na minha perna um pedaço da lasanha.

Roxy se sentiu tão desconfortável que suas bochechas ficaram na cor de vinho tinto.

— Quer que eu faça uma suruba ao ar livre com a sua filha? — perguntei, erguendo uma sobrancelha.

Todo mundo começou a rir, inclusive Roxy, de cabeça baixa, mas o sorriso em sua boca denunciou.

— Não quero me meter no que vocês gostam... — Kennedy explicou, rindo.

— Eu sei, tio Ken. Tô brincando.

— Mas é uma ideia, não? — a mãe da Roxy disse. — Passarem um tempo ali, dividindo uma boa conversa, na companhia um do outro. Vocês faziam isso quando mais novos. Até acampavam no nosso jardim. Agora podem fazer isso nos D'Auvray.

— Pai, mãe... — Roxy falou baixinho, fechando os olhos.

— Eu também achei ótimo! — Minha mãe lançou um olhar para a Querubim.

Ela queria se esconder embaixo da mesa. Limpei a boca com o guardanapo e tomei um gole do refrigerante antes de virar para a minha melhor amiga.

A única mulher nos meus pensamentos, a única no coração.

— Querubim, quer ir para o jardim comigo? — pedi, como se fosse um duque.

Meu coração estava batendo tão forte que parecia... porra! Sabe quando você é adolescente e toma coragem de convidar a menina que gosta para o cinema? Caralho, que coisa mais idiota, mas eu estava tão nervoso quanto. Eram só alguns passos dali, mas eu teria um momento a sós com a Querubim desde... desde que...

— Ah, vão sim! É tão bonito! — Blair concordou. — Ken e Fred colocaram rosas trepadeiras sobre as ripas de madeira e, ah, ficou tão perfeito!

— Modéstia à parte, nós mandamos bem mesmo — meu pai, com o ego dos D'Auvray, arrematou.

Roxy mordeu o lábio inferior e voltou a olhar para mim. Uma tempestade de verde e azul, como se o mar se unisse à floresta, devastando a vida, devastando tudo.

E eu não queria pensar nisso...

Como eu era um filho da mãe, cara.

Mas meu cérebro foi para os momentos em que Roxanne me olhava assim, bem no instante em que eu estava dentro dela. Exatamente desse jeito, com fogo nas íris, com vontade nas veias, enquanto meu quadril batia lá no fundo e a sentia toda molhada, arfante e quente.

— Hum. — Lendo o desejo nos meus olhos, Roxy empinou o nariz e exalou fundo. Tão fundo que sua respiração estremeceu. — Claro, por que não?

— Por que não? — meu pai repetiu, piscando para mim.

É, quando junta os D'Auvray e os Taylor...

A coisa fica complicada.

Querubim

Roxy

Quando o almoço terminou, Zane resolveu ir embora com a Kizzie.

Eu não queria ter aquela conversa na casa dos D'Auvray. Mas seria inevitável. Eu sabia que, quando ficássemos sozinhos, eventualmente entraríamos *naquele* assunto.

Nossos pais quiseram arrumar a cozinha, algo que eles nunca faziam imediatamente, nos empurrando para o tal jardim.

Eu estava tão ansiosa que mal consegui prestar atenção em Snow, que estava nos seguindo e querendo atenção, pulando com uma bolinha azul na boca. Eu a tirei dele e joguei longe. Snow foi saltitando para a bola e voltou com orgulho, trazendo-a para Shane. Ele foi fazendo isso pelo caminho, como se tentasse nos distrair, mas, assim que meus olhos pairaram no pergolado, meu coração...

A estrutura de madeira, em tábuas e ripas rústicas, estava coberta pela rosa-trepadeira. Ela ainda não tinha dado flores, mas estava toda entrelaçada, de cima a baixo, até o teto. Os sofás de vime, com almofadas estampadas, pareciam fechar o pergolado elegantemente. Havia uma mesa de vime também, e o espaço era tão grande que caberia vários casais. Parecia tão perfeito. Eu sabia que, de noite, ficaria ainda mais bonito. Vi que nossos pais instalaram luzes externas, como pequenas lâmpadas em um varal, bem acima das nossas cabeças.

— Querubim.

— Shane — dissemos juntos.

Eu respirei fundo.

— Vamos sentar primeiro — ele pediu, esticando a mão para mim.

Snow ficou entre nós, com a bolinha, mas, quando viu que sentaríamos, foi para um dos sofás e se deitou, nos observando, com a bola ainda na boca, como se fosse nos aguardar ter a conversa para brincarmos.

Me acomodei no sofá e fechei os olhos.

— Posso começar? — A voz de Shane, grave e rouca, fez os pelos do meu corpo se erguerem.

Abri as pálpebras e tomei coragem para olhá-lo.

Pela primeira vez desde o acidente, me permiti observá-lo. Depois de se trocar no avião rumo a Miami, vestia uma regata branca, justa como uma segunda pele e de um algodão tão fino que eu podia ver as tatuagens sob o tecido. Lindo, forte, tão ele. Estava com uma calça jeans e tênis Nike pretos. Parecia o meu melhor amigo, e não mais um rockstar mundialmente conhecido. O Shane de sempre e não a fantasia que vivemos no Brasil. Era como se, agora, a realidade da nossa história batesse direto na minha cara. Eu dormi com o meu melhor amigo, o homem por quem estive loucamente apaixonada por toda a minha vida. Eu estive com ele, eu vivi com Shane tudo aquilo, e agora?

Shane abaixou o boné azul-escuro sobre os olhos, cobrindo a minha parte favorita do seu rosto.

— Nós discutimos. Eu acho que foi uma discussão. E, cara, foi a primeira vez que a gente brigou sério. Não de modo que, sei lá, porra...

— Shane.

— Não tô sabendo colocar em palavras. — Riu, incrédulo.

— Eu sei.

Ele bufou, baixando ainda mais a cabeça. Eu só pude ver seus lábios, e ele mordeu, ansioso, o cantinho onde havia o piercing.

— Você quer que eu comece? — ofereci.

— Não. — Shane ergueu o rosto, um furacão se formando no castanho-claro. Um ciclone, no azul-céu. — Eu quero falar.

— Não tem pressa. Se quiser conversar depois...

— Eu quero falar algumas coisas agora. — Ele umedeceu os lábios, o pomo de Adão subindo e descendo. — Antes de entrarmos na parte mais delicada da conversa, eu tenho alguns lances para dizer.

Engoli em seco.

— Eu não sei, Tigrão. Talvez devêssemos tomar um tempo para respirarmos. Quer dizer, acabamos de chegar de viagem. Tudo ainda está tão recente. Vamos conversar primeiro sobre a Melinda. Pode ser? — implorei.

Porque, enquanto isso não fosse resolvido, não haveria nada sobre *nós* para dialogar.

Eu havia entregado demais. Joguei meu coração no seu colo, pedindo que Shane cuidasse dele, culpando-o por sua ausência, por sua falta de atitude. Ataquei sem direito a defesa vinte e dois anos da nossa história e bati em sua cara com palavras duras.

Eram necessárias e eu não voltaria atrás por nenhuma delas, mas, ainda assim, foi doloroso.

— Quer ouvir sobre a Melinda? — Ele pareceu surpreso. Não pela minha curiosidade, que Shane sem dúvida sabia que existia, mas por sua pressa em resolver nossa situação. — Tem certeza?

— Se estiver pronto para compartilhar. Sim, eu tenho certeza.

Shane respirou fundo, apoiou os cotovelos nos joelhos e se inclinou mais na minha direção. Ele uniu as mãos, como se não soubesse o que fazer com elas, e balançou a cabeça.

— É a segunda vez que vou dizer em voz alta. Primeiro, para Anabelle. Agora, você. E não sei se vai continuar ao meu lado se escutar tudo, Roxanne. — A dúvida na sua voz me quebrou.

— É o seu medo? Que eu mude ao saber a verdade?

— É, em parte. Tenho medo de que me olhe de outro jeito. — Ele riu, uma risada vazia e fria. — Não sei o que vai pensar de mim.

— Por que não tenta?

Shane exalou fundo.

Tomei suas mãos nas minhas. Os dedos longos, grossos, calejados e lindos. Fiquei observando as veias nas costas das mãos, os nós brancos e a pele bronzeada, até ouvi-lo inspirar.

— Sobre a Melinda, preciso que escute algo da minha boca e que guarde no seu coração, tudo bem? — Os olhos coloridos de Shane me estudaram com atenção. — Melinda é eterna no que diz respeito a ser o meu primeiro envolvimento sério. Mas eu não a amo, Roxanne. Porra, não mais.

E foi como se ele lesse o meu coração e deixasse as minhas inseguranças nuas em um milésimo de segundo.

— O que... — sussurrei.

— Eu prometi que a amaria para sempre, mas não fui capaz de manter a promessa. E eu só precisava te dizer isso antes de contar o que, de fato, rolou. Eu não a amo — repetiu. E fez uma longa pausa. — E talvez nunca tenha amado.

— Shane...

— É a verdade. — Seus ombros subiram e desceram. Então, ele ficou alguns minutos olhando para o lado, como se estivesse acessando a memória. — Você se lembra daquela sexta-feira em que tínhamos um encontro com nossas famílias e eu não fui?

Muito antes que eu pudesse entender o alívio que o meu coração sentiu ao ouvir que Shane não a amava, o meu melhor amigo revelou o seu passado.

CAPÍTULO 2

Where was your love?
When I was down and out
I gave so much

— Philmon Lee, "Where Was Your Love".

Aos dezoito anos de idade

SHANE

Era a nossa última vez.

Prometemos isso um para o outro. Eu tinha garantido a Melinda que entraríamos na reabilitação. O Sr. Goodman, padrasto dela, nos ajudaria no processo, assim como o meu pai. Eu teria o apoio, eu poderia nos curar.

Nos salvar.

— Onde está o seu amor? — Melinda perguntou, enquanto fumava um baseado.

Estávamos no imenso quintal dos seus pais. O Sr. Goodman tinha muito dinheiro e, como ele estava viajando com a mãe da Melinda, estávamos acampando do lado de fora. Melinda já tinha usado várias merdas, e eu fiquei só na maconha e na vodca porque eu precisava. Não. Eu tinha *que sair disso.*

— O quê*?*

— Onde está o seu amor? — repetiu.

— Eu sempre estive aqui. Sempre vou te amar.

— Não. — Melinda suspirou, olhando para o céu. — Você nunca esteve aqui, Shane. Nem o seu amor.

— Do que tá falando? Tá chapada demais, né? Chega. — Tentei tirar o baseado da sua mão e comecei a limpar a cocaína de cima da tábua de madeira que ela usava.

Ela parou a minha mão, mas não pareceu se importar.

— Não. — Começou a rir. — Todo mundo sempre esteve comigo sem estar. Já ouvi o "eu te amo" da minha mãe, do meu padrasto e o seu. De outros homens. E algumas amigas. Mas ninguém nunca está comigo. O amor nunca fica aqui.

— O que você quer dizer?

— Eu sou uma ponte. — Melinda me observou, os olhos vermelhos pelas drogas, injetados, loucos. — Sempre sou uma ponte para um fim. As pessoas passam por mim apenas para alcançar o que está do outro lado. Elas me usam pelas drogas, para conquistar alguma coisa, para perceber algo que não sabem.

— Joga a real — pedi, sem entender.

— Você quer se salvar. E, para isso, precisa me salvar. O quão egoísta isso te torna? O seu amor nunca esteve aqui, Shane.

— Tá chateada que é a nossa última vez?

— Não, não estou. Tô muito tranquila.

Ela jogou a cabeça para trás, observando as estrelas. Ficou um tempo em silêncio, depois voltou para o que sobrou da cocaína e cheirou. Ela terminou o baseado e ainda tomou metade de uma garrafa de conhaque.

— Você está olhando o celular a cada cinco minutos, nem usou outras coisas porque acha que, a qualquer instante, ela vai te ligar. Você está faltando no encontro com a sua família e a sua Querubim para estar aqui, comigo, mas você não está aqui, Shane.

— Eu tô aqui, Linda. — Toquei seu rosto, trazendo-a para mim. Nós dois cheirávamos a morte, não que meu nariz conseguisse sentir bem o cheiro de qualquer coisa. Eu estava tão tonto que mal podia focar nos seus olhos. — Eu amo você. E prometo que sempre vou amar.

— Não. — Melinda sorriu, triste. — Não ama. E tá tudo bem, Shane. Porque eu também não amo você. Não amo nem a mim mesma.

Foi como se uma adaga perfurasse o meu coração.

— O quê? — sussurrei.

— Você ama a sua melhor amiga. E você quer muito me amar, para que não se condene por esse sentimento, porque você tem tanto medo de perdê-la que amá-la te assusta. Medo de não ser o bastante, medo de tantas coisas que, sei lá, só o seu coração sabe. — Ela exalou fundo. — Por um tempo, achei que você estava mal demais para se apaixonar por alguém, mas me enganei. Você já amava a Roxanne e, com isso, não podia gostar de outra pessoa. Eu sou a sua ponte. E você é a minha.

— Você tá com ciúme?

— Não é questão de ciúme. É a verdade.

— Não é.

— Você não enxerga isso. Mas vai ver. Eventualmente.

— Como pode dizer com tanta tranquilidade? Porra, Melinda. Você tá terminando comigo? A gente vai casar e ter uma vida juntos!

— Eu te manipulei e te arrastei para um buraco sem fim ao meu bel-prazer.

Fiquei puto.

— Não fala assim.

— É a verdade. É muito ruim ficar num buraco sozinha. E quem está no fundo do poço quer companhia.

— Melinda...

— Shhh.

— Não tem shh. Você diz que não me ama. É sério essa porra? Depois de tudo?

— De tudo o que você fez por mim? — ela gritou. — O que você fez, Shane? Tá tentando me tirar das drogas quando sabe que eu não quero sair!

— E por que não quer? Quer essa vida pra sempre? Eu te amo, porra! Eu tô com você aqui e você tá viajando nas merdas que ingeriu, pensando num monte de baboseira! Caralho, Melinda! Eu quero um futuro com você.

Estava tão frio. Era inverno em Miami e acho que nunca vi a temperatura cair tanto. Eu comecei a tremer. Pela discussão ou pelo clima. Nunca saberia. Os olhos de Melinda estavam vidrados e ela parecia tão gelada.

— Como eu disse, você quer me salvar para se salvar. É totalmente egoísta e filho da puta da sua parte. Eu já disse, você não me ama e eu não te amo. A gente precisa ter fim, Shane. Eu quero usar drogas até que a vida se canse de mim ou até que a morte me beije. Eu não me importo com nada disso. Eu quero ir. E você quer ficar.

— Você tá dizendo que quer morrer?

— Eu tô dizendo que não me importo. E por que você se importa? Somos finitos de toda maneira.

Aquele papo estava me assustando, merda. Melinda estava muito louca. Eu ia ligar para o seu padrasto e pedir para ele vir para cá. Sério. Foi uma péssima ideia marcar com Melinda a última vez. Um pressentimento preencheu meu peito.

— Vamos dormir um pouco, Melinda. Vamos só descansar um pouco. Tu tá muito louca, cara.

— Eu tô bem sã. Vai embora, Shane.

— Para com isso.

Entramos na barraca e Melinda deitou comigo no colchonete. Discretamente, mandei uma mensagem para o seu padrasto, pedindo que voltasse antes de decolar. Demorou um tempo para eu pegar no sono. Um longo tempo mesmo. Mas, quando o álcool fez efeito e a maconha também, indo além da ansiedade, apaguei.

Meu coração estava angustiado, talvez porque ele soubesse ler nas entrelinhas melhor do que eu.

O futuro me reservava dor e culpa.

Mas ninguém está preparado para viver o inevitável.

Querubim

— Shane? — Ouvi a voz de um homem e imediatamente despertei.

— Sr. Goodman? — Confuso, pisquei diversas vezes, o rosto do padrasto da Melinda torcido em dor.

— Preciso que acorde.

— Eu... — Me sentei. — Estou acordado.

— Você precisa ir embora, Shane. — Lágrimas começaram a descer pelo seu rosto e meu coração travou no peito, como se esquecesse como batia.

— O quê?

— Mel — ele parou de falar. — Deus que me perdoe, mas preciso que me acompanhe, você não vai acreditar se eu somente te disser.

O Sr. Goodman, um homem com quem troquei muitas mensagens e palavras no decorrer do relacionamento com a Melinda, me segurou pela mão como se eu fosse um menino de cinco anos. Ele caminhou comigo pela cozinha e então a sala. Subimos as escadas, o primeiro andar e o segundo, até que paramos no corredor.

Ele congelou, de costas para mim, como se não soubesse o que fazer em seguida.

Vi seu cabelo loiro, com fios grisalhos, brilharem à meia-luz. Ele estava tenso, e meu pulmão, assim como o meu coração, se esqueceu da função básica.

Eu sabia.

Uma parte minha queria me avisar do que eu encontraria, mas não...

— Melinda? — chamei-a, gritando, angustiado. Soltei a mão de Sr. Goodman e comecei a andar, indo direto para o quarto dela.

Trombei no batente da porta, tropeçando nos meus próprios pés quando encontrei Melinda com uma seringa no braço, jogada em sua cama como se estivesse...

Pálida.

Os lábios...

Os olhos abertos...

Não. Não. Não. Não!

— Ajude-a, porra! — Corri até ela, mas o Sr. Goodman me parou, segurando-me com força. — Ajuda ela, pelo amor de Deus! — Caí de joelhos, perdendo a força.

Fui dilacerado.

Morto.

Enviado do céu ao inferno em segundos.

— Não podemos ajudá-la. Eu acabei de chegar. Escute o que vou dizer com bastante atenção. — Ele fez uma pausa, envolvendo-me em seus braços, tirando-me do chão. Eu estava soluçando, vendo-a ali, completamente sem vida, enquanto meu corpo inteiro desmoronava. — Shane, eu vou resolver isso. Mas você precisa ir embora. Sei que você não tem culpa, mas certamente se drogou hoje...

Ele continuou a falar, mas eu não consegui ouvi-lo. Acho que fui arrastado daquele quarto, porque eu não conseguia mais vê-la, ainda que tivesse a imagem fixa na mente. Melinda jogada na cama.

— Shane! — o homem gritou, mas não com raiva, e sim para tentar me trazer para a realidade. Ele foi para o chão comigo, abraçando-me. — Filho, preciso que me escute. Por favor. Preciso que seja forte agora

— Deus, não, não! *— gemi, chorando, a dor mais fodida do mundo aniquilando o meu coração. — Por favor, Sr. Goodman, chame uma ambulância!*

— Ela se foi, Shane. Por favor, me ouça — implorou, me segurando pelas laterais do rosto, fazendo-me focar nele. Lembrei-me do Zane, do meu pai, de todas as pessoas que me seguravam com carinho daquela forma. Comecei a chorar com ainda mais força. — Você está com álcool no sangue, consigo sentir o cheiro do seu hálito forte. Deve ter se drogado com ela. — Ele balançou a cabeça.

— Eu não fiz isso. Eu não a feri.

— Não, claro que não. — O Sr. Goodman chorou junto comigo, por longos minutos, e umedeceu os lábios. — Mas você estava aqui. Poderia ter sido você com ela. Entende o que estou dizendo? Você poderia ter ido também, Shane. Deus, eu preciso que me prometa que vai parar com isso.

— Sr. Goodman...

— Já liguei para a polícia, mas você está aqui agora, garoto. Eu preciso que vá antes de eles chegarem. Preciso que não seja ligado a isso. Você tem dezoito anos, será uma confusão sem fim, e você tem a vida inteira pela frente.

— Eu respondo o que tiver que responder.

— Não vai acabar a sua vida, Shane. Eu a amava como a filha que nunca tive, mas consigo pensar racionalmente sobre o assunto.

— O que quer que eu faça? Quer que eu simplesmente vá?

— Preciso que vá.

— Sr. Goodman...

Eu dormi. Eu não estava lá. A culpa era minha.

— A mãe da Melinda foi diagnosticada com demência precoce. Eu estava prestes a pegar o avião para ir com ela à Alemanha, onde poderíamos tratá-la. Eu tinha deixado a casa para a Melinda e iria buscá-la na próxima semana. Ia interná-la na Alemanha também. — Ele prendeu a respiração — Shane, preciso que somente eu e a minha esposa saibamos do ocorrido. Ela não está mentalmente estável no momento, mas preciso, ao menos, proteger você.

Eu não sabia o que dizer. Abri a boca para falar, mas nada saiu. As lágrimas continuaram a sair. Melinda. Os braços picados. Os olhos abertos.

— Quando vi a sua mensagem, corri como um louco. Tive de deixar a minha esposa sob supervisão. Melinda era extremamente difícil. Mas não quero afundá-lo mais do que já está. Conversei com o seu pai apenas uma vez por telefone e, naquela

ligação, prometi a ele que, enquanto você estivesse sob o meu teto, nada de mal te aconteceria.

Tonto, comecei a ouvir as sirenes.

— Diga para as pessoas próximas que saímos do país — pediu. — Ou diga que ela faleceu, se quiser, mas nunca diga que esteve aqui, por favor. Você tem um futuro inteiro pela frente, Shane.

— Eu...

— Por favor, vá embora.

Saí pelos fundos, ouvindo os policiais entrando. Escalei uma árvore, sem força, mas precisando ver o que estava acontecendo. Chorei como se uma maldição tivesse me engolido. Chorei como se tivesse perdido a minha vida.

O meu primeiro amor.

Minha conversa com a Melinda, a última.

Os sinais tão nítidos.

A culpa.

Eles levaram o corpo dela.

Menos de uma semana depois, enterraram-na, com apenas o padrasto, a mãe e algumas pessoas. Foi tudo tão sigiloso, sem mídia, sem nada além de uma garota morrendo de overdose em Miami. Mais uma na estatística. Mais uma alma qualquer. Eu assisti tudo à distância, pensando que sua mãe, em breve, nem se lembraria de que tinha uma filha.

A casa do Sr. Goodman foi vendida quinze dias depois.

E eu, como um covarde, para proteger a mim mesmo daquela noite e das consequências que poderia sofrer, passei a mentir.

Melinda se foi, eu disse para todos. Sem nunca conseguir dizer em voz alta que ela tinha morrido.

Culpa, tanta culpa, que não pude fazer nada além de me afundar em mais drogas.

E desejar ter morrido também.

CAPÍTULO 3

Our world caves in on us
And makes us new
All our love came out of the woodwork
All our strength came out of the woodwork
We only notice light
When darkness crashes against it

— Sleeping At Last, "Woodwork".

Roxy

— Eu não sei como não percebi os sinais, como pude falar para ela dormir, fingindo que estava tudo bem. Também não sei como, porra, eu preferi mentir a dizer em voz alta que Melinda morreu. Eu não queria dizer, como se isso pudesse mantê-la, de alguma forma, viva. Melinda se foi, Querubim. Sozinha. Com a sensação de que eu a tinha usado. Assim como todas as pessoas que fizeram parte da sua vida. — Ele balançou a cabeça. — Eu posso listar todas as culpas e sombras que carrego. Porque é uma sucessão infinita de negligências.

Escutei a história do Shane como se a minha alma estivesse sobrevoando o meu corpo. Ali, mas sem estar. A maneira como ele contou, a dor em cada palavra. Eu pude ver a tensão em seus bíceps, ombros, o maxilar travado. A voz arranhada como se tivéssemos passado por uma tempestade de areia. As lágrimas começaram a descer como uma torrente por seu rosto, e eu cheguei a me inclinar para a frente, querendo abraçá-lo, mas freando o instinto quando percebi que o abraço não o faria entender.

Deus, quanto peso Shane carregou esse tempo todo?

Lágrimas se formaram nos meus olhos enquanto o via chorar sem olhar para mim. De cabeça baixa, em silêncio. Um choro que denunciava quantas vezes ele pensou em morrer também, para acabar com aquele tormento.

Saí do sofá e me ajoelhei no chão, aos seus pés. Coloquei meus antebraços em suas coxas e me ajeitei entre suas pernas, olhando-o, com o rosto distorcido, o boné fazendo sombra em seus olhos. Toquei a lateral do seu rosto com uma mão, sentindo-o febril pelo choro.

— Lembra quando viemos para a casa dos seus pais pegar alguns pertences, enquanto você ainda estava se mudando, e encontramos o manuscrito de um dos seus antepassados? — sussurrei, e Shane apenas assentiu. — Eu li a história de Gwendolyn e Matthieu. E há uma frase que me marcou muito. "Carregamos culpas imensas porque não somos capazes de aceitar que a vida é uma sucessão de acontecimentos inexplicáveis."

Shane fechou os olhos.

— Roxy...

— É muito fácil apontarmos o dedo para os nossos problemas, para nós mesmos, e dizermos que deveríamos ter feito melhor, que a solução estava na palma das nossas mãos e nós, os monstros, não conseguimos. É muito fácil dizer que fomos incapazes, e quer saber? — Tomei suas mãos nas minhas e ele respirou fundo. — Preciso que abra os olhos agora, Shane.

— Eu carrego essas culpas porque fui um merda.

— Você diria isso para mim? — perguntei baixinho.

Seus olhos se abriram. Dolorosamente lindos. E, subitamente, o vi. Talvez, pela primeira vez. Entendendo suas culpas, compreendendo seus demônios internos e toda a razão de abominar os relacionamentos. Ele não queria se machucar de novo e, principalmente, machucar outra pessoa. O suicídio, ou o que quer que Melinda tenha feito, levou Shane a entender que ele era a pior espécie de pessoa para se relacionar.

Não era o fato de sempre a amá-la.

Era o quanto ele tinha medo de perder alguém de novo.

— Como?

— Se fosse o contrário. Se um ex-namorado meu tivesse usado todas as drogas possíveis, dito que eu era apaixonada por você e feito o que Melinda fez, você me culparia?

Meu coração ainda estava pequeno. Melinda acreditava que Shane me amava? Era algo que eu jamais imaginei que ela pudesse dizer. E sua morte... Deus, eu ainda não tinha conseguido processar. Mas a essência do problema, sim, eu estava lendo como se tivesse finalmente pegado a história de Shane em um idioma que compreendesse.

— Você teria coragem de dizer para a Roxanne de dezoito anos de idade que ela foi imprudente? — continuei.

— Querubim, jamais! — Shane parou subitamente de respirar, como se tivesse perdido o fôlego, e seus olhos dançaram por mim como se quisessem percorrer cada traço do meu rosto. — Porra, eu nunca diria isso para você.

— Então por que diz para si mesmo? — Comecei a chorar com força, uma parte minha indignada com a tortura que causou a si mesmo. — Por que culpa o Shane de dezoito anos por algo que ele não tinha controle? Qual culpa, de verdade, você carrega? Não ter percebido os sinais? Não ter acordado na hora certa? Ter desejado salvar Melinda naquele dia como em todos os outros? Ou não ter dito nada para nós porque é, de fato, um trauma? São essas as culpas? Shane, essa é a primeira vez que você está me contando e agora eu entendo o motivo. Não é porque você queria que Melinda vivesse através da mentira, mas sim porque me conhece o suficiente para saber que eu seguraria na mão do Shane de dezoito anos e diria que o amor não deve doer, nem culpar. Eu diria a ele que é um sobrevivente e que fez tudo o que pôde e com o que tinha...

Em um segundo, Shane colocou as duas mãos na minha cintura e me puxou para cima, para o seu colo. Minhas pernas foram para o lado dos seus quadris e suas enormes mãos me envolveram. Ele afundou o rosto no meu pescoço assim que me sentei. Lágrimas desceram por nós, o choro expulsando todos os demônios que Shane carregava.

— Eu diria ao Shane de dezoito anos que, por mais difícil que fosse aceitar, Melinda fez isso consigo mesma. — Exalei fundo. — Preciso que se olhe com carinho — implorei, tirando o boné da sua cabeça. Envolvi seus cabelos nos meus dedos, trazendo Shane ainda mais para mim. Ele beijou um ponto do meu pescoço, como se precisasse sentir que eu estava ali. — Preciso que se ame, Shane. Preciso que seja capaz de olhar a situação de outra maneira. Melinda...

— Ela não foi o anjo que eu pintei, tô ligado.

— Não, ela não foi. E está tudo bem odiá-la por amá-la. E está tudo bem odiar que ela o tenha abandonado. Fazendo isso de propósito ou...

— O padrasto dela me mandou uma mensagem quando as investigações terminaram. Os policiais disseram que não foi suicídio, só overdose, mas *eu sei* que ela fez com intenção. Melinda se injetou várias vezes. E com a quantidade de narcóticos que já estavam no sangue, aí misturou a porra toda e ela...

Isso me trouxe a imagem da overdose de Shane.

Poderia ter sido ele.

Agarrei-o com mais força.

Escapamos da morte ou de algo muito próximo disso algumas horas atrás.

Deus, a vida é tão breve.

— Vou falar com a Anabelle amanhã. Quero resolver, Roxanne. Quero me olhar com carinho, como você disse. Mas, porra... — Ele se afastou, os cabelos bagunçados e suados por causa do boné. O rosto inchado de tanto chorar. As íris ainda mais brilhantes pelas lágrimas que ainda caíam. — Você me perdoa por eu não ter dito antes?

— Shane...

— Preciso ouvir.

— Não há o que perdoar. Você não devia essa explicação a mim. Eu só queria que tivesse dito antes para cuidarmos desse imenso monstro da culpa juntos, como sempre fizemos com tudo.

— Eu não conseguia dizer. Porra, eu nem falava o nome dela antes da viagem para o Brasil.

— Eu sei.

— Você me perdoa?

— Eu sempre vou olhar para você com amor — prometi. — Claro que perdoo. Se fosse o contrário, talvez eu também esconderia.

— Vamos ficar bem. Eu e você? Preciso saber antes de te deixar ir, Querubim.

Vamos ficar bem.

Vamos ser *amigos.*

Era o que eu esperava, mas isso não fazia doer menos.

E eu sabia que não era o momento de conversarmos sobre nós. Tanto que pedi para Shane me contar sobre a Melinda primeiro. Era o momento de estarmos ao lado um do outro, como amigos.

Minhas lágrimas desceram com mais intensidade e assenti, porque não conseguiria dizer "sim" em voz alta quando tudo em mim parecia flutuar. Meu coração estava sangrando. Por Shane, por Melinda, por nós dois.

Você precisa de um tempo disso, meu cérebro avisou. *Você precisa ter emocional para lidar com a conclusão do seu curso. Precisa fazer a ficha técnica das peças do desfile, além de entregar o relatório do estágio e concluir o quadro de coleção das peças. Tem que pegar aquele maldito diploma de designer de moda. Precisa pensar em você.*

— Eu vou estar aqui. Vamos ficar bem. Sempre melhores amigos, certo? — perguntei.

Shane segurou as laterais do meu rosto, os polegares nas minhas bochechas, quando suas lágrimas voltaram a cair como se não tivessem vergonha de mim. Ele estudou um dos meus olhos e depois o outro, abrindo um sorriso de canto de boca, para depois entreabrir os lábios e suspirar fundo. E como se Deus ou os anjos quisessem mandar um sinal, a sra. Kim, nossa vizinha, ligou uma de suas músicas instrumentais, que tocavam a alma de qualquer pessoa e ressoavam pela rua como se estivessem à espreita de algo mágico acontecer.

Estremeci enquanto Shane me congelava ali, cativa à sua atenção, aos seus olhos, ao seu corpo. Pude sentir seu calor embaixo de mim, pude experimentar o ar quente da sua respiração, o cheiro salgado das suas lágrimas e o afrodisíaco do seu perfume. Shane passou a ponta da língua pelo lábio inferior e foi escorregando o olhar. Pela extensão do meu nariz, então a pontinha dele, o arco do cupido dos meus lábios até chegar ao inferior. Como se fosse uma longa estrada me admirar, como se agora tivéssemos todo o tempo a nosso favor. Então, voltou para os meus olhos como se visse através deles.

— Sempre serei o seu melhor amigo, Roxanne. E, na real, estou disposto a dar o espaço que você quiser. Mas, a partir do que vivemos, pode ter certeza de que eu nunca, jamais, direi que somos *apenas* isso. Não mais

Meu coração foi da lua ao sol.

Então aterrissou no meu peito, em um estrondo, numa catástrofe.

E numa incredulidade...

Meu rosto fez centenas de expressões em segundos. E uma gargalhada descompensada saiu da minha garganta, numa explosão e mistura de emoções que eu não conseguia controlar.

— Você sempre ri nas horas mais impróprias, porra. — Sorriu.

Baixei a cabeça e ri no seu pescoço, me aconchegando nos seus braços.

Voltei a chorar cinco segundos depois.

— Shh, amor. — Ele acariciou minha coluna, mas não uma carícia normal. Shane me dedilhou como faria com seu baixo, enquanto exalava fundo. — Eu sei que é muita coisa, Querubim. E não estou pedindo para você me aceitar agora. Porra, nem sei se você me quer depois do que escutou. Eu só... — ele se interrompeu. — Sempre achamos o caminho um para o outro. Na verdade, nunca nos perdemos.

— Eu preciso de um tempo para processar, Shane. Aconteceram muitas coisas e tenho a faculdade para colocar em ordem. Eu só preciso de um espaço. Você entende?

— Eu sei, e você precisa mesmo fazer isso, Querubim. Eu entendo.

— Sim. Sei que você entende.

Eu precisava dar um passo atrás, por mais que o meu coração quisesse se jogar em Shane, apaixonado, louco, querendo apenas aquele homem e mais nenhum outro. Eu tinha que fazer isso por mim.

Mas saber que Shane nunca mais me veria somente como sua melhor amiga... Ah, *isso* fez meu coração dançar. Era tudo o que eu precisava ouvir naquele momento. Nem uma sílaba a mais, nem um detalhe a menos. Era exatamente com o que eu podia lidar.

— Estamos bem — prometeu.

Morei nos seus braços até que nós dois conseguíssemos nos levantar.

Querubim

SHANE

Snow estava deitado na minha cama, mordendo o pinto, que antes era um dos pés da mesa de centro da sala. Ele não parava de brincar com aquela merda, cara. Acariciei seus pelos grossos, perdido em pensamentos. Estava no apartamento sozinho, escutando *Arctic*, do Sleeping At Last, imerso na música como se ela pudesse me levar para longe.

Consegui adiantar a consulta com Anabelle. Assim que saí da casa dos meus pais, fui para o seu consultório. Anabelle me ouviu, me viu chorar e me fez entender as coisas como elas eram. Sem nunca falar claramente, apenas, sei lá, daquele jeito dela de dizer tanto sem dizer nada.

O que só me fez entender que, merda, Roxanne estava certa.

Eu não podia apontar o dedo na cara do meu eu de dezoito anos porque ele fez o que pôde. Melinda se foi. E não havia nada que eu pudesse fazer para mudar isso.

Porra, o meu coração estava se curando antes da minha cabeça. Como isso é possível? Ele batia por Roxanne como se eu não tivesse mais sangue nas veias, só o nome dela. Circulando, pulsando, me tomando. Era a certeza de que eu não conseguiria ser só o melhor amigo da Querubim agora. Eu queria tanto para nós dois.

Escutei as portas do elevador se abrindo e, por um segundo, a expectativa de ser Roxanne fez meu estômago revirar, mas eram...

Os caras.

Ela disse que precisava de um tempo. Não ia aparecer na minha porta algumas horas depois, né?

Cacete...

— Tá, eu confesso. — Zane entrou no meu quarto com Yan, Mark e Carter. Snow saltou da minha cama e foi farejá-los, o rabo imenso balançando. — Estamos entediados pra caralho. Oi, cachorro. — Zane brincou com ele.

— Ah, porra. Vocês são uma foda mal dada mesmo. — Ri.

— Lua me expulsou de casa porque disse que ainda tô muito agitado e ela quer dormir. — Yan abriu um sorriso sem-vergonha.

Kizzie já foi para o escritório e, a essa altura, deve estar trabalhando em algumas coisas com o Oliver. E eu? Caralho, não sei o que fazer. Nunca sei o que fazer depois de uma turnê, caras. Uma parte minha só quer dormir. E outra, sei lá, quer trabalhar. A doença de ser viciado em trabalho, que a Kizzie tem, é contagiosa.

— Eu queria passar o dia vendo alguns filmes com a Fada, mas ela tem trabalho atrasado na agência. — Carter se sentou na poltrona do meu quarto e começou a se girar nela, parecendo um adolescente.

— E você, Mark?

— A minha Cahya... — ele começou a falar, mas a esposa do segurança invadiu a minha casa.

Ela estava com uma calça jeans, camisa social branca e vários pauzinhos na mão.

Acesos.

Cheios de fumaça.

Arregalei os olhos.

— Oi, Shane. — Ela jogou o cabelo para trás do rosto, com pressa. — Estou passando de apartamento em apartamento e incensando.

Ergui uma sobrancelha para Mark, e ele só deu de ombros.

— Que porra, Cahya? — perguntei, rindo.

— Estou incensando, lindo. Esses são para proteção contra mau-olhado e, claro, para o amor. Eu compro on-line. O negócio é bom. Depois vou te dar uma estátua do Buda para você colocar em frente à porta de entrada.

Eu não tive tempo de argumentar porque Cahya foi entrando no meu quarto, empurrando os homens com a bunda, jogando aquela fumaça por cada canto, atrás de cada móvel, inclusive em cima de mim.

Espirrei.

— Não vou pedir desculpas. Levanta, Shane.

— Cacete, mulher. O que...

— Puxa ele, amor — pediu para Mark.

O segurança me puxou da cama, me colocando em pé em meio segundo. Cahya foi dançando aquelas fumacinhas ao redor do meu corpo, dizendo algumas palavras para Buda ou sabe Deus o quê. Ela passou por minhas pernas, embaixo dos braços, nas costas e até na minha bunda.

— Garota da aliança, você sabe que isso é estranho pra caralho, né?

— Vocês receberam muito amor e energia dos fãs, mas também têm as energias negativas. O acidente, eu preciso proteger vocês. Quando a Roxanne vier aqui, vai passar pela mesma coisa.

— Ela já me incensou também. — Zane riu.

— Todos nós — Carter arrematou.

Cahya pegou um enfeite de vidro que eu tinha no quarto, em formato de um baixo, e enfiou os pauzinhos lá. Ela respirou fundo e fechou os olhos por um segundo. Em seguida, os abriu e virou-os para mim.

— Pronto. Deixe aí. Agora, tenho que cuidar de algumas coisas na rua. Boa diversão para vocês. — Ela ficou na ponta dos pés e Mark precisou se abaixar, para dar um beijo suave nos seus lábios. — Cuide desses meninos.

Mark assentiu uma única vez.

— Então, clube do bolinha — eu disse, quando Cahya foi embora. — Todo mundo na merda, sem poder transar, e vocês aparecem aqui no meu quarto.

— Tudo bem, eu queria estar transando com a Marrentinha. — Zane se jogou na minha cama. — Uau, por que a sua cama é melhor que a minha?

A minha cama era king, mas o colchão era perfeito, cara. Macio, mas duro também, na medida certa.

— Talvez porque um dono seja melhor que o outro.

Zane estreitou os olhos para mim, e eu ri, até Carter interromper.

— Nós queremos saber também como você está. — Carter deu um passo à frente. — E a Roxy. Vocês conversaram? Porque ela disse algo estranho a respeito de vocês terem terminado.

— Nós achamos que vocês estavam bem. — Yan franziu a testa.

— Ah. — Passei os dedos pelo cabelo, jogando-o para trás. — Acho que preciso conversar com vocês também. Sobre várias coisas. Sobre o que rolou com a Roxanne e também sobre a Melinda.

Eles ficaram em silêncio.

— Não precisa ser agora, Shane. Eu posso preparar algumas torradas para nós e... — Carter começou.

— Não. — Balancei a cabeça.

Eu tinha segurado isso por tempo demais. Depois da conversa com a Roxanne, antes de ir para a Anabelle, contei para os meus pais. Foi uma longa conversa em que pude abrir o meu coração e dizer todos os meus receios. Eles não me julgaram, só disseram a mesma coisa que a Roxy, que queriam ter estado lá por mim.

— Está na hora de todo mundo saber. Acho que vocês vão conseguir entender várias coisas sobre mim. Eu tô pronto para dizer.

— Vamos para a sala, então — Yan pediu.

Quando já estávamos sentados na sala, foquei em um dos quadros que a Roxanne trouxe, querendo iluminar a minha casa ou algo assim. Era uma pintura do mar ao pôr do sol. Lindo, imenso, que sempre me trazia um sorriso ao rosto.

Respirei fundo e comecei a falar a porra toda. Desde a Melinda até Roxy. Minhas culpas, os medos e o que passei. Eles ficaram em silêncio e o meu irmão não desviou o olhar do meu em nenhum momento. Lágrimas não caíram dos meus olhos, mas eu vi os caras se emocionarem, especialmente Carter e Zane. O choque de todos com a morte da Melinda e tudo o que passei quando a vi, sem vida na cama. Depois de narrar, entrei no assunto de Roxanne, a nossa discussão no carro e a minha vontade de que isso não tivesse fim.

— Como você aguentou segurar essa merda por tanto tempo, Shane? — Meu irmão se levantou e sentou ao meu lado. — Caralho, a Melinda está morta!

— Eu não queria dizer em voz alta.

— Nossa, me emocionou demais o seu relato, Shane. Deus. — Carter suspirou. — Mas que bom que você conseguiu conversar com a gente.

— Caramba, o padrasto dela... ele te salvou de uma situação. Você poderia ter se fodido — Yan elucidou.

— É. Na hora, eu não entendia, mas iam me pegar chapado, iam saber que eu estive com ela e a merda toda. Enfim, seria complicado. Parece que nosso pai falou com o Sr. Goodman pouco antes e pediu para que ele cuidasse de mim, da forma que podia. Eu acho que ele prometeu isso.

— Cacete! — Zane suspirou fundo. — Nossa, que situação desgraçada. Melinda... eu ainda tô chocado que a garota morreu, Shane. Você guardou isso por tanto tempo, se corroendo nessa situação.

— Eu consigo entender o que você tá sentindo, Shane. Quer dizer, ao menos uma parte. Eu não tive um envolvimento sério. Mas a irmã da Suzanne, tudo o que aconteceu com ela, o suicídio e a culpa que eu carreguei até conseguir me libertar foi foda demais — Yan disse.

— É, eu sei. Acho que as coisas só começam a ser curadas quando você entende, né? Porra, eu tô conseguindo ver a situação com clareza agora. Roxy me falou tantas merdas que fazem sentido. Eu não posso mais prender o Shane de dezoito anos em uma crueldade sem fim, só porque isso tudo aconteceu.

— A culpa é essa? — Carter estudou meus olhos, seu semblante carinhoso. — Por não tê-la salvado?

— Uma delas. É meio que... sei lá, eu queria ter feito alguma coisa. Qualquer coisa.

Mark, ainda em silêncio, se sentou na minha frente. Zane, à minha esquerda, Carter, à direita. O segurança tocou no meu joelho, com força, e exalou fundo.

— Nas missões em que perdi amigos, em que perdi pessoas boas que viveram ao meu lado por dias, em situações extremas, eu repassava a morte delas centenas de vezes, pensando no que eu poderia fazer diferente. Se eu tivesse ido por baixo ou por cima. Se tivesse pegado o atalho mais fácil ou o mais difícil. Se tivesse me virado a tempo. Se tivesse sido mais rápido. Se tivesse sido mais implacável. Menos humano. — Mark me olhou de lado, o maxilar tensionando antes de relaxar. — Mas a verdade é que somos imperfeitos, Shane. Eu sei que a sua situação é diferente de ter um companheiro ao lado, com uma M16 na mão, mas a dúvida é a mesma. "E se..." e essa é a coisa mais cruel. A verdade é que você pode acessar aquele dia quantas vezes quiser na sua memória, mas nunca poderá mudá-lo, por mais que tente.

— E outra, Melinda, ok, eu vou ser filho da puta agora. Não é o certo dizer? Não é. Mas ela buscava a morte todos os dias, mano. Sei que é uma porra eu estar falando isso. — Zane balançou a cabeça. — Mas vamos ser sinceros. Melinda não tinha amor à vida. E você, por um tempo, também não.

— Eu quis morrer várias vezes.

— Nós sabemos. Nós *vimos*. — Carter ficou de cócoras na minha frente. — Mas você ama a sua vida agora, certo?

— Sim.

— E acha que consegue se amar o suficiente para perdoar a si mesmo? — Carter me observou com cuidado.

Umedeci os lábios.

— Eu estou no processo.

— É sempre um passo de cada vez — Yan garantiu. — Não dá para pegar a coisa que mais te machuca e colocar um curativo. Mas você vai conseguir. Eu vejo a vontade nos seus olhos, eu sei que você quer encarar isso de frente. E não existe uma coisa mais poderosa do que um homem determinado a superar seus próprios demônios.

— Falo por experiência própria quando digo que você vai cicatrizar essa ferida. E vai poder dar um passo de cada vez com a Roxanne. Não se coloque mais em uma caixa, Shane. Deixe-a te ver como você é. Deixe que ela sinta segurança em ser amada por você. — Mark suspirou. — Nossa, não há coisa mais bonita do que amar alguém que sabe que você é imperfeito e ainda consegue te tocar como se você fosse tudo o que ela precisa.

— A banda mais fodida que o mundo já viu. — Zane riu, enquanto chorava, me puxando para um abraço. — Estamos juntos, cara. — Ele fez uma pausa. — Sinto muito se fui rude com você naquela época, se...

— Não peça desculpas, porra. — Inspirei nos cabelos cacheados e loucos de Zane. — Sei que você não sabia.

— Pelo visto, a sua língua não é tão grande quanto a minha.

— Ser fofoqueiro é uma falha de caráter sua, Zane. Não me fode não, cara.

Ele riu, secando as lágrimas das bochechas, e se afastou.

— Vamos começar o seu felizes para sempre, pirralho.

Assenti, uma parte minha, sabendo que eu merecia, de verdade, ser feliz.

CAPÍTULO 4

I've been wait-, wait-, waiting for days
I would wait a thousand more
Just for one more second or two
To explain the way that I feel

— Tom Gregory, "What Love Is".

SHANE

Eu tinha que respeitar o espaço que a Roxy me pediu.

Apenas uma semana se passou desde que voltamos de viagem e Roxy estava em sua casa, presa que nem um vampiro que não pode ver o sol, porque tinha que concluir alguns lances da faculdade. Eu sabia que ela também estava usando esse tempo para repensar a respeito de nós dois.

E a ansiedade sabe ser uma merda.

Caralho, ela disse que estava apaixonada por mim no carro. Ela disse, certo? Disse que tinha medo de que eu não pudesse ser seu por inteiro e que sempre acreditou que Melinda ia voltar. Ela disse tantas coisas. Entregou seu coração nas minhas mãos, e eu simplesmente não pude dizer que também estava apaixonado por ela. A verdade. O acidente. Estávamos construindo uma conversa tão crua naquela noite. E então o clima péssimo que ficou depois, no avião, como se tivéssemos terminado a porra toda. Só conseguimos ser mais leves depois de conversarmos a respeito da Melinda.

E nem tínhamos falado *sobre nós.*

Estava na ponta da minha língua dizer que eu estava apaixonado. Louco por ela. Querendo seus beijos, que eu não ia conseguir ficar sem tocá-la. Que, merda, eu a queria. Por mais que eu nem soubesse por onde começar.

Então o que eu fiz?

Joguei meus problemas e a verdade do meu passado, e por mais que eu soubesse que era importante fechar esse ciclo, por mais que eu soubesse que Roxanne *queria* entender...

Ela queria que eu me curasse.

Porra, eu *deveria* ter falado.

Mas não. Eu disse que não seríamos *só* melhores amigos. Que eu não conseguiria vê-la dessa forma. Eu disse isso enquanto queria simplesmente tomar seu rosto nas mãos e dizer: tô apaixonado por você, cacete!

— Se não é o momento, então vamos trabalhar com a espera, Shane. — Anabelle cruzou as pernas elegantemente na poltrona. — Por que acha que está tão ansioso para dizer a Roxy o que sente?

— Porque ela disse e eu não pude falar de volta.

— O que você queria dizer?

— Que, com ela, eu quero Netflix e pipoca. As viagens. Aquela boca na minha. Nossas piadas. Quero a porra do Dino e do Sauro, suas pantufas, se esfregando nas minhas panturrilhas. E as lamúrias toda vez que ela sente cólicas. Quero continuar amadurecendo com ela, quero que a Querubim possa segurar a minha mão sem me ver como um homem digno de pena. Eu quero ser alguém melhor. Não, porra. Eu quero ser o único.

Anabelle sorriu.

— Mas o sentimento que está em você não irá criar pernas e caminhar para longe, certo? Ele se manterá aí. Independente do tempo.

— Eu sei. — Me afundei na poltrona, escorregando a bunda mais para a frente. — Que merda, Anabelle.

— O momento certo vai chegar. Mas posso te falar uma coisa?

Isso me fez encará-la com atenção. Anabelle estava com um coque justo, um conjunto de calça social azul-céu com uma camisa branca de cetim. O salto branco deveria valer um rim. Ela colocou o óculos na ponta do nariz e sorriu.

— Tudo o que você quiser. Na real, me fala logo o que eu posso fazer.

— Você sabe que não posso te dizer como agir. As respostas...

— Estão sempre dentro de nós — completei. — Eu sei

— Eu só quero que pense, com o seu coração, que nem sempre o tempo é o nosso inimigo. Há coisas pelas quais valem a pena esperar. E ir com calma não precisa ser tão ruim. Enquanto Roxanne cuida da faculdade, você tem suas questões do passado para tratar, a The M's para cuidar, uma vida sem *ela*. Se cure e deixe-a passar também pelo processo de cura, autoconhecimento e aceitação. Há vinte e dois anos entre vocês, mas também há amor, respeito, carinho e cuidado. A hora certa de dizer o que sente vai chegar antes que se dê conta.

Conquistá-la aos poucos.

Não só dizer a ela o que sinto, mas mostrar quando a hora chegar.

Eu poderia fazer isso, certo?

Claro que sim. Eu era um maldito D'Auvray.

Querubim

Roxy

Anos atrás, eu havia passado em diversas universidades e algumas até melhores do que a Miami International University of Art & Design. Mas o programa que eles ofereceram era bom demais para eu sequer ter dúvidas. Era a vigésima segunda escola de Moda mais promissora do mundo e, ainda que não fosse uma London College of Fashion, da Inglaterra, e muito menos a FIT, de Nova York, eu me apaixonei pelo curso desde o primeiro instante.

Eles focavam na criação de peças e na gestão de uma marca. Em como lidar com a criação de uma empresa desde o conhecimento sobre fornecedores até a precificação do produto final. Era *isso* que eu tinha em mente, era o meu sonho.

Eu poderia ter ido para longe, tinha alguns parentes distantes tanto na Inglaterra quanto em Nova York, mas Miami era o que eu chamava de lar.

Então, fiquei.

A não obrigatoriedade de morar no campus foi o segundo *sim* da minha decisão. Além do curso ser excelente, claro, vivi uma época conturbada no início da universidade e a instabilidade do Shane pesou muito na minha decisão de não ir embora.

Agora, eu estava me formando.

Deus, me formando!

— Filha, talvez seja interessante você parar um pouquinho e comer alguma coisa. — Ouvi a voz da minha mãe na porta. Eu tinha construído um pequeno espaço para trabalhar no projeto e tinha pouquíssimo material, mas era o suficiente. Eu poderia trabalhar na faculdade se quisesse, mas a minha turma era imensa e se eu tivesse que esperá-los terminarem para conseguir usar as máquinas...

Desliguei a máquina de costura reta e suspirei fundo.

— Falta pouco, mãe. Eu prometo.

— Você precisa descansar, filha. Eu sei que você escolheu se formar com honras, querendo esse projeto final para alavancar a sua carreira, mas às vezes me pergunto se foi a escolha certa.

— É a decisão certa — garanti, virando-me para ela. — Eu preciso concluir as quinze peças e apresentar três.

— Você poderia ter só...

— Pegado o diploma sem as honras, eu sei. Mas eu quis isso, mãe. E estou trabalhando há meses nessas peças. Juro para você que falta pouco.

Ela respirou fundo.

O meu estágio, o convite para vestir rockstars, me deu a segurança e os meios necessários para iniciar a loucura de finalmente poder levar a minha arte para o mundo. Enquanto trabalhava em suas roupas, fazendo contatos e vivendo na prática a experiência de lidar com moda, também estava trabalhando para mim, no projeto de conclusão de curso.

E, Deus, como foi difícil.

Ainda era difícil.

Meses atrás, eu estava estudando, tarde da noite, o *bureau* de tendências do WGSN, inspirando-me, sonhando com o que eu poderia usar em um desfile. O meu projeto final era um desfile. E eu queria que isso se tornasse realidade.

Os meus professores, tão maravilhosos, foram acompanhando cada etapa, e quando finalmente cheguei a um tema, lutei por ele com a alma e o coração.

Desenvolvi o croqui, o desenho técnico, o desenho plano, escolhi os tecidos que iria usar, fiz testes, criei peças-piloto e... Eu sei, foi uma insanidade. Mas a verdade é que, quando se faz o que ama, quem precisa dormir, não é mesmo?

— Eu vou deixar uns biscoitinhos aqui e um copo de leite.

— Obrigada, mãe.

Ela me amava. E, por me amar, não queria que eu me matasse de tanto trabalhar. Em uma das madrugadas em claro, até achei que tivesse engolido um alfinete no meio da modelagem. Meus pais me levaram para o hospital e, por sorte, não havia nada no meu corpo, exceto suco de laranja e um sanduíche do Subway.

— Precisa de ajuda para costurar?

— Estou bem — garanti, e ela, com um longo suspiro, fechou a porta.

O relatório do estágio estava parcialmente pronto. O meu desfile, quase cem por cento preparado. Faltavam detalhes e, droga, eu tinha que escrever a introdução do desfile!

O celular tocou em cima da mesa e vi a foto do Shane que ele mesmo e colocou no contato. Era ele, com aquela cara sem vergonha, mordendo a ponta da língua, enquanto seus olhos brilhantes reluziam para mim.

Atendi enquanto tomava um gole de leite.

— Querubim, sei que você tá ocupada, não quero te atrapalhar. Eu só preciso de cinco minutos para ouvir sua voz.

Fechei os olhos.

— Oi, Tigrão.

— Precisa de ajuda?

— Você sabe costurar? — Suspirei.

— Não.

— Então não pode me ajudar.

Ele fez uma pausa. Pude ouvir sua voz ofegante. Estava correndo? Sim. Se eu fechasse os olhos, poderia vê-lo correndo no calçadão da praia, em marcha lenta, quase como se quisesse que todos babassem por seu corpo.

Eu sentia tanto a sua falta.

— Quer que eu contrate cem costureiras para você? Porra, eu posso alugar uma fábrica aqui em Miami e terceirizar a mão de obra. Caralho, Querubim! Por que não pensamos nisso antes? O que você acha da ideia?

— Você faria isso? — Um sorriso lento se espalhou pela minha boca.

— Claro que faria. Vou ligar para a Erin, que conhece dessas coisas e...

— Obrigada, Tigrão. Mas os meus professores conhecem as minhas qualidades *e* imperfeições. Eu não posso. Tenho que fazer por contra própria.

Ele resfolegou.

— Cacete, Snow. Uma paradinha só. Sossega esse rabo — ralhou com o nosso bebê, e eu, droga, queria tanto estar com eles. — Eu estava correndo com ele na praia e... ah, Querubim. Merda. Eu queria poder fazer alguma coisa por você.

— Uma pausa no tempo — pedi, durante a ligação. Eu até sabia onde ele estava, mesmo sem vê-lo. *Com que outra pessoa seria assim?* — Me deixa só te ouvir um pouco.

Eu sentia falta do meu melhor amigo.

E sentia falta do homem que me aqueceu durante aquelas noites.

Sentia falta do seu toque.

E das nossas conversas.

Estávamos tão inacabados. E o tempo que pedi para me dedicar à faculdade e pensar sobre o assunto parecia mais uma tortura do que qualquer outra coisa.

Teríamos que ir devagar.

Mas também entendia tão mais sobre nós dois depois de descobrir o passado do meu melhor amigo.

Ele disse, olhando nos meus olhos, que não a amava.

Eu só não entendia se Shane estava disposto a dar um passo maior do que...

Não podia pensar nisso agora.

— Shane...

Eu o ouvi se sentar em algum lugar, escutei até a respiração ofegante do Snow e, então, a voz rouca e deliciosa do meu melhor amigo começou a soar no meu ouvido.

— *Don't bend, don't break, baby, don't back down. It's my life, it's now or never. I ain't gonna live forever!* — Deus, aquela voz. Aquele timbre. O quanto ele conseguia deixar qualquer música sensual sem precisar se esforçar. Era *It's My Life*, do Bon Jovi, a música que eu escutava quando precisava criar coragem. — Eu sei, você tem que ir. Mas sobre o trabalho, você pode tudo o que quiser, Querubim. Cada coisa que se dispõe a fazer. Você é a mulher mais fodona que eu conheço. E vai dar certo. Mas só... eu tô aqui se você precisar. Recursos, tempo, um abraço, qualquer porra assim.

— Obrigada. — *Eu amo você*, quis dizer. Mas não pude. — Não sabe o quanto significa ter você ao meu lado.

— Mesmo longe, estamos perto. — Ele pareceu ponderar por uns segundos se ia dizer mais alguma coisa. — Tchau, Querubim. Mostra para o mundo como você é do caralho. — E desligou a chamada.

Eu inspirei fundo e, com mais coragem, continuei a trabalhar.

CAPÍTULO 5

No, I don't want to be your friend
Cause I won't ever be content
To just hold at the surface
I know that you're perfect for me

— Jake Scott, "I Don't Want To Be Friends".

Semanas depois

Roxy

— Eu nunca vi um trabalho tão primoroso. Você literalmente mostrou toda a sua experiência com moda, tudo o que aprendeu no curso, mas, acima de tudo, trouxe o lado humano de quem você veste. A sua análise e a temática que usou! Uma turnê com rockstars, trazendo isso para um cenário poderoso e feminino — meu professor elogiou, abrindo um sorriso imenso. Seus olhos estavam brilhando. — O desfile que você montou, o artigo que criou. Ah, você tem um futuro tão lindo pela frente, srta. Taylor!

Eu poderia culpar a TPM ou simplesmente o imenso orgulho que senti de mim mesma quando abracei o meu professor. Era isso. Eu havia tirado uma nota altíssima e só estava esperando a nota do desfile para saber como tinha me saído. Deus, segundo lugar já era fantástico. Eu trabalhei duro, mal saindo de casa, costurando e criando como se minha vida dependesse disso. E dependia. Eu queria um motivo a mais para me apaixonar por mim mesma.

E eu estava. Tão apaixonada por quem eu era, por meus sonhos se tornando realidade. Mal podia esperar pelo futuro! Rosé, a minha marca, o salto mais alto que daria na vida. Nossa, estava a cada dia mais perto de tê-la.

Saí da faculdade, com um misto de emoção e euforia. Havia tantas pessoas começando seus cursos, tantos alunos que sonhavam com o momento que eu vivia agora. Peguei o celular para ligar para Shane — ele seria a pessoa que ia surtar comigo, além dos meus pais e os D'Auvray. Por questões de espaço da faculdade e a reforma que estavam fazendo, o desfile não foi aberto ao público.

Durante essas semanas, Shane se manteve ali, mas sem estar fisicamente. Ele sabia que eu ficaria louca até concluir. Sabia que eu piraria antes do desfile, além da entrega do relatório do estágio. Eu tive muito o que fazer, ainda assim senti uma saudade tão grande que parecia queimar o meu peito.

Foi difícil sem ele.

Ainda que nos falássemos por telefone e mensagem todos os dias e morássemos relativamente próximos um do outro, parecia que estávamos em cidades diferentes. Nas poucas vezes que nos encontramos, eu estava tão exausta que acabava dormindo antes do filme terminar. Shane foi tão prestativo que nem me deixou sair de casa. Ele foi até a minha e não avançou nenhum sinal.

Nós nos deitávamos na minha cama, ligávamos a Netflix e, em meia hora, eu apagava. Fizemos isso por três domingos. Não houve espaço para irmos além.

E eu estava com medo.

Com medo do homem maravilhoso e irresistível que Shane estava se tornando.

Não é maluco isso?

Porque, mesmo que eu não estivesse ao seu lado, nas mensagens e nas ligações, eu já pude sentir as mudanças.

Era como se a obscuridade de antes não mais existisse. Nos telefonemas, havia sempre o riso em sua voz, e não naquele sentido de ser engraçadinho o tempo todo, o que ele nunca deixaria de ser, mas não era *apenas* isso. Era felicidade. Talvez, aceitação. A terapia com Anabelle estava evoluindo. As sessões voltaram a ser de três vezes na semana, porque Shane quis cuidar do seu passado.

Era como se a última corda, o último fio que o impedisse de ser quem era, finalmente, estivesse se soltando.

Shane D'Auvray estava crescendo. E ele já era um homem, eu sabia disso muito bem, mas agora ele estava se tornando um homem seguro de si mesmo. E eu não sabia se, nessa mudança imensa que aconteceu...

Ele pensava em *nós*?

— Oi, Querubim — Shane disse do outro lado da linha, com um sorriso na voz. — E aí, me conta. Como foi? Desmaiou?

— Quase.

— Precisou se apoiar na mesa?

— Eu tive que apresentar em pé, Shane. Eu mal conseguia respirar!

— E aí você ficou tremendo que nem um pinto na chuva.

— E pinto treme na chuva?

— Pintinho bebê. O pássaro. — Ele riu. — Não sou tão depravado, cacete.

— Você é. Mas sim, eu fiquei tremendo, até a minha voz tremeu. Nos primeiros cinco minutos, eu pensei que fosse desmaiar. Mas então...

— Então o quê? — perguntou, a ansiedade em sua voz.

— Eu comecei a falar sobre a minha visão, esquecendo a parte decorada. A experiência que tive com vocês e a impressão que eu queria deixar no mundo.

Eu pude ouvir um sorriso, por mais que não pudesse vê-lo.

— Começou a falar de mim e foi como se o mundo se iluminasse, como se os anjos cantassem, como se as borboletas começassem a voar.

— Shane!

— E a nota?

— A segunda mais alta da turma — falei. E ele ficou em silêncio por um minuto inteiro. — Você tá aí?

— Caralho, Querubim! — Shane gritou. — Ah, caralho. Meu Deus! Como eu tô orgulhoso de você! Mulher, nossa... você... ah, porra! Como você é foda! Como é maravilhosa! Você sabe o quão incrível é? Espero que saiba. Espero que saiba o quanto meu coração tá feliz pra cacete por você!

— Ah, Shane. — Minha garganta começou a coçar com a emoção. A emoção de ouvi-lo tão passional do outro lado.

— Vai fazer o quê agora? — ele perguntou, a respiração ainda falhando.

Comecei a apertar o passo, pensando em vê-lo. Sim, eu iria para o seu apartamento esta noite. Nós assistiríamos a um filme e...

Não, espera.

Eu precisava ter calma. Eu não sabia o que Shane queria. Droga, eu *pedi* a ele para irmos devagar.

Coração, se acalma. Por favor.

Eu precisava ser prudente. Mudanças estavam acontecendo na vida dele, na minha. Eu tinha a Rosé para pensar agora. E Shane?

Bem, o único lado seu que eu conhecia era como o meu melhor amigo. E, ok, como um amante.

Shane *tentando* se relacionar?

E era isso o que ele tinha em mente?

Eu não fazia ideia. Shane como um possível envolvimento sério. Deus, parecia loucura. Ele conseguiria ser fiel em uma relação? Sem prostitutas no apartamento, sem pegações no final de semana? Eu só conhecia seus flertes baratos, mas comprometimento? Eu o vi se apaixonar por Melinda, ser dedicado e passional, mas o relacionamento era tão doentio. Da mesma maneira com as outras três namoradas.

O que éramos? O que *seríamos*?

Voltei a andar mais devagar dessa vez.

Calma, Roxanne. Respira.

— Hã. Sobre o que vou fazer? Eu não sei, provavelmente meus pais vão querer comemorar, mas ainda não sei.

— Hummm — ele murmurou.

Meus olhos começaram a avistar à frente. Eu estava a uns bons metros da rua... *espera, onde eu estacionei o carro?* Olhei de uma ponta a outra, e parei em...

Aquilo eram balões?

As pessoas começaram a se dispersar e meus olhos congelaram.

— Droga, Shane — murmurei, desligando a chamada.

Ele estava escorado em seu carro, as pernas cruzadas na altura dos tornozelos, a postura relaxada. Estava usando All Star, algo que ele sabia que eu adorava, uma calça jeans preta, que eu mesma confeccionei para ele, justa e rasgada em alguns pontos das coxas. A camiseta branca o deixava tão intenso que pisquei diversas vezes. As tatuagens em seus braços, o tamanho dos bíceps, e... caramba, ele todo. Estava sem o boné dessa vez, mas os óculos escuros Ray Ban fechavam o look bad boy. O cabelo castanho jogado de qualquer jeito para a direita me fez engolir em seco.

Shane sorriu com o canto direito do lábio, formando uma covinha na bochecha, e então o lado esquerdo, e a outra covinha.

O frio na barriga me fez tremer.

E ele começou a andar na minha direção.

Covinhas. Piercings. Tatuagens. Preto. Branco. Balões coloridos.

Deus, os balões.

Seu perfume veio antes da sua presença. O cheiro de tempestade, couro e canela me inebriando e me fazendo agarrar com mais força a pasta e a bolsa contra o peito.

Me senti uma adolescente admirando o cara mais popular da escola.

Ah, que patética.

E quando parou a certa distância, ainda segurando os balões com a mão esquerda, abriu os braços para mim, sem parar de sorrir.

— Vem, Querubim.

Shane

Cura é um processo que não tem prazo de validade e te surpreende a cada maldito passo. É cair, levantar. Na verdade, é pegar os cacos que restaram depois de você se foder por inteiro. Tem dias que são mais difíceis, dias mais fáceis. Mas é algo que todo ser humano, independentemente do nível do problema, tende a enfrentar.

Eu tive de me curar de várias coisas. Aliás, ainda estava a caminho disso. Mas a vontade, a mesma força que surgiu em mim quando fui internado no resort para me desintoxicar, veio a mil por hora. Eu estava me perdoando, perdoando Melinda e me aceitando, para que eu pudesse finalmente ter Roxanne nos meus braços.

— Senti falta do seu perfume — ela sussurrou. Roxy não pulou porque estava com bolsas, pastas e a porra toda nas mãos. Passou o braço livre na minha nuca, colando seu corpo no meu, enquanto eu a apertava contra mim. Uma mão no seu quadril, a outra agarrada aos balões. — Oi, Tigrão.

— Oi, Querubim. Porra, eu tô tão orgulhoso de você. — Me afastei, subindo o contato do seu quadril por toda a lateral do seu braço, até alcançar seu rosto.

Ela estava linda, cara. Linda pra caralho. Mesmo com as olheiras, mesmo tão exausta que eu podia enxergar no fundo das suas pupilas. Nunca esteve tão linda. — Queria ter assistido.

— Eu também queria, mas... — Ela riu, incrédula, balançando a cabeça. — O que você está fazendo aqui?

Passei a atenção por cada traço do seu rosto, admirando aquela mulher que me bagunçou todinho. O nariz pequeno, os olhos grandes, a boca deliciosa e... Roxy estava com uma blusa social semitransparente, e eu podia ver o a regata de renda embaixo. E então a calça social preta, cintura alta e saltos? Porra, saltos! Subi o olhar, pairando em sua boca, me lembrando de como era o seu gosto.

Semanas sem o corpo dela. Me masturbando... pensando nela. Sonhando com seus gemidos, as suaves curvas.

Sonhando, não realizando.

E, mesmo assim, eu não queria mais ninguém.

O que você fez comigo, Querubim?

A memória desgraçada começou a surgir como um canto de sereia, fazendo o sangue circular depressa, pairando bem no piercing na ponta do meu pau.

Ah, imagens bem nítidas da sua linda boceta na minha cara, molhadinha e pulsando. Os orgasmos. O quanto ela pulsava em volta do meu caralho quando gozava e como o meu nome saía da sua boca, feito vinho quente.

Perdi o fôlego só de imaginar, só de pensar.

Eu queria isso tudo de novo.

Mas eu queria tão *mais* do que isso.

— Você tá me imaginando nua, não é? — Roxy perguntou, entreabrindo a boca, como se também fosse difícil respirar.

— Porra, é, tô sim. Desculpa. — Mas não me arrependia nem um pouco. Sorri e parei com o polegar no seu lábio inferior. — Eu vim te surpreender. Quer dar uma volta?

Ela deu um passo para trás, longe de mim, do meu calor, dos nossos perfumes que pareciam se misturar no ar.

— Balões, Shane? — Ela pigarreou e olhou para eles.

Eu não conseguia tirar meus olhos dela. Acho que seria sempre isso: em milhares de pessoas, minha atenção sempre seria em Roxanne.

Percorri mais uma vez seu corpo com todo o meu foco e concentração, querendo que fossem as minhas mãos ao invés, querendo que estivéssemos sem roupa nenhuma, só nós.

Ir com calma. Quando eu queria levá-la contra a parede mais próxima e beber da sua boca. *Conquistá-la.* Quando eu sentia que a qualquer momento a frase escaparia dos meus lábios.

— É, eu...

— Fique boa logo. — Roxy inclinou a cabeça para ler. E eu congelei no lugar. — Melhoras. Saúde. Força e... Felicidades. Bom, o *felicidades* até que cabe.

Ah, não, cara. Como eu era idiota! Fiquei ali, parado, olhando-a, como um adolescente burro o bastante para não saber o que fazer.

— Eu peguei... ah, cacete, eu estava com pressa, Querubim.

— Aham. — Ela estava sorrindo.

— E aí foram os primeiros que eu vi. Tem um velhinho vendendo a três quadras daqui. Foi uma boa ação — expliquei.

— Uhum.

— Tá brava?

Ela se aproximou de novo, sem perder o sorriso, a mão livre na minha nuca, suas unhas raspando levemente na pele, sua admiração descendo por mim como se quisesse me tomar.

Me leva pra onde você quiser, cacete.

Paradinho, senti nossas respirações se misturarem. Me embebedei do seu perfume de maçã verde, do seu calor, do cheiro da bala de menta que ela tinha chupado. Seu rosto, ali tão perto, os fios dos seus cabelos que pareciam raios de sol caindo devagar, deslizando bem suavemente nos lábios vermelhos.

Eu queria beijar aquela boca de novo.

Porra.

Fechei os olhos, a respiração dela batendo na minha boca, e a frustração me tomou quando senti o seu exalar dançando na minha pele até o beijo parar bem na bochecha. Travei o maxilar, as mãos firmes, os fios do balão sendo punidos pelo meu desejo.

— Eu não tô brava — sussurrou ao pé do meu ouvido e se afastou. — Eu amei, me dá isso aqui.

E como se não tivesse me fodido o bastante, Roxy tomou os balões da minha mão e foi até o meu carro, lançando um olhar sobre o ombro.

— Para onde nós vamos?

— Para casa, Querubim.

Roxy

Liguei para os meus pais e contei sobre o desfile, prometendo que ia mostrar a gravação dos professores assim que chegasse no meu e-mail. Eles mal conseguiam se conter do outro lado da linha. Eu não queria nem imaginar como se sentiriam no dia da minha formatura.

— E você está vindo para casa? — mamãe indagou, no viva-voz, com o meu pai.

— Shane veio me buscar e vamos para o apartamento dele descansar um pouco. Acho que ele me conhece tanto que, depois da maratona de trabalho, eu só quero me jogar no sofá e não levantar nunca mais.

Silêncio do outro lado.

— Ah, que maravilha! — Minha mãe riu. — Você ouviu isso, Ken? Eles vão passar um tempo juntos!

— Então desliga a chamada, Blair. Eles precisam de um tempo a sós — meu pai instigou.

Revirei os olhos, mas foi inevitável não rir.

— Eu aviso vocês quando estiver voltando.

— Nem precisa — mamãe insistiu. — Fique com ele o tempo que for. Nem volte para casa.

— Desliga, Blair. Deixe-os! — meu pai pediu de novo.

— Tchau, querida. Estamos orgulhosos e te amamos! — A chamada ficou muda logo em seguida.

Ainda estavam viajando nos pensamentos quando ouvi a voz do Shane.

— Como eles receberam a notícia? — perguntou, me fazendo observá-lo.

Meus olhos foram para a sua mão. Eu gostava do jeito que Shane dirigia. Sempre que fazia uma curva, ele abria a palma da mão no volante, e girava como se estivesse passando a mão no corpo de uma mulher. Nossa, aquilo simplesmente me atraía. *Tudo* nele me atraía.

— Estão tão felizes que me pediram para não voltar pra casa tão cedo.

— Ah, é. — Shane riu, jogando a cabeça para trás e tudo. — Eles e os meus pais são foda, porra.

— Sempre vão querer nós dois juntos.

— É, e que tenhamos alguma coisa. Eu tô ligado. Eu... — ele se interrompeu. — Você não consegue parar de sorrir, Querubim. — Passou a ponta da língua nos dentes da frente, me lançando um olhar de esguelha. — Caralho, eu tô tão feliz por você.

— Eu já chorei tudo o que eu podia no desfile. Não me faça chorar de novo.

Fui interrompida quando a mão direita do Shane tocou a minha coxa.

Parei de respirar.

O calor. Ele. Seus dedos. Agora que eu já sabia como era ter o seu corpo no meu, o quanto éramos bons juntos, como eu poderia frear isso? Frear-*nos*?

— Eu nunca mais vou te fazer chorar, Roxanne. Não de tristeza. — O carro parou suavemente no sinal vermelho e ele virou o rosto na minha direção, o olhar semicerrado. — De verdade.

Senti o sangue circular mais depressa quando a mão do Shane escorregou pouca coisa mais para o meio da minha coxa, os dedos afundando, seu olhar ainda em mim. Pela visão periférica, vi que os balões estavam lutando por espaço no banco de trás.

— E você falou sério de ficarmos na sua casa? — desconversei. — Não vamos assaltar um banco?

— Como eu sabia que você ia estar cansada pra caralho, não planejei o nosso assalto à Casa da Moeda. — Ele riu. — Não, sério, eu não fiz nada especial. Deveria? Você disse que queria descansar quando nos falamos ontem.

— Nada especial parece realmente perfeito agora.

Desde o dia em que Shane me contou sobre a Melinda, por mais maluca que eu estivesse com a faculdade, eu sempre me perguntava como ele estava indo. Anabelle me instruiu a não pressioná-lo sobre o assunto, e eu, de fato, não tinha perguntado. Eu sabia que não podia pegar as suas feridas e cicatrizá-las por mim mesma. Shane tinha Anabelle para isso e os traumas não competiam a mim, mesmo porque havia um limite do que uma melhor amiga poderia fazer. Mas, hoje, Shane estava com uma aura tão dele, uma luz tão imensa, que eu umedeci os lábios e só...

— Como está o tratamento, Shane? Como está o seu coração em relação a Melinda?

Antes, se eu dissesse o nome dela em voz alta, Shane se encolhia. Fisicamente era possível ver a mudança de comportamento. Hoje ele apenas se manteve inteiro.

— Eu tô começando a me lembrar das coisas sem uma lente fantasiosa de que tudo era perfeito. Cara, tô me lembrando do maltrato e da sensação horrível que era me relacionar com ela. A verdade já estava vindo na minha cabeça durante a viagem, mas com a terapia presencial e a Anabelle, as coisas estão mais claras para mim. Cacete, era sempre na beira, sempre inseguro, sempre sentindo que a qualquer momento iria perdê-la. Tem a culpa pela morte dela, o abandono que eu senti quando Melinda simplesmente se foi, mas também tô tentando ressignificar essas crenças.

— Eu consigo ver o quanto você está melhor. É tão interessante. Mesmo por mensagem e ligação, eu já estava sentindo essa mudança de ares. Mas agora, tendo um tempo para conversar com você a respeito, consigo literalmente *ver*.

— Sim, é. Eu tô bem melhor. Acho que falar em voz alta e me abrir... sei lá, eu tô muito tranquilo comigo mesmo. Parece que, finalmente, tô me sentindo confortável dentro da minha pele.

— Anabelle está me tratando também e, embora não seja como você, Shane, ela é quase mágica com as palavras e pontual no que precisamos trabalhar. Você sabe que é um processo.

— É, tô ligado. Mas é um processo que estou disposto a enfrentar. — Shane fez uma pausa. — Querubim, eu tô muito motivado. Sério mesmo. Eu tô compondo com os caras. Eu tô cuidando do meu corpo com o Yan e da minha alimentação com a Lua. Eu tô me priorizando, cara. Mas não quero falar só das minhas conquistas. Me diz você. Como tá se sentindo agora que finalmente acabou a faculdade?

— Você quer a verdade?

— Sempre.

— Eu só quero deitar por uma semana.

— Deitar — ele repetiu, como se estivesse processando a palavra.

Ah, droga. A gente nunca mais ia poder dizer nada sem que fosse sexual?

Sua mão apertou minha coxa com força.

E Shane grunhiu.

— Ir com calma — ele disse para si mesmo.

Pisquei, perdida. E comecei a rir.

— Shane, você... sério.

— Eu tô há semanas sem transar. A última vez foi com você antes do show e na base do desespero porque era o nosso fim, cacete.

Ele apertou o controle do estacionamento do prédio. Eu nem tinha visto que tínhamos chegado. Shane estacionou na sua vaga e respirou fundo quando desligou o carro. Os olhos, na penumbra, brilharam para mim.

— Mas, acredite se quiser, tudo o que a gente viveu não foi o suficiente — continuou. — Mas eu tô tentando ir com calma, tô tentando fazer o certo por nós dois. E o certo não é abaixar minha calça e pedir para você sentar em mim agora. Ou é?

Meu corpo inteiro se arrepiou só com a menção da ideia, mas, nossa, espera. Ele se manteve... Shane realmente não transou com ninguém desde aquela vez?

— Você não chamou sequer *uma* prostituta para o seu apartamento?

— Não.

— Nem uma transadinha casual com uma fã? — Arqueei as sobrancelhas.

— Não. E a culpa é toda sua.

— Eu só disse a palavra *deitar*.

— Não, caralho. Não agora. *Antes*. Eu não quero dormir com ninguém mais além de você. Porra, Querubim. Acho que, se eu tentasse, ia broxar. É tipo uma maldição. Nem pornô eu consigo ver. Olha que coisa mais fodida. — Ele riu. — Eu estava falando sério lá no Brasil. Não quero ninguém além de você. — Ele encostou a cabeça no assento e fechou os olhos.

— Eu não vou transar com você.

— *Nunca* mais? — Sua voz subiu um tom e Shane se virou para mim de repente, arregalando os olhos.

Cruzei os braços na altura dos seios.

— Qual era o nosso acordo?

— Só até a viagem acabar.

— A viagem acabou — esclareci, me divertindo um pouco com o esforço dele. Eu nunca tinha visto Shane dessa forma. Incerto da conquista. Incerto sobre o que fazer.

— Olha, vamos fazer assim. Vamos fazer... essa porra direito. O que as pessoas fazem quando têm de começar uma coisa?

— Uma coisa. O que é uma *coisa*?

— O lance de se envolver.

Prensei os lábios para não rir.

— As pessoas marcam um encontro.

— Quando?

— É você quem tem que falar isso, Shane.

— Ah, é. Então tá. Amanhã?

Shane nunca tinha se envolvido de forma decente. Ele nunca tinha *vivido* isso. A surpresa que ele fez para mim no Rio de Janeiro sem dúvida alguma foi intuitiva, mas no dia a dia e na vida...

— Amanhã é terça-feira.

— Tem que ser no final de semana. Você tem razão. — Ele estreitou os olhos. — Sábado. Um encontro. Eu e você, e vou pensar sobre o lugar.

Shane ficou tão perdido em pensamentos que, por longos segundos, parecia que estava realmente preocupado em como iria fazer isso.

— É isso que você quer, Tigrão? Começar? — perguntei, a voz suave.

Meu coração pulou como se estivesse em uma cama elástica e eu precisei lembrar como respirava porque, de repente, eu não sabia como fazer isso mais.

Shane tirou o cinto de segurança e se virou para mim. A mão que estava na minha coxa subiu para o meu rosto. Fechei os olhos, sentindo a aspereza do polegar dançando na minha bochecha macia e seu hálito quente batendo na minha boca quando se inclinou.

— Não é bem começar quando eu tenho a minha vida inteira com você, Querubim. Desde quando nasci, somos eu e você. Não seria começar, seria dar um passo. Um passo maior do que o que demos no Brasil.

Abri os olhos.

E foi o maior acerto da minha vida.

Nas íris heterocromáticas, vi a vulnerabilidade, o medo, a vontade.

— Shane, eu...

— Preciso saber se quer tentar isso comigo, Querubim. Não vou deixar o tesão atropelar nós dois. Nem o meu medo de te perder. Não vou deixar que a gente sinta que está falhando com a nossa amizade, eu quero somar. Eu vou construir isso direito, mesmo que eu não saiba, você me ensina. Mas preciso saber, aqui e agora, se você me quer, já que viu cada pedaço da minha alma e das minhas merdas sem censura. — Ele respirou fundo e, mesmo que tenha falado pausadamente cada palavra, minha cabeça estava girando. — Sábado. Oito da noite. Eu te busco. Tá?

— Shane, nem sei o que dizer.

— Diga sim para nós, Querubim.

Engoli em seco, com tanto medo — e tanta vontade — de que déssemos certo, de que fluíssemos juntos.

Ele realmente me queria.

Shane D'Auvray, o meu melhor amigo, queria saber se eu o queria da mesma maneira.

— Sim, eu quero você, Shane. — Fiz uma pausa. — Sim, para nós.

— Ah, porra. — Ele sorriu e me deu um beijo no meio da testa. — E se eu te machucar, você corta a minha bola esquerda, eu deixo.

— Você ainda consegue me surpreender.

— Eu estava esperando para dizer isso há semanas. Mas, olha, só para esclarecer, hoje não é um encontro. Hoje somos só nós dois, vendo um filme e relaxando com o nosso Snow. Eu realmente não pensei que você fosse dizer sim para mim.

— Você ia esquematizar um encontro depois do meu estresse com a faculdade?

— Não. Sim? Sei lá, não era o momento também.

— Talvez eu repense sobre a proposta de cortar a sua bola esquerda.

Shane riu.

— Não, você precisa dela.

— Preciso?

Shane pegou a minha mão e deu um beijo nas costas, inspirando fundo.

— Você precisa de nós tanto quanto eu. — Seus olhos encontraram os meus. — Um passo de cada vez, eu prometo.

Ele realmente estava mudando e eu finalmente estava livre para amá-lo sem que isso pesasse no meu coração.

CAPÍTULO 6

Beautiful mistakes
I make inside my head
She's naked in my bed
And now we lie awake
Making beautiful mistakes

— Maroon 5 feat Megan Thee Stallion, "Beautiful Mistakes".

Shane

— *Que porra é essa, Shane?* — meu irmão gritou assim que entrou na minha casa. Pude ouvir os passos de mais uma pessoa com ele, mas nem tive coragem de olhar.

É, eu não vou me orgulhar dessa merda. O meu apartamento parecia de cabeça para baixo em plena quinta-feira de manhã. Snow estava correndo de um lado para o outro com a porra de um osso gigante, espalhando ainda mais pelo chão os livros e as revistas que comprei.

Era coisa pra cacete. Quinze livros e vinte e quatro revistas esparramados enquanto eu estudava.

Ouvi alguém atrás de mim pegando uma das revisas e…

— "Como conquistar uma mulher em cinco passos." — Carter sorriu.

Fechei os olhos, prensando os lábios, completamente derrotado.

E Zane começou a gargalhar. Foi tão alto que Snow abandonou o osso e foi mexer com ele.

— N-não… — Zane, ainda rindo, como se estivesse tentando respirar em meio à gargalhada, pegou mais umas revistas no chão e se jogou no meu sofá, enquanto Snow pedia a atenção dele. — Espera, cachorro. Eu tô presenciando a humilhação do meu irmão mais novo. "Seis dicas imperdíveis para os românticos." Não, caralho, olha essa: "Como aprender a ser romântico em duas semanas." — E Zane voltou a rir.

— Você não pode zoá-lo porque você também ficou desesperado para conquistar a Kizzie. — Carter se sentou na poltrona, cruzando o tornozelo no joelho, sorrindo.

— Mas é o momento do Shane. O tão esperado e quase divino momento em que meu irmão tá apaixonado e... — Então Zane começou a rir de novo. — Ah, não! Cacete! Isso é bom demais pra ser verdade. Eu vou tirar uma foto. Não, fazer um vídeo!

— Você não vai fazer... — Tirei o celular da mão do meu irmão em segundos e franzi a testa. — Sossega, porra.

— Você comprou os livros que a Roxanne gosta? — Carter reparou, e eu joguei a cabeça para trás, suspirando fundo.

— Tá, eu tô com dificuldade de pensar em como ser romântico com ela. Eu nunca fiz nada parecido. O mais perto foi a surpresa em Angra, com o resort e tal. E foi dedo do Oliver. Então meio que pedi para o Mark comprar as revistas para mim.

Zane voltou a rir. Até Carter riu.

— Eu consigo imaginar o Mark puto da vida, passando de banca em banca, comprando revistas femininas. — Carter suspirou.

— Porra, sim. Aquele careca de dois metros de altura... — Zane voltou a rir. — Não, preciso zoar ele também depois disso.

— É sério, caras. — Me levantei do chão, fui até a cozinha, peguei latas de refrigerante e entreguei para eles. Me sentei na poltrona ao lado do Carter, de frente para Zane. — Eu tenho um encontro com a Roxanne no sábado e não sei como fazer isso. Eu só... — Parei de falar.

Olhei para o meu irmão. Ele estava se divertindo com a minha desgraça. Sem camisa, só de jeans, e Snow estava farejando-o como se quisesse saber onde ele tinha ido. Zane começou a acariciar Snow, e meu cachorro ficou olhando para a minha cara como se soubesse do fracasso que eu era.

— Fala, cara — Zane incentivou, sem tirar o sorriso do rosto.

— Eu tô lendo tudo o que posso — desabafei. — Até os romances que ela gosta, como o Carter percebeu. Vi Keeland, Penelope Ward, Mia Sheridan, Colleen Hoover, Nora Roberts... essas autoras aí. Eu tô tentando ler a porra toda. Mas tem uns dramas no meio e sei lá. Eu tô tentando filtrar a parte em que o personagem é mais carinhoso, saca?

— E você já leu quantos livros essa semana? — Carter gentilmente perguntou.

— Dois e meio — gemi.

— E as revistas?

— Todas. E tem tanta dica boa, eu tô querendo escolher a melhor.

— Shane, olha — Carter continuou. — Não existe uma fórmula para isso. Eu sei que você quer fazer o certo, mas a Roxanne já te conhece. Vocês são amigos a vida inteira.

— E é por isso mesmo que é difícil, cacete. Como eu vou surpreender essa garota se ela me lê inteirinho?

— Talvez você não precise surpreendê-la. Vai pelo básico, pirralho. — Zane começou a folhear uma das revistas.

— A questão é: como eu vou competir com esses caras de livro de romance e dos filmes que ela gosta? Eu tô falando muito sério. Roxanne é toda unicórnios cor-de-rosa, flores, fogos de artifício. Ela quer viver um conto de fadas. E eu? — Ri. — Eu sou a porra do cara mais traumatizado que já existiu.

— Você acha que ela já não sabe? — Carter indagou, me fazendo olhá-lo. Ele estava mais arrumado do que o meu irmão, de jeans e camisa social, e eu não duvidava que ia sair com a Erin. — Eu tenho certeza de que a Roxy não tá esperando algo grandioso.

— Mas eu *quero* fazer isso. Eu quero fazer por ela. Quero que a Roxy tenha um primeiro encontro comigo como não teve com nenhum outro babaca. Eu quero a porra do exagero todo. Quero levar flores, mas quero algo a mais. Não só as flores. Eu quero encantá-la. As pessoas fazem isso?

— Claro que fazem, pirralho. — Zane garantiu. — Sério, porra. Eu também fiquei confuso no primeiro jantar com a Kizzie. Eu tinha medo de várias merdas. Tinha medo de fazer errado. Ela foi a minha primeira namorada e pulamos logo para o noivado. Você acha que eu acerto o tempo todo? Mas o Carter... ele é o mais sensível de todos nós. Fala aí, McDevitt. Você que transou até num evento foda na praia. Beijou sua Fada num submarino. Joga os esquemas.

— Aconselho a não ousar muito, Shane. Sei que quer algo foda para fazer jus ao que Roxy merece. Mas quanto mais você planejar isso, mais tenso vai ficar. Um jantar... vamos com isso. Depois você pode dar uma volta com ela a pé, caminhar pela praia.

— Eu fiz isso. — Zane piscou para mim.

— É, tá. Então, e depois?

— Depois vem o beijo. — Carter sorriu.

— Não. — Balancei a cabeça.

— Você não vai beijá-la no primeiro encontro? — Carter arregalou os olhos.

— Eu quero mostrar para Roxy o quão sério estou sobre nós.

A porta do elevador se abriu e Yan entrou com Mark e Oliver.

A real? Todo mundo tinha a chave que acessava o meu andar. Eu já estava me acostumando com isso. Tinha certeza de que combinaram de só usar se fosse necessário, mas, porra, eles literalmente invadiam o meu apartamento toda vez. Virou o ponto de encontro da galera.

Os caras levaram alguns segundos para processar o caos que estava a minha sala e eu pude ver os olhos do baterista da The M's passeando por cada revista e cada livro como se ele quisesse arrumar em meio segundo.

— Shane, o que você tá fazendo? — Yan perguntou, se aproximando devagar, como se estivesse em um terreno hostil.

Revirei os olhos.

Em menos de doze horas, as meninas saberiam.

E a fofoca correria solta até os meus pais, inclusive.

— Ele tá aprendendo a ser romântico — Zane explicou. — E tá fodido, basicamente.

— Bom, eu já falei com o Shane o que ele poderia fazer. — Mark piscou. — Jantar, cinema...

— Mas que porra. Vocês não são criativos? — gemi.

— Quer criatividade e romance? — Yan indagou, parecendo pensar por um instante, ainda em pé na minha sala. — Ah, certo. Vamos pensar em algo, Shane. Vamos ter tempo para organizar.

— Sem planilha, mentor — pedi.

Ele estreitou o olhar.

— É só um planejamento. Vai ser bom, eu prometo.

— O que eu tô arrumando pra minha vida? — murmurei para mim mesmo.

— Você está se envolvendo, pirralho. Seja o que for isso, espero que nomeie muito em breve. Enfim, você tá vivendo. — Zane piscou para mim. — Mãos à obra, homens. Não é possível que a gente não saiba fazer um romancezinho, caralho. Vamos fazer isso dar certo.

— Somos melhores do que os livros de romance. — Carter piscou para mim.

— Bem, sobre encontros interessantes... eu tenho algumas ideias — Oliver sugeriu.

Roxy

Sexta-feira, tarde da noite.

A ansiedade, meu Deus.

Eu teria um encontro com Shane amanhã e não fazia ideia do que faríamos. Eu só queria estar com ele e descobrir como poderíamos ser juntos.

Eu tentei usar essa semana para descansar, apesar do frenesi todo. Saí com Lua, Erin, Cahya e Kizzie na quarta. Fomos ao shopping e tomamos sorvete, além de assistirmos a um filme no cinema. Mas, assim que voltei para casa, a ansiedade para ver Shane e toda a expectativa me fez arregaçar as mangas e trabalhar. Eu já tinha a Rosé na cabeça desde sempre, mas agora precisava me organizar sobre como poderia iniciá-la. Papai, desde o início do ano, já estava vendo alguns lugares para a minha empresa e estudando a possibilidade de eu terceirizar a produção das peças. Como ele era aposentado, tinha tempo de sobra e realmente queria me ajudar.

Deus, isso ia mesmo acontecer?

Sim, ia. E, na verdade, eu precisava começar a trabalhar o mais rápido possível. Tinha um portfólio imenso, sonhos de toda uma vida, mas não era com esses projetos que eu abriria a Rosé. Eu queria inaugurá-la com uma coleção inspirada no Brasil.

Porque, o que eu acreditei ser o fim foi apenas o começo.

E eu queria trazer isso para as minhas coleções.

Nós.

Shane e eu estávamos começando. O meu futuro também estava começando. Por que não juntar as duas coisas?

Ah, Shane...

O Brasil não foi a nossa despedida. Como eu estava errada! O Brasil foi um oi para o que poderíamos ser, para o que poderíamos conquistar. E eu já tinha plena consciência de que seria um desafio. Shane ainda era muito cru na arte de se relacionar — se pudermos um dia chamar de relacionamento —, mas eu estava *tão* feliz.

Uma parte minha dizia que Shane não me levaria a nada, nem a um relacionamento nem a um futuro. Um lado meu parecia incapaz de acreditar que teríamos *alguma* coisa, qualquer coisa.

Mas eu estava compelida a ouvir o meu coração, e não mais a razão.

Eu precisava fazer isso se quisesse tentar.

Relacionamento nenhum nessa vida é garantia e certeza.

— Filha, seu celular está tocando! — minha mãe gritou do outro lado da porta do banheiro.

— Quem é?

— Shane.

Me enrolei na toalha e meu coração alcançou o céu quando quase caí no banheiro, saindo da ducha, toda molhada, com pressa para atendê-lo. Abri a porta em um rompante e minha mãe sorriu quando me viu ensaboada, com os cabelos pingando, a toalha encharcada.

— Se eu soubesse que você já tinha entrado no chuveiro, teria atendido.

— Me dá isso aqui, mãe.

Sequei a orelha e as mãos da forma que pude, peguei o telefone e fechei a porta.

— Alô? — E nós nunca falávamos alô. Droga.

Eu estava apaixonada demais por ele.

— Querubim. — A voz do Shane saiu tão feliz que meu coração se encheu de carinho. — Você tá bem?

— Uhum. E você?

— Tô bem e... — Ele parou de falar. — Eu tô ouvindo o chuveiro?

— É, eu estava no banho.

Silêncio. Por tanto tempo que achei que a ligação tinha caído.

— Você tá nua, amor? — Seu timbre saiu rouco, sexy, arranhado. Daquele jeito que denunciava o que Shane estava pensando sem que ele precisasse dizer em voz alta. *Amor. Deus, aquilo era demais.*

— Você sabe que sim...

— Queria te ver molhada e nua, Roxanne. Embaixo do chuveiro. — Shane gemeu e sua respiração se perdeu no meio do caminho. Pude ouvir sua movimentação, inquieto... talvez na cama. — Quando fecho os olhos, consigo imaginar direitinho, porra.

— Não vai precisar imaginar amanhã.

Ele grunhiu.

— Amanhã é o nosso encontro. Mas eu não vou tocar em você.

Parei de respirar.

— *O quê?*

— Você disse que não vai transar comigo. E você estava certa. Não vou tocar em você até que perceba o que eu quero, até que entenda o quanto tô levando isso a sério. Merda, Roxy. Quero te mostrar o quanto eu tô nessa.

Ah, verdade. Eu disse que não íamos transar. *Droga.*

— Sim, é mesmo. — Pigarreei, tentando recuperar a minha pose de menina má. Então, subitamente me veio uma ideia. — Você não vai me tocar. Mas... — Fui até o chuveiro e o desliguei. — *Agora* você não está me tocando.

— O que tá querendo dizer? — A voz dele desceu um tom.

— Que a imaginação é uma arma poderosa.

— E não vai contar como se eu estivesse dentro de você, certo? — Pude ouvir o sorriso safado na sua voz. Fechei os olhos por apenas um segundo e me encostei na pia do banheiro, arfando como se ele estivesse ali. — Ah, Roxanne. Você conhece exatamente o tipo de homem que eu sou quando tô fodendo você.

Então... — Pude ouvi-lo tirar a roupa. Literalmente, pude escutar do outro lado a cueca deslizando e a sua respiração alternando enquanto Shane se despia. — Onde você tá agora?

— Encostada na pia do banheiro.

— Senta na superfície. Faz isso pra mim.

Eu era pequena e o banheiro da minha suíte era imenso, inclusive a pia, que ia de uma ponta a outra. Tranquei a porta e empurrei os perfumes e alguns itens para o lado. Deixei a toalha cair no chão e me impulsionei, sentando no mármore frio. Tremi quando minhas costas escorregadias e quentes bateram no espelho.

— Estou sentada — gemi, dobrando as pernas e apoiando os pés no mármore.

— Pronta para viajar na imaginação comigo, Querubim? — O perigo na sua voz antecipou algo que eu sentia só com ele. Aquele orgasmo que começava tão devagarzinho, descendo do centro da minha barriga até se desenrolar no clitóris.

— Para você, eu tô sempre pronta.

— Merda, Roxy — ele gemeu. — Passe a mão por seu corpo como se fosse eu. E você sabe que eu aperto, judio bastante. Brinque com seus peitos, aperta eles pra mim.

Apertei um seio e depois o outro, brincando com os mamilos pontudos, me lembrando de como Shane dava atenção a eles. A sua boca...

— Pense que eu estou chupando-os. — E éramos tão sincronizados que sabíamos o que o outro faria, o que queria. A respiração dele foi ficando cada vez mais rasa. — Te chupando toda e descendo a boca pelo seu corpo molhado, a língua em ziguezague para baixo até brincar com o seu clitóris e chupá-lo. Ah, você é tão gostosa, amor. Mesmo na minha imaginação. Você é tão gostosa.

— Shane...

— Geme pra mim.

— Deus... — tremi.

Senti a densidade do prazer nos meus *lábios* inchados quando acelerei. Estávamos no começo, mas eu já me sentia à beira. Semanas sem senti-lo, enquanto estava prestes a ficar naqueles dias, o tesão serpenteando como se eu fosse gozar em segundos.

— Coloque um dedo dentro, bem devagar, pense que é o meu pau.

— Quero que seja o seu pau.

— Quer, é? — Shane grunhiu. — Queria o meu pau bem grosso entrando nessa boceta?

Deslizei o dedo para dentro. *Ah, essa boca suja do Shane acaba comigo.* Comecei a sentir o meu corpo tremer, enquanto os músculos internos da minha vagina pulsavam em volta do dedo, pressionando tanto que a respiração foi ficando cada vez mais rasa.

— Eu quero você.

— Eu sei, amor. Também te quero demais — Shane rosnou. — Antes de acelerar o dedo nessa boceta gostosa, coloca mais um e aí acelera. Imagina que sou eu beijando a sua boca aberta, a língua circulando seus lábios antes de eu enfiá-la lá no fundo. Imagina meu pau, as veias e o piercing, recuando apenas uma vez e, em seguida, afundando e te fodendo com pressa.

— Você tá se tocando pra mim?

— Tô. — Shane arfou quando acelerou. — Eu tô imaginando a sua boceta pulsando no meu pau, amor. Tão molhadinha. Tô imaginando a sua boca entreaberta e bem inchada depois de eu judiá-la com uma mordida. Tô imaginando o quanto você tá vermelhinha aí embaixo, pingando pra mim.

— Eu tô... eu...

— Ninguém mais, Roxanne — grunhiu, e a cada sílaba ouvi sua respiração entrecortada. — Ninguém me quebra assim, só você.

— Eu te quebro? — Acelerei, encharcando os meus dedos com o meu próprio prazer, me sentindo contrair e relaxar lá dentro. Eu estava tão pronta, cada parte minha querendo aquele homem em cima de mim

— Você me destrói. Eu tô tão duro e... *hum*... — gemeu, se remexendo nos lençóis. — Estoca mais rápido que a batida do seu coração, amor. Fode tão gostoso como a gente faz quando tá junto. Nossa, eu tô... — arfou — ... latejando inteiro por você. Meu pau, de cima a baixo, querendo você.

— Então me imagina aí — pedi. — Sentando em você bem devagarzinho.

— Quer montar em mim? — Arrepios beijaram a minha pele quando Shane subiu um tom. — Porra, porra... a sua boceta engolindo o meu cacete todo.

— Depois eu rebolando em cima de você. Sentando com força e girando o quadril com seu pau dentro de mim. — Repeti o movimento nos meus quadris, indo e vindo, deixando os dedos parados enquanto me imaginava em cima dele. Resfoleguei quando a onda começou a se formar, meu clitóris completamente inchado, tão duro e teso, que parei de estocar e comece a circulá-lo depressa. — Ah, como isso é bom. Ah, Shane.

— Você tá acabando comigo. Rebola pra mim, goza no meu caralho — pediu. Bruto, arfando o meu nome. — Roxanne, eu...

— Eu também...

— Porra, porra! Vem, amor...

Dei apenas mais uma volta no ponto túrgido e o meu corpo inteiro convulsionou. Eu literalmente vibrei cada músculo e cada nervo, apertando os dedos dos pés enquanto meus dedos da mão freneticamente giravam no clitóris. Apertei o celular com muita força, ouvindo Shane grunhir de prazer, gemendo loucamente o meu nome enquanto o tsunami varria os meus sentidos e os dele. Pulsei como se o coração viesse para o meio das minhas pernas e mordi o lábio inferior como uma segunda onda, quase como um beijo final de prazer, tremia a minha vagina de dentro para fora.

— Ah, caralho. — Shane suspirou fundo e soltou uma risada sem-vergonha. — Eu precisava disso para aguentar amanhã sem tocar em você.

— Shane...

— Eu morro de tesão por você, Querubim. Merda, eu fico duro só de imaginar o seu beijo. — Ele arfou. — Mas vou fazer isso do jeito certo.

Respiramos longamente do outro da linha, por minutos, até eu soltar:

— Vamos marcar uma data, então.

— O quê? — ele gritou. — Você só vai trepar comigo no dia do casamento?

— Shane! — Gargalhei. — *Não*. Eu tô dizendo... vamos marcar um encontro para fazermos.

— Eu li algo sobre o terceiro encontro, mas é cedo demais. Quinto encontro?

— Quinto encontro. — Senti o batimento voltar a acelerar. — Sim, parece bom.

— É bom o suficiente para você começar a confiar em mim?

— Eu já confio em você.

— Porra, confia sim. Mas como amigo. Não como homem.

Como ele me entendia dessa forma? Que outra pessoa me lia nas entrelinhas? Ninguém. Era como se ele visse os meus pensamentos. Ou como se todos os dias o meu cérebro se conectasse ao dele, atualizando informações.

Eu não conseguia esconder meus sentimentos e os meus medos, por mais que tentasse.

Shane se remexeu nos lençóis e soltou um suspiro.

— Shane, eu...

— A gente tá fazendo tudo do avesso, né? Porra, fomos amigos por milênios e amantes por uns dias, mas agora...

— Agora...? — Prendi a respiração.

Ele ficou alguns segundos bem quietinho.

— Agora eu tô querendo te mostrar que vai valer a pena me ter na sua vida como mais do que isso. — Ele sorriu. Eu pude ouvir o sorriso na sua voz, a respiração ainda um pouco ofegante do orgasmo. — Até amanhã, Roxanne Taylor.

— Até amanhã, Shane D'Auvray.

— Bons sonhos.

Sorri.

— Sempre são quando estou com você.

— E você tá mesmo. Em mim.

CAPÍTULO 7

You are all that I need
I feel that we can break free
We can still go back there
To a place with no cares
We can turn this ship around

— Hallman, Tape Machines feat. Andy Delos Santos,
"Turn This Ship Around".

Roxy

Eu não conseguia parar de tremer, o que era ridículo.

Eu já transei com o Shane, já beijei aquela boca mais vezes do que poderia contar e convivi com aquele homem por duas décadas. Eu o vi se tornar um homem, pelo amor de Deus. *Nada* era novidade. Ainda assim, meu corpo não queria entender isso.

Sinceramente, não precisava desse nervosismo.

Porque eu sabia que Shane optaria por não-quero-complicar. Ele provavelmente ele me levaria para comer em um food truck em algum lugar de Miami. E riríamos a noite inteira, talvez depois fôssemos para a praia...

— Você pode relaxar, Roxy. Tá perfeita, porra — Zane me garantiu, me olhando de cima a baixo.

— Linda mesmo. — Mark piscou para mim.

— Um anjo — Carter abriu um sorriso que fez meu estômago dançar.

— Bonita demais. Sério. Tô até com um pouco de ciúmes. — Yan riu.

— Ciúmes? Por quê? — indaguei, surpresa.

— Porque você é a nossa irmã mais nova, cunhada — Zane explicou. — Todos nós estamos com ciúmes. Não tá vendo um bando de gavião sobrevoando você? Porra, se o Shane fizer merda...

— Ele não vai fazer — Carter prometeu. — Confie no seu irmão. Ele é um D'Auvray.

— Foda-se, é mesmo. — Zane riu.

— Parem de rondar a menina como se fossem dar um tiro no primeiro homem que aparecer aqui. É o *Shane*, pelo amor de Cristo. — Lua começou a me puxar dali. — Você está bem?

É, a The M's e suas garotas estavam na minha casa. As meninas me levaram para um dia de SPA e salão. E ainda foram comigo ao shopping em busca do vestido perfeito. Os garotos, bem, eles são fofoqueiros. E, assim como os meus pais e os D'Auvray, também estavam ansiosos por esse encontro. Quando Mark, Cahya, Carter, Erin, Zane, Kizzie, Yan e Lua invadiram a minha casa a uma da tarde daquele sábado, confesso que fiquei um pouco surpresa.

— Eu tô. Acho? — Parei para tomar fôlego. — O que eu tô fazendo, Lua?

— Você está saindo com o seu melhor amigo. — Ela segurou nas laterais do meu braço e eu senti um arrepio de ansiedade cobrir a minha nuca. — Você está se permitindo. Não é só o Shane que precisa soltar as amarras. Você também, amor.

— É difícil para você, e entendemos isso. Difícil acreditar que é um encontro com o seu melhor amigo. Um encontro *de verdade*. Com data marcada, com ele vindo te buscar para fazerem algo especial juntos. — Erin sorriu com empatia para mim. — É um passo grande para os dois.

— Por que parece tão diferente do Brasil? — indaguei, mordendo o lábio inferior. — Eu fui tão corajosa lá.

— Porque lá você tinha um prazo para terminar e era só sexual. Isso foi o que vocês combinaram — Kizzie elucidou. — Agora a coisa é séria. Vocês estão em casa, em Miami, e é o seu melhor amigo te levando para sair. E não um rockstar transando com você em um quarto chique de hotel.

— Shane está determinado a te conquistar. Ele quer fazer do jeito certo e, nossa... — Cahya riu. — Essa mudança em um homem é irresistível. Você está nervosa porque esse é um lado dele que não conhece.

— Você está vivendo a rendição de um D'Auvray, Roxy. — Kizzie piscou para mim. — E essa é a coisa mais linda e atrapalhada que tem.

Sequei as mãos suadas na lateral do vestido, o que não resolveu nada. A peça era de alças tão finas que eu não as sentia, o tecido era colado em cada parte do meu corpo e a saia era *midi*. O vestido lilás parecia delicado, mas beirava à sensualidade porque era tão justo que não deixava nada para a imaginação. Por sorte, havia uma espécie de bojo no decote coração. A sandália de tiras completava a delicadeza. O salto fino e branco combinou com a bolsa de mão que as meninas compraram junto com o sapato.

É tão bom poder me redescobrir em novas peças de roupa, usar outras cores além de preto, me permitir ser sensual e ao mesmo tempo ser delicada. O amor refletiu até no meu estilo, me sinto mais livre e não me prendo mais a apenas uma Roxanne. Posso ser quem eu quiser.

— Filha, você... — meu pai disse assim que me viu na sala. — Oh, uau. Shane nem vai saber o que o atingiu.

— Deus, Roxanne, meu filho não vai resistir. — O pai dos meninos arregalou os olhos.

— Tão linda! — Charlotte disse, dando um passo à frente com a minha mãe. Lua deu espaço a elas, e eu suspirei fundo. — Nossa, Shane não está preparado para isso.

— Perfeita. Você é literalmente uma divindade. — Mamãe sorriu.

— Meu Senhor, vocês sabem que eu não estou indo me casar, certo? Sabem que isso é um encontro? — Ri, porque o que mais eu faria?

— Nós sabemos. Mas estamos tão felizes. — Charlotte piscou, emocionada.

— Ah, não chora, tia Charlie! — pedi, abraçando-a.

— Eu esperei tanto por esse momento! — Ela me tocou delicadamente, como se não quisesse me quebrar.

— Sem sentimentalismo, mãe. — Ouvi Zane descendo as escadas. — Relaxem, ou a menina vai ficar mais nervosa ainda.

— Preciso ir — Mark avisou.

Me afastei da Charlotte e lancei um olhar sobre o ombro para Mark.

— Você vai sair agora?

— Sim.

— Por quê? — perguntei, surpresa.

— Porque eu serei o motorista de vocês esta noite.

— O quê? — Perdi o fôlego. — Mas por quê? É sério?

Minha bolsa de mão vibrou, interrompendo Mark de dar uma resposta. Puxei o celular e meu coração trotou no peito.

Shane: Cheguei, linda. Devo te buscar na porta ou você vem?

Com os batimentos confusos, olhei para a minha sala. Com três rockstars, um segurança, quatro pais e quatro meninas...

Eu: Eu vou. Me dê cinco minutos.

— Shane chegou! — falei, como se estivesse anunciando o fim do mundo.

— Ele deveria te buscar na porta — Carter resmungou.

— Sem dúvida deveria. — Yan fechou os olhos.

— Não. Eu pedi a ele para... eu ir até... Deus, eu tô nervosa.

De repente, o segurança da The M's, que só naquele momento percebi que estava vestido como um profissional, de terno preto, camisa branca e gravata preta, veio ao meu lado como se fosse me levar ao altar. Ele fez uma curva com o braço e sorriu com os olhos negros para mim.

— Vamos, Roxanne. Você vai tirar de letra.

Assenti e fechei os olhos por longos segundos antes de aceitar o convite do Mark.

Querubim

Shane

Defina nervosismo: comprar um carro novo só para ir a um encontro com a Roxanne porque nenhum dos que eu tinha eram bons o bastante. O carro branco era enorme e cheio de estilo. O couro dentro era em tom creme e o assento parecia uma poltrona. Porra, havia espaço até para taças de champanhe.

É, talvez eu tenha exagerado um pouco.

Mas, merda, esse seria o encontro das nossas vidas.

Saí do carro, dei a volta e abri a porta traseira. Mark tinha combinado comigo de ser o nosso motorista naquela noite. E também segurança. Ele sabia que era foda sair por Miami como pessoas normais e teria mais homens nos seguindo, mas sem serem vistos. Como fantasmas na penumbra para evitar qualquer problema. Só que, cara, *nada* daria errado aquela noite.

Minha noite com a Roxanne.

Finalmente.

Comecei a girar o chaveiro do meu apartamento no dedo, Jim Carey e seu cabeção provavelmente fazendo piada de mim. Soltei um suspiro, guardei-o no bolso da calça, peguei o buquê e esperei.

Cinco minutos duram quanto? Uma vida inteira, porra?

Olhei a mensagem da Roxy de novo.

E havia algumas novas no grupo só dos caras no WhatsApp.

Buda da Cahya 😎: Vim até a casa da Roxanne, como combinamos. Já estou saindo com ela. Vai dar tudo certo, Shane. Confie em si mesmo.

Puto Rendido 🤡: Se cuida, pirralho. E cuide dela. Te amo.

Primeiro Crush da Querubim 😒: Nada especial, só você mesmo. Lembre-se do que conversamos.

Chicote Estalando 😏: Qualquer coisa, estamos a uma ligação de distância.

Eu 😈: Relaxem, caras. Tô tranquilo.

É, eu tinha mudado os contatos deles para nomes que me fizessem rir cada vez que eu lesse as mensagens. E não duvidava que todo mundo estava enfiado na casa da Roxy.

A porta se abriu e meu cérebro ficou em branco.

Um sorriso incrédulo se formou na minha boca. *Merda. Merda. Merda.* Meu coração bateu tão forte que pensei que seria capaz de arrebentar a caixa torácica. Não consegui olhar para o seu rosto primeiro porque o vestido lilás mudava conforme a luz da rua, brincando com a imaginação. Porra, a cintura bem fina da Roxy ficou em evidência e o quadril, dançando conforme ela caminhava, fez meu pomo de Adão subir e descer devagarzinho. Cara, os seios pequenos, então as coxas e as sandálias. Tudo aquilo, aquela mulher *inteira*.

Ela estava perfeita. Mas fiquei sem ar quando subi para o seu rosto.

Ela era um anjo, porra. Roxanne era a mulher mais linda do universo. Aquele olhar, com a mesma ansiedade e receio que o meu, mas a mesma força e o sim em suas íris.

Fiquei segundos inteiros congelado. Talvez com a boca aberta. Patético. Um otário. Mas não pude evitar. A entrada da casa dos Taylor era imensa e havia uma escada de pedra. As luzes se acendiam por sensor, então cada degrau que a minha Querubim descia, as luminárias de chão ascendiam. E ela, de braços dados com Mark...

Me deixa explicar. Eu sempre tive uma imaginação fértil, mas nunca para romance. Jamais. Sério mesmo. Talvez meu cérebro tenha absorvido muitos livros na última semana, filmes como *Uma Linda Mulher* e etc. Talvez eu esteja quebrado. Talvez, apaixonado demais para que desse um curto-circuito no meu cérebro e coração. Mas conforme Roxy descia as escadas de braços dados com Mark, me veio na cabeça Roxanne de branco.

Ao meu lado.

Dizendo sim de verdade pra mim.

Ah, porra.

Não.

É sério isso, coração? Você tá adiantando as coisas pra caralho, merda.

— Boa noite — Mark disse. — Me passe a chave, Sr. D'Auvray.

Entreguei o que ele pediu, completamente alheio. E o vi, pela visão periférica, se afastar e sentar no banco do motorista.

— Se não tem outra mulher escondida nesse carro, acho que isso é pra mim, né?

Pisquei, saindo do transe.

— Puta que pariu, Roxanne. Como você consegue ser tão linda?

Ela arregalou os olhos.

— Você chamou a minha mãe de puta no primeiro diálogo do encontro?

Eu quis rir, mas balancei a cabeça e entreguei o buquê.

— Eu quis dizer que você tá linda. — Sorri, suspirando fundo. — Desculpa.

Pega. É tudo pra você.

— Obrigada. — Ela enfiou o nariz nas rosas. O buquê era imenso e Roxy mal conseguia segurá-lo. As rosas em tom cor-de-rosa surpreendentemente combinavam com o vestido. Enquanto Roxy ainda estava de olhos fechados, apreciando o perfume, ela suspirou. — Eu sei que isso tudo é estranho para você, Shane. Não precisa ser quem você não é. — Então, abriu as pálpebras. — Só você mesmo.

Engoli em seco.

— Eu quero te dar uma noite especial, Querubim.

— E vai ser. — Roxy se aproximou, alternando a atenção entre os meus olhos. Sorrindo. Linda. Dona do meu coração e da porra toda que vinha junto. — Porque estamos juntos.

— É a nossa pausa no tempo — garanti, umedecendo os lábios. Tirei o buquê dela e levei a mão livre para sua cintura. Contato físico. Nisso eu era bom. Em palavras, não tanto. Meu corpo acendeu assim que nossos rostos ficaram a centímetros de distância. Desci os olhos para a sua boca. — Senti sua falta.

— É, eu sei. Mas você sempre sente. Mesmo quando estamos juntos, você ainda sente a minha falta.

— É, mas agora é de outro jeito. — Passei a ponta da língua no meu lábio inferior. — Agora sinto falta de você em *mim*. Da sua risada nos meus ouvidos, da sua mão na minha, do seu perfume se misturando ao meu, dos seus lábios macios contra a minha boca. Nossa, da sua língua... — Parei antes que eu fizesse uma merda. — Sinto falta de você em mim, Roxanne.

— Então é melhor acelerarmos esse encontro, porque também senti falta de você em mim. — A voz dela baixou um tom. Roxy entreabriu os lábios, escorregando a atenção para a minha boca como se quisesse me beber, me tomar, me consumir.

Meu pau, lembrando da nossa ligação depravada, começou a pulsar.

Mas não era assim que seria esta noite.

Sorrindo, me aproximei até que meus lábios tocassem a sua testa. Roxy suspirou fundo quando nossos corpos se colaram, minha altura engolindo-a.

— Bem-vinda à primeira noite do resto das nossas vidas, amor.

Roxy

Shane estava se esforçando. Eu percebi pelo buquê e pelo carro novo que ele comprou. Ele *literalmente* comprou um carro para sair comigo. E o teto do carro... Jesus. Possuía minúsculos pontos de luz que faziam parecer que estávamos sob as estrelas. Mas o que me enlaçou mesmo foi o Shane por si só. *Deus, o que era aquilo?* Ele fez meus joelhos vacilarem na escada assim que pus os olhos nele.

Estava com uma calça social. Acredite. Eu acho que desde a nossa formatura do Ensino Médio eu não o via assim. E ele estava todo de preto. Fatalmente *all black*. A calça justa e escura, combinava com o tênis Tommy Hilfiger. Além disso, havia um cinto de couro com fivela prateada. Então, a camisa preta colada nos seus músculos, com as mangas dobradas até os cotovelos. E com alguns botões abertos exibindo seu peito musculoso, a tatuagem de diamante me fazendo engolir em seco. Sem dúvida a roupa teve dedo do Yan.

— Certo, então você já tem o apoio do seu pai e do administrador que ele conhece para lidar com a parte burocrática de abrir a Rosé. Beleza. Acho isso ótimo — Shane disse, me trazendo ao presente. Estávamos no carro, a caminho de um restaurante. Lancei um olhar para o meu melhor amigo. Seu perfil perfeito, os piercings, os olhos estreitos enquanto continuava o assunto. — Mas a parte da produção das peças, Querubim, você vai ter que terceirizar mesmo. Eu sei que quer que tudo tenha a sua mão, mas precisa delegar as coisas. Porra, tipo, e se você estourar? Já pensou nisso? — Ele virou o olhar para mim e eu tremi por dentro. — E se vender mil saias em um final de semana? Cem mil?

— Papai diz a mesma coisa.

— Então você precisa ouvi-lo. — Shane pegou a minha mão e seus dedos engoliram-na inteira. — Você tem que estar preparada para uma única venda ou centenas de milhares. Eu sei que você vai alcançar isso tudo mais rápido do que pensa.

— Consegui contatos, é verdade. Algumas modelos, estilistas, a própria Erin, que tem mais de um milhão de seguidores agora, prometeu que vai fazer doze postagens seguidas vestindo as peças do lançamento.

— Você vai vender pra caralho, sabe disso? Assim que abrir o Instagram da Rosé e o site... porra, amor. Nós vamos fazer o seguinte. Quando terminar de pensar nas peças e fazer as coisas todas de tirar elas do papel e tal, eu te levo para o designer e o programador que cuidam do site e a página de fãs da The M's. Os caras são ninjas. A gente faz um orçamento e contrata uma pessoa para cuidar das mídias sociais e o suporte ao cliente. Cadastra todas as peças, a Erin faz as fotos e *boom*. Mas precisamos estar preparados para a porra toda.

— Sim, eu estava pensando justamente nisso. Meu pai quer que eu abra uma loja física, mas estou pensando na possibilidade de lidar com tudo on-line. Assim consigo controlar melhor. E suas ideias são ótimas!

— Porra, e um desfile? — Seu polegar dançou nas costas da minha mão enquanto Shane abria um sorriso. — Você já pensou nisso?

— Eu... — Fiz uma pausa. — Espera, você tem estudado sobre o assunto? — perguntei, arregalando os olhos.

Ele riu. Aquela risada gostosa e rouca que fazia os pelos da minha nuca subirem.

— Tão na cara assim?

— Eu realmente tô surpresa por você saber tanto.

— Quero te ajudar com tudo o que você precisar, Querubim. Você me ajudou com o meu sonho. Agora tá na hora de fazer o seu acontecer. Investimento, mão de obra, ideias de divulgação... tudo que você precisar, eu vou estar aqui, beleza?

— Shane! — Com certeza meus olhos estavam brilhando para ele.

Meu melhor amigo sempre me apoiou. Ele sempre esteve ali por mim. Seria assim independentemente de estarmos iniciando algo, qualquer coisa. Então por que isso parecia tão *surpreendente*? Eu podia sentir meu estômago gelar, minhas mãos tremerem na taça de champanhe sem álcool, como se estivesse prestes a ter uma revelação absurdamente incrível.

E, então, entendi.

Nenhum outro homem havia demonstrado algo do tipo. Interesse *por mim*. Completamente. Na minha carreira, nos meus sonhos. Seja em um encontro, relacionamento ou qualquer envolvimento. *Isso* era novo. Ter um homem que te olha como se te admirasse. E não só pela parte externa, mas por quem você é por dentro.

Shane sempre esteve fazendo isso tudo, demonstrando interesse de forma indireta e até confusa, mas sempre me olhou com essa admiração e amor. Então por que eu fiquei com tanto medo de acreditar que poderíamos ser mais do que isso?

Sempre fomos mais do que amigos.

A única coisa que nos separava era o contato físico.

Engoli em seco quando sua atenção deslizou para a minha boca.

— Você tá me olhando como se estivesse me vendo pela primeira vez, Roxy. — Ele riu, e eu umedeci os lábios.

— Porque eu estou entendendo a nós dois pela primeira vez.

Toquei no seu rosto, a barba por fazer pinicando a minha palma, e sorri para o meu melhor amigo, vendo a confusão e a emoção nos seus olhos. O perfume das rosas se misturando ao seu no ambiente à meia-luz. As estrelas do teto do carro sob tornando tudo tão mais...

Mark saiu do carro sem dizer nada. Eu nem tinha percebido que havíamos parado. Com os batimentos confusos, pisquei. Eu anteciparia as coisas e não era isso o que a gente queria.

Passados alguns minutos, talvez longos demais para que conseguisse me afastar, Mark voltou para o carro e se virou para nós do banco da frente.

— Eles disseram que não têm reserva no seu nome.

— O quê? — Shane perguntou, ainda me olhando como se quisesse invadir a minha alma.

— As reservas aqui são feitas com seis meses de antecedência. Que você pode ter reservado em outro lugar que tenha um nome semelhante. — Mark fez uma pausa. — Sinto muito.

— Ah, porra. — Shane fechou os olhos.

— Tudo bem, Tigrão. Vamos para outro lugar.

— Não, esse restaurante era perfeito. — Ele voltou-se para Mark. — Perguntou se eu não posso pagar a quantia que for para ter uma mesa?

— Sim.

— E?

Mark só balançou a cabeça em negativa.

— Eu me organizei, cara — Shane resmungou. — Eu fiz tudo certo. Vou lá e...

— Não. — Toquei na sua mão, entrelaçando nossos dedos. — Você vai ligar para o restaurante que fez a reserva e pedir o endereço. Mark vai dirigir até lá e vai dar tudo certo.

— Tudo bem, vamos. — Mark ligou o carro e começamos a sair. Meu estômago roncou e Shane ouviu.

— Aposto que você tá o dia todo sem comer porque achou que eu ia te levar num food truck. — Riu.

— Eu pensei mesmo. — Sorri.

— Esse restaurante é cinco estrelas e o cacete todo que você merece.

— Se eu tiver que comer um lanche na esquina, não vou me importar — garanti.

— Isso todos os caras fazem, Querubim. Lanche, sorvete e passeio na praia depois. Quantos babacas te levaram para o mesmo roteiro em Miami?

— Uns cinco?

— Merda, não. Eu não vou fazer isso. — Shane respirou fundo. — Mark, vai dirigindo. Eu vou ligar para o restaurante. Se nada der certo, eu vou para o plano B.

— E você tem um plano B? — perguntei, surpresa.

— Não, mas a gente inventa um. — Sorriu. — Caralho, eu devo ser o cara menos romântico que o mundo já viu.

— Você tentou.

— É. — Ele suspirou. — Eu bem que tentei mesmo.

Querubim

SHANE

As coisas começaram a dar errado.

Tipo, muito errado.

No caminho para o outro restaurante, o pneu do carro furou depois de passar por um prego ou sei lá que diabos. Mark trocou rápido pra caralho. E voltamos às ruas, mas já estávamos atrasados nos meus planos. Porra, Roxy estava morrendo de fome. Eu tinha que ter esperança de que conseguiríamos comer alguma coisa. Qualquer coisa no restaurante que eu tinha reservado.

Quando me confirmaram a reserva em um endereço bem mais afastado de onde estávamos, eu mantive a confiança. E quando chegamos, vi que o lugar parecia luxuoso e descolado ao mesmo tempo. Embora fosse meio escondido do mundo. *Paris Lounge*. O mesmo nome do restaurante com estrelinhas e o cacete.

Mark saiu do carro junto conosco. Ele ficaria em outra mesa, afastado, mas perto o suficiente para evitar qualquer problema. Assim que entrei no restaurante de mãos dadas com Roxy, uma hostess nos recepcionou com um sorriso. Ela descaradamente desceu os olhos para as nossas mãos entrelaçadas. E então, para Roxy.

— Mesa para dois? — indagou, lançando mais um olhar para a minha garota. Ela nem estava se importando comigo. Nem me reconheceu, pelo jeito.

— Sim, fiz duas reservas. — Eu tinha colocado as duas mesas no nome do Mark. Uma para ele, uma para mim e a Querubim. — Mark Murdock.

— Certo, por aqui. — Ela começou a entrar no imenso espaço, rebolando.

A decoração em vermelho e dourado me fez pensar que era mais escuro do que eu imaginava. As luzes eram amarelas, com velas e sei lá, e as toalhas eram bonitas. Havia muita conversa, várias pessoas... É, parecia bem romântico, porra. Tirando a secada que a hostess deu na minha Querubim.

Nos sentamos e o garçom se aproximou, perguntando sobre bebidas e a entrada. Escolhemos coisas diferentes para provarmos o prato um do outro e entramos naquela sincronia só nossa — eu cortando o salmão que a Roxy pediu com salada e passando o guardanapo para ela. E tudo isso me fez esquecer do que tinha dado errado. Roxy estava comendo, gemendo a cada garfada, feliz de ter uma refeição decente.

No prato principal, engatamos em uma conversa sobre a viagem e os futuros planos da The M's. Rimos pra caralho da vida. E nos sentimos tão bem um com o outro. Sério, Roxanne à luz de velas é pra foder a minha cabeça. Mas tentei não nos levar pro lado sexual.

— Boa noite. — Um casal se sentou na nossa frente.

Na *nossa* mesa.

Ergui a sobrancelha.

— Boa noite — Roxy disse automaticamente.

A mulher tinha os cabelos castanhos, na altura do ombro. O cara era forte, pele bronzeada, cabelo escuro e amarrado em um coque no topo da cabeça. Fiquei olhando para aqueles desconhecidos, me perguntando se me conheciam, mas eles estavam nos encarando como... *que porra*?

— Depois do jantar, querem se juntar a nós? — o cara pediu.

— Porra, desculpa. Mas vocês nos conhecem?

— Não, mas queremos conhecer. — O cara me mediu como se quisesse um pedaço.

— Quem vocês acham que são para invadirem nosso jantar assim? — reagi, quase me levantando. Roxy tocou na minha coxa, como se quisesse me parar.

O casal trocou olhares.

— Vocês não sabem do que se trata? — a mulher argumentou, sorrindo, e lambeu os lábios como se me quisesse de sobremesa. — Esse lugar?

Foi então que eu olhei ao redor.

Literalmente prestei atenção em que beco a gente tinha se enfiado.

Havia várias pessoas. Isso eu tinha entendido. Mas o que estavam fazendo? Eu não tinha reparado. Estavam flertando, cacete. Um cara com a mão na coxa de outro. Duas mulheres se beijando à nossa esquerda. Uma no colo de dois homens. Procurei Mark com o olhar. Ele estava sozinho, com a cara no celular, provavelmente mandando mensagem para Cahya, sem reparar em que inferno a gente se meteu.

— O que é isso? — Roxy perguntou.

— Uma casa de swing. Com direito a jantar — o cara respondeu e desceu o olhar para o decote da Roxy. — A gente come duas vezes. Aqui e... lá. — Ele apontou para o segundo andar.

Havia gemidos abafados por um jazz suave.

Mas eu pude ouvir ao fundo.

Peguei a mão da Querubim e me levantei em meio segundo.

Romantismo o caralho.

— Shane...

— Estamos caindo fora. — Puxei a carteira e joguei várias notas de cem em cima da mesa. Senti a vergonha e o meu despreparo subirem junto com o sangue para a cabeça. Eu quis rir, mas estava tão desesperado que não pude fazer gracinha. — Não divido a minha mulher nem se... ah, foda-se.

Não ia dar explicação para desconhecidos, ou ia?

Passei por Mark e o chamei.

— Vamos.

— Por quê?

— É casa de swing. Ménage. Vuco-vuco do capeta em grupinho. Estamos caindo fora agora antes que um homem queira me comer ou uma mulher queira enfiar a mão embaixo do vestido da Querubim.

Mark arregalou os olhos e observou ao redor.

— Deus! — ele disse, chocado. Então, prensou os lábios para não rir. — Vamos, eu levo vocês. Para onde?

— Eu nem sei mais, Mark. Só vamos embora.

— Troca-troca de casal. Suruba. — Roxy arfou conforme eu fui puxando-a pelo extenso *lounge* que não parecia ter fim. — É, até que é bem diferente mesmo para um primeiro encontro.

— Desculpa, Querubim.

Então, Roxy começou a gargalhar.

— Deus, Shane. Quanto mais você se esforça, mais errado dá. Você comprou o carro e o pneu furou. Quanto custou aquele SUV absurdo?

— Quase dois milhões de dólares.

— Então o restaurante errado... — Ela voltou a rir.

— Porra, não ri da minha cara, amor. Eu tô querendo me esconder em outro país.

Mark começou a rir também.

— Não quiseram se divertir esta noite? Vocês dois são tão deliciosos — a hostess gracejou.

— Moça, não me testa, não. Entrei no lugar errado. Sou monogâmico e as porras tradicionais todas.

— Ah, é? — Ela pareceu bem surpresa.

— Não, eu não era. Adorava putaria do pior nível. Mas sou de uma mulher só agora. Desculpe. Boa noite. — Puxei Roxy para longe dali, com ela e Mark rindo até a barriga doer.

Quando o carro começou a se movimentar, Roxy ainda estava rindo. Entrelacei meus dedos nos dela e soltei um suspiro.

— Tá com fome ainda?

— Sim, eu não terminei o prato principal. — Ela ergueu uma sobrancelha.

— Desculpa. Porra, mil vezes desculpa.

— Tá tudo bem, Shane.

— Era o nosso primeiro encontro e eu estraguei tudo.

— Não era o primeiro. — Ela levou minha mão à boca e deu um beijo estalado nas costas. — Já tivemos tantos momentos, Shane. Esse era só um encontro.

— Eu estava tão nervoso, com medo de fazer errado.

— É? — Ela pareceu gostar de ouvir isso. Então, dane-se. Já que eu tinha me humilhado o suficiente por duas vidas, ia soltar tudo. — Sério?

— Eu comprei revistas de dicas para encontros. Comprei seus livros favoritos de romance e tentei tirar alguma dica dali. Eu ia te levar para jantar esta noite e depois nós íamos passear. Tipo, eu fiz um roteiro pela cidade, sério mesmo.

— Que horas são, Bond? — ela perguntou.

— Onze.

— Podemos ir num food truck e passear na praia — ofereceu.

— Isso é tão... — resmunguei.

— Não tem como dar errado. — Ela fez uma pausa. — Olhe para mim.

Deus, ela estava tão linda, cara. Com o cabelo meio preso, meio solto. As mechas loiras em volta daquele rosto perfeito. O vestido novo. Eu sabia que ela tinha comprado especialmente para mim.

— Não tem nada a ver com o ambiente ou a elegância. Somos eu e você, comendo um lanche e falando da vida. O nosso encontro vai dar certo. Eu prometo. E então, teremos o segundo...

— Caralho, e se eu fizer merda de novo?

Ela riu.

— Vamos combinar o seguinte. Segundo encontro: Shane sendo Shane. Terceiro encontro: Shane sendo um rockstar. Quarto encontro: algo só nosso. Quinto encontro...

— É no quinto que a gente transa?

— Shane!

— Caralho, perdão. Tudo bem, tô sendo um merda na arte do romance. Mas vou te recompensar. Anotei as dicas mentalmente. Quer dizer, Mark, anota aí pra mim.

O segurança riu e balançou a cabeça. Ele apertou o botão que gravava um áudio e repetiu o que a Querubim disse.

Meu celular apitou com a mensagem.

— Shane, você não precisa planejar nada grandioso. É sério. Eu já amo a sua companhia, eu só quero você do meu lado e me fazendo rir como sempre faz. Tudo bem?

Toquei no seu rosto, inspirando seu ar quando colei nossas testas.

— Lanche e passeio na praia.

— É perfeito.

Beijei o meio da sua testa.

— Obrigado, amor — sussurrei.

— Pelo quê?

Sorri.

— Por gostar de mim independentemente de eu ser o Grinch dos romances.

Ela riu.

— Bom, meu único defeito é que o meu mindinho do pé esquerdo é torto. Então...

— É. Você é toda perfeitinha. — Minha voz desceu um tom. Deus. A atração, porra. Beijei sua bochecha, precisando me controlar para não deslizar os lábios até a sua boca. — Amanhã teremos um novo encontro. E não vou errar dessa vez.

— Amanhã, é?

— Às sete?

Roxy assentiu.

— Chegamos — Mark avisou.

Comemos um lanche na beira da praia. Depois caminhamos sob um céu estrelado e uma lua imensa. Foi bom, cara. Fomos nós dois. E mais nada.

Meu coração não parou de bater rápido justamente por isso.

Eu poderia me esforçar, poderia tentar, mas nós já éramos bons juntos, mesmo que eu não fosse um Don Juan.

Porra, mas eu não ia desistir.

O nosso segundo encontro seria foda.

Porque para um primeiro-beijo-depois-de-mil-situações-ruins...

Ah, a gente merecia o mundo aos nossos pés.

CAPÍTULO 8

Cuando me ve, no le tengo que decir
Si mi sonrisa no sabe mentir (oh, yeah)
Lo que no sabe es que mi sueño me va a cumplir
Si tú me ves y te empieza' a desvestir

— Ir-Sais feat Rauw Alejandro, "Dream Girl".

SHANE

— Elaborei um planejamento estratégico para os encontros, Shane. — Yan me apresentou um quadro branco, como os policiais fazem para desvendar um crime. Minhas sobrancelhas subiram quando vi os barbantes, um ligado ao outro, enquanto os pontos principais eram: Música latina. Comida de qualidade. Moda. Ambientes românticos. Ideias diferentes. Surpreendente.

Tinha até uma foto minha e uma da Roxy nas extremidades.

— Pra que isso, Yan? — Segurei a risada.

— Deu errado. Você planejou mal. Mas agora você vai estar preparado.

— Porra, ele levou a sério mesmo. — Zane gargalhou. Carter e Mark estavam no sofá, comendo pipoca, enquanto analisavam o quadro do Yan.

O baterista da The M's estava sério pra caralho.

— Pesquisei os lugares mais interessantes para você levar a Roxanne. Lugares que vocês ainda não foram. O Carter me ajudou.

— Eu ajudei mesmo. A madrugada inteira desde que você mandou mensagem falando do desastre de ontem.

— Tá, mas isso é... — Fiz uma pausa. — São mais cinco encontros e depois eu vou pedi-la em namoro.

Todos ficaram em silêncio.

— Você o quê? — Zane começou a gargalhar.

— O que foi, cacete? — murmurei, perdido. — Tá errado?

— Não é errado, mas não é... merda, Shane. Vamos organizar isso direito. Quais os compromissos da Roxy? — Yan perguntou.

Eram nove horas da manhã de um sábado. Eu teria um encontro com a Roxy e tinha me organizado para levá-la a um passeio de barco e tal.

— Hoje vamos para um passeio de barco.

— Esquece isso. Vocês já fizeram no Brasil. Há quanto tempo não a leva para dançar *reggaeton*? — Yan sugeriu.

— Esperem — Carter pediu. E, como se tivesse uma carta na manga, jogou um convite em cima da mesa de jantar.

— Ô, McDevitt! — gritei. — Se isso for um convite para o Heart On Fire... pode ir parando, cacete!

— Ahá! — Zane saltou do sofá como se tivesse me pegado no pulo. — Seu pirralho desgraçado! Quando eu falei que não queria ir para uma despedida de solteiro adiantada, por causa da Kizzie, você me fodeu e me fez ir. Agora você não quer?

— Eu e Roxy precisamos de romance e sossego, porra.

— Não é o convite para um cruzeiro erótico. — Carter riu. — Que trauma é esse? Caramba! Apenas leia, Shane.

Era apenas o convite para a formatura da Roxanne dali a algumas semanas.

— Pedido de namoro na formatura — Carter revelou. — É perfeito. Roxy disse a Erin que vai à cerimônia, mas não pretende fazer festa. A turma não vai ter o baile e etc. Você pode organizar um encontro depois da formatura ou até uma festa surpresa e... *boom*.

— Será que eu aguento esperar? — resmunguei. — Eu quero oficializar as coisas.

Silêncio de novo.

— Meu Deus. — Yan riu. — Você tá realmente apaixonado, né?

— Eu tô. Eu imaginei a Roxy entrando numa igreja. Eu tô enlouquecendo.

— É, ele tá amando. — Carter exalou fundo.

— Soldado abatido. — Mark sorriu.

— Mayday, mayday... — Zane brincou.

Todos gargalharam. Eu, inclusive.

— Preciso fazer isso do jeito certo.

— Ou você pode simplesmente se declarar para ela e dizer o que sente. Qualquer momento vai ser o certo. Na verdade, você vai saber o momento certo. — Zane se aproximou. — Sem paranoias. É legal planejar os encontros? É sim. Mas nunca o que e quando dizer. As coisas são... cara, elas simplesmente acontecem.

— Eu concordo — Mark disse.

— Eu também — Carter opinou.

— O amor não tem planejamento. Ele acontece e pronto. Relaxa, Shane. Vai ser incrível quanto tiver que ser. — Meu irmão segurou nas laterais do meu rosto. — Eu tô tão orgulhoso de você, pirralho.

— Eu a quero. Quero cuidar dela, Zane. Eu quero uma vida com a minha melhor amiga. Mais uma vida, na verdade. Porque já estamos juntos desde crianças.

— Eu tô vendo nos seus olhos o quanto você tá amando essa menina. Vai, Tigrão — Zane zombou, mas seus olhos castanhos estavam cálidos. — Vai buscar o que é seu.

Querubim

Roxy

Eu não estava mais tão nervosa.

Já tínhamos passado por um primeiro encontro estranho. E, na verdade, o segundo não poderia ser ruim. Española Way é uma avenida conhecida em Miami, que reunia a cultura tanto da América Latina como da Espanha. Shane me surpreendeu. Sempre comentamos de ir nessa avenida larga que tinha barzinhos, restaurantes e festas, mas nunca tínhamos ido. Era uma primeira vez para nós dois.

Eu pedi ao Shane para ser ele mesmo no segundo encontro, e era exatamente isso que ele me daria.

— Não tem perigo de você ser reconhecido? — murmurei, enquanto Shane caminhava comigo.

Estava com uma camiseta branca e uma calça jeans colada. Shane colocou uma bandana vermelha, em formato de tira, para prender o cabelo. E eu sabia que isso era sinônimo de que íamos dançar. Parecia um amante latino, e estava tão seguro de si. Seus dedos envolveram os meus.

— Estamos com seguranças atrás de nós, Querubim. Eles ficam quase invisíveis, mas estão perto. Fica tranquila que, dessa vez... — Ele balançou a cabeça enquanto soltava uma risada maliciosa. — Vai dar tudo certo.

Shane costurou comigo as bordas da rua movimentada e pareceu que ninguém se importou o suficiente para ficar nos encarando. As pessoas ao nosso redor falavam em espanhol, na agitação de um final de semana à noite. Havia casais e famílias aproveitando os barzinhos, a comida de rua, o cheiro de tempero apimentado e o doce das bebidas alcoólicas. Eu comecei a sorrir quando Shane me lançou um olhar, questionando o quanto eu estava gostando disso.

Eu não estava gostando, eu estava amando.

Entramos em um lugar imenso, com música alta no primeiro andar e restaurante no segundo. As pessoas estavam dançando *reggaeton* à vontade e havia um DJ tocando a batida do momento. Shane apenas disse nossos nomes, o que nos liberou acesso.

— Bem-vinda ao nosso segundo encontro, amor — ele declarou, soltando minha mão e passando o braço ao redor da minha cintura.

Por mais que meu corpo se arrepiasse com a presença de Shane, não conseguia parar de admirar o lugar.

Com o coração acelerado, notei a decoração e as pessoas. As cores da bandeira do Panamá no bar à nossa frente, o país do *reggaeton*. Shane me daria uma experiência completa, como se tivéssemos viajado, porque era exatamente como me sentia naquele ambiente. Vi alguns homens sem camisa na pista de dança, e moças com vestidos curtos e rodados que giravam e giravam nos braços dos parceiros. Com tanta cor e energia, era impossível não se sentir dentro do cenário de *Dirty Dancing – Noites de Havana*.

Antes que Shane pudesse dizer alguma coisa, peguei sua mão da minha cintura, dei um giro e comecei a puxá-lo para o meio da pista, a música ficando mais alta conforme meus passos trêmulos nos guiavam para a dança. Uma parte minha sabia que dançar depois de ter dormido com ele seria mais difícil do que nunca. Mas estava tão empolgada para sentir isso na pele, no coração e na alma.

Eu já estava arrepiada por causa dos seus dedos ásperos na minha mão e *queria* tanto senti-lo.

Shane soltou uma risada rouca e me surpreendeu quando, de repente, parou de andar e me puxou com um baque contra o seu corpo. Foi um estalo, seus músculos amortecendo-me, me deixando mole. Shane puxou meu queixo para cima, nossas respirações ofegantes se encontrando, enquanto seus olhos destoantes dançavam pelo meu rosto. Só então pude sentir sua mão na minha cintura, dando um aperto suave, antes de subir devagar pelo meu rabo de cavalo. Os dedos de Shane seguraram com delicadeza o elástico, desfazendo o penteado, os fios caindo como uma cortina nas costas nuas do vestido em V.

— *Bachata*, *zouk* ou *reggaeton*... A gente vai dançar o que nossos corpos pedirem, mas preciso que seu cabelo esteja solto, que você toda esteja solta. Vamos dançar bem gostoso, amor.

Eu gemi. Eu literalmente gemi quando Shane finalizou a frase. Ele riu e mordeu o piercing do canto do lábio, para depois passar a língua entre os dentes, como se quisesse me morder ou me beijar. Talvez as duas coisas. Movi o peso de um pé para o outro, desconfortável com a reação que Shane causou na minha calcinha.

Eu não ia sobreviver.

— Sinta. — Sua voz quente colou na minha orelha, assim como cada centímetro daquele corpo delicioso e febril. Seu perfume me inebriou e eu fechei os olhos quando Shane começou a rebolar contra mim. — Sinta a batida. E me sinta. — Ele pegou meus braços e os jogou ao redor dos seus ombros, a ponta dos meus dedos sentindo os fios macios do seu cabelo. A respiração de Shane ficou mais pesada e quente contra a minha boca quando *Dream Girl* começou a tocar.

Havia um clique entre nós quando uma música latina começava a tocar. Sempre que iniciávamos uma dança, era como se a tivéssemos treinado por dias e horas a fio. Como se os nossos corpos estivessem em sincronia. Nesse momento, pertencíamos um ao outro.

Sua mão escorregou para o meu quadril enquanto a outra segurou a minha ao lado dos nossos rostos. Shane raspou a boca no meu queixo, e eu entrei no ritmo.

Como ele é quente.

Shane soltou um grunhido e, com relutância, afastou meu corpo para me trazer novamente para si. Rebolando na batida da música, girando-me, nossos pés começaram a rodar pelo piso de madeira antigo. Eu indo, ele vindo, nossos quadris completando o círculo que o outro fazia sempre que se encontravam. A minha cabeça se movendo para um lado e para o outro, meus cabelos dançando junto com meu vestido e meus quadris a cada vez que Shane me rodava, me puxava, me esticava, ao seu bel-prazer.

Nada mais existia, exceto nós dois.

Não havia uma sensação melhor do que dançar com Shane, a maneira que ele me girava e me trazia para si, como se, independentemente do que acontecesse, sempre fôssemos ter um ao outro.

Suas mãos começaram a zanzar pelo meu corpo, seus dedos rasparam na minha cintura, então o quadril, para depois um aperto suave na minha bunda vir, quando ele estava dando tudo de si para se conter.

— Quero dançar assim com você sem roupa nenhuma, porra.

— Quer?

— Ah, eu quero pra caralho. — Ele gemeu, passando a ponta do nariz pelo meu maxilar, inspirando o perfume e o meu calor. — Quero me esfregar em você até que a gente não aguente mais.

Meus mamilos ficaram duros e o clitóris pulsou, como se me avisassem que eu precisava de mais do que palavras. Arranhei a nuca de Shane e ele continuou a rebolar, como fazia quando estava dentro de mim, só movendo a bunda. Suas íris coloridas se encontraram com as minhas, e Shane entreabriu a boca, soltando a respiração.

— Mas hoje eu não vou fazer nada disso. Hoje se trata de você entender o quanto eu te quero. Não só na minha cama, mas na minha vida. Não só seu corpo, mas seu coração. — Ele me quebrou quando me afastou, me girando, quase me fazendo errar o passo, apenas para depois sustentar as minhas costas e me curvar. Vi o mundo de cabeça para baixo, as pontas dos cabelos tocando o chão, quando senti as costas dos seus dedos dançarem no meio do meu decote, do pescoço até o umbigo, para depois Shane me puxar ereta, trazendo-me direto para a sua boca. Nossos lábios se tocaram por um milésimo de segundo. — Eu quero a coisa toda, Querubim.

— Eu quero tudo — consegui sussurrar, minha voz vibrando nos seus lábios.

Dream Girl se tornou *Cross Your Mind*, da Sabrina Claudio, na versão em espanhol. Talvez nós tenhamos dançado mais do que uma música e eu não tivesse prestado atenção. Mas *Cross Your Mind*, ah, essa era uma das minhas favoritas! E eu me senti à beira de um colapso quando Shane riu e deu um beijo no meu pescoço.

— Hora de dançar a sua música.

Anos dançando com esse homem, anos me deixando levar por seus braços, por seus passos. Desde a adolescência, no nosso primeiro treino com *Dirty Dancing*, até agora. O meu corpo sabia o que Shane queria antes que ele o fizesse. Era muito mais do que ser guiada. Era ser tocada por dentro, como uma marionete, uma rendição.

Eretos, em posição de dança, Sabrina começou a cantar.

Shane me girou ao redor do meu corpo primeiro, então se girou ao redor do seu, seus olhos fixos em mim, sem nunca desviar, enquanto ele nos rodava pelo salão. Pude sentir um espaço se formando a nossa volta, as luzes em cima, mas, apesar da vergonha, eu não ia parar. E nem Shane. Uma das suas mãos ficou na minha cintura e a outra ao lado do quadril, e ele remexeu comigo até que nossos corpos fizessem um S juntos, ondulando em ziguezague, devagar, rápido, sentindo, descendo e subindo.

Bachata, reconheci, quando ergui a perna na lateral da sua coxa e ele fez o mesmo na minha outra perna. Engoli em seco, encarando fixamente aquelas íris que estavam sérias. Sem diversão, sem nada além do seu foco e da sua vontade de tornar esta noite inesquecível.

— *Cuando está en tus brazos* — Sabrina cantou quando Shane dançou as mãos pelo meu corpo. Um para lá, um para cá, um giro. Meu e seu. Sua perna sempre entre as minhas. Nossos corpos nunca se desconectando, nem por um segundo.

Shane levou uma das mãos para a base das minhas costas, então a subiu até agarrar a minha nuca. Seu nariz ficou a milímetros de distância do meu, e eu ofeguei quando Shane mudou a direção do meu cabelo, jogando-o para a direita, sua boca quase encontrando a minha, nossos pés indo para um lado e para o outro no chão. Ele sorriu contra os meus lábios e me afastou para que girássemos.

Eu já estava suada.

E excitada o suficiente por duas vidas.

Comecei a sentir a vergonha indo embora.

Quando meu corpo ficava longe do dele, eu rebolava até voltar para os seus braços, minha bunda balançando no ritmo da música, aqueles olhos sem conseguir se conter descendo para o meu vestido vermelho, que rodava entre nós.

— Você é tão linda — ele sussurrou na minha orelha, o que me deu uma força feminina e um poder que...

Peguei sua mão, descendo-a pelo meu corpo, nossos passos colados. Eu pude sentir a ponta dos tênis do Shane no bico do meu salto. Ele gemeu quando seus dedos dançaram por mim e tremeu quando passei a mão na sua nuca, trazendo seu rosto, rebolando em sua coxa direita, fazendo-o rebolar também.

Shane me virou de costas, movendo-nos: dois para trás, dois para a direita, dois para a esquerda. Eu inclinei a cabeça para trás, pendendo-a em algum lugar do seu peito. Shane deu um suave beijo no canto da minha boca, sua mão foi para a base das minhas costas e a outra no meu quadril. Então, me girou, pegando a minha mão no ar, apenas para me rodar mais cinco vezes e me fazer parar novamente em seus braços.

Àquela altura, a intimidade não o permitia segurar mais as minhas mãos. Era uma das suas mãos na minha nuca e a outra no quadril.

Nossos quadris bateram um no outro.

E foi a minha vez de passar a mão no seu corpo.

Dime, sólo dime... Tú de verdad piensas en mí?

Aceleramos.

Nós passamos por cada centímetro daquela roda, como se tivéssemos a música inteira para nós. Corríamos com os passos quando a música ficava mais agitada e reduzíamos quando o ritmo desacelerava.

Ele riu baixinho quando inclinou a minha cabeça para trás, o ritmo lento àquela altura. Sem parar de rebolar, Shane desceu o rosto pelo meu corpo e me inclinou. A cada *piensas* que Sabrina disse, ele me fez mergulhar de costas, o cabelo tocando no chão, voltando-me para si. Então, um giro grande e uma rapidez de passos que me fez rir na mais pura felicidade em estar com ele.

— *¿Tú de verdad piensas en mí?* — perguntei, com a música, rebolando em cima da sua semiereção, descendo e subindo, segurando seu rosto enquanto Shane sorria contra a minha boca.

— Hummm. Hummm. Hummm — ele cantou, rindo, me girando. Shane me afastou e eu comecei a dançar em direção a ele. Assim que a música estava prestes a acabar, me tomou em suas mãos. Ele me jogou para a direita, para a esquerda, e assim que a última nota musical soou, em um giro, seu peito bateu no meu.

A respiração quente na minha boca.

Shane D'Auvray suado, com tesão, completamente meu naquele segundo.

Palmas ao nosso redor.

Mas mal pude ouvi-las, porque meu coração estava nos tímpanos e sua mão tocou a lateral do meu rosto. Shane desviou os olhos para os meus lábios, apenas para me admirar uma segunda vez e fechar as pálpebras, vindo em direção à minha boca.

Me entreguei completamente, sabendo bem que meu coração, depois disso, nunca mais acharia o caminho de volta para casa.

Querubim

Shane

Sua boca era a coisa mais absurda que já provei. O tesão quase me fez ter pressa, mas não permiti que meu corpo ditasse as regras. Encostei minha boca devagarzinho na dela, provando seus lábios, sentindo seu cheiro, experimentando seu gosto que... porra, minha memória não fazia jus.

Senti seu couro cabeludo úmido na ponta dos meus dedos, a nuca suada, e aquela mulher toda quente ceder com vontade. Os lábios espaçaram e a minha língua tomou caminho.

Nossa, eu queria me embebedar da Roxanne até que meu corpo entrasse em combustão.

Sua língua doce rodou pela minha, desbravando, a saudade que ela sentia refletindo em como Roxy brincava com o piercing da língua. Sorri no seu beijo por apenas um segundo, até beijá-la com mais vontade ainda, profundo, doce, entregando tudo. Minha língua circulou a parte interna da sua boca, sentindo do céu a baixo, a textura e o prazer de ter essa mulher gemendo enquanto me recebia.

Minhas mãos agarraram a sua bunda, e pude sentir, de olhos fechados, as pessoas dançando ao nosso redor como se não se importassem. Moí Roxy nas mãos, preso naquele beijo, naquela boca, em como nossas línguas dançavam tão bem quanto nossos corpos ou como quando estávamos transando bem gostoso. O vestido quente me fez sonhar em sentir a sua pele, em sentir a sua bunda sem o vestido.

Como se lesse os meus pensamentos, Roxy gemeu, suas mãos agarrando meus ombros como se ela não tivesse certeza de que aguentaria ficar em pé. Senti a ponta dos dedos na minha nuca, a unha arranhando a pele, sua língua enfiando-se toda na minha boca, indo até o fundo, para depois circular com carinho. Roxy mordeu meu lábio inferior, sugando o piercing, e meu coração quase explodiu na porra do peito.

Eu tô louco por você.

— Eu tô apaixonado por você, Querubim — murmurei, rouco, enquanto Roxy tinha o meu lábio inferior entre seus dentes. Ela soltou devagar, com um *ploc*, e abriu aqueles lindos olhos para mim.

A expressão dela, porra.

— Hã?

— Eu tô apaixonado pra caralho, Roxanne. Apaixonado pra cacete. — Fiz uma pausa. — Não ria.

Ela espremeu os lábios, mas não para rir.

Suas íris começaram a brilhar.

Ela abriu a boca para dizer alguma coisa, mas eu a calei com um beijo suave, apenas para depois me afastar. Subi as mãos para a sua cintura, precisando controlar o tesão e os pensamentos.

— Talvez Melinda estivesse mesmo certa. Eu acho que sempre fui apaixonado por você. Sempre tive ciúmes, mas agora, porra. Agora você é toda minha. Desde o seu beijo, ao seu corpo. Suas preocupações são minhas. Suas alegrias também. Não é só você, é *tudo* sobre você. — Fiz uma pausa para respirar. Eu mal pude encontrar o ar. — Eu te beijo e sinto o mundo dançar. Eu não aguento ficar longe, mesmo que saiba que é para o seu bem. As semanas que ficamos separados? Foram um inferno do caralho. Falar com você pelo telefone não é mais suficiente. Eu só penso em você. Do instante em que acordo até a hora de dormir. Você vem nos meus pensamentos até em sonho. E não quero ninguém mais. Eu tô apaixonado pra porra. Como nunca estive e como sei que nunca vou estar. Eu te amo, entende? Eu te amo com cada parte de mim, cada minuto de cada ano. Eu te amo desde sempre. Eu quero você desde sempre, Querubim.

— Sempre foi você — ela murmurou, piscando, lágrimas caindo pelo seu rosto. Peguei-as com meus polegares quando subi as mãos para o seu rosto, colando minha testa na sua. — Ah, Shane...

— Eu sei que não sou romântico. Sei que faço merda na maior parte do tempo. Mas vou aprender a ser o melhor homem que você merece ter. Eu vou ser todos os seus contos de fadas juntos. Vou ser todos os personagens de livros de romance e de filmes que você gosta. Eu vou ser, porra, tudo isso. Prometo. — Fechei os olhos, a emoção querendo coçar a minha garganta. — Sei que deveria ter dito isso em um momento especial, talvez à luz de velas, com uma música de jazz no fundo, mas não consegui mais segurar. Porra, não aguento mais ficar escondendo o quão louco eu tô por você. E eu tô, Querubim. Completamente, loucamente, irremediavelmente apaixonado por você.

Dizer que estava apaixonado em voz alta, para ela, era me expor em pleno tiroteio emocional que existia dentro de mim. Era como romper todas as barreiras, todos os conceitos de merda que me enfiei. Era como ficar nu, vulnerável, em um planeta desconhecido. Eu não sabia como era estar apaixonado por alguém que gostasse de verdade de mim. Eu não sabia como era viver um relacionamento saudável, porra. Mas não queria deixar que os meus traumas me sabotassem, que me fizessem acreditar que eu não merecia ser amado.

Nós merecíamos.

— No começo da viagem para o Brasil, pensei num tipo ideal de homem — Roxy disse, me fazendo abrir os olhos. Aquela era a mulher da minha vida. A única. Nossa, era foda. Só percebi que também estava chorando quando Roxy segurou as laterais do meu rosto e secou minhas lágrimas. — Eu queria um homem sensível que não tivesse medo de chorar na minha frente. Que me abraçasse como se carregasse o mundo ali. Que fosse a minha força. Eu queria vivenciar uma experiência linda de estar apaixonada. E queria alguém que ficasse ao meu lado, simplesmente porque desejasse estar. Sabe quem cabe nessas descrições, Shane?

Balancei a cabeça em confirmação.

— Meio que eu tô chorando agora, né? — Ri, subitamente inseguro, mas Roxy deu um beijo nos meus lábios que deu cor ao mundo.

— Você está, mas não é pelas lágrimas. Shane, você é tudo o que eu sempre quis. E eu também estou apaixonada por você. Sempre estive.

— A gente demorou demais, né? — murmurei, trazendo-a para a minha boca. Respirei fundo, aliviado. — Desculpa por te fazer esperar tanto tempo.

Ela chorou quando a minha boca encontrou a sua. Sem mais a pressa do tesão, só o sentimento. Beijar alguém que carrega o seu coração na palma das mãos é a coisa mais deliciosa que existe. Você literalmente sente a sua alma balançar e o seu coração acelerar até alcançar o céu. Você prova o prazer de amar alguém, que não te machuca, que só te acrescenta, e o mundo passa a fazer sentido.

É como entrar em sincronia com o amor. Como abrir os olhos pela primeira vez e parar de ver o mundo preto no branco. É como ouvir uma música que você sabe que vai ser a sua favorita pelo resto da vida e não há nada, nem ninguém, que te faça mudar o sentimento.

Sua língua dançou na minha enquanto minhas lágrimas não paravam de descer. Nosso suor se misturou às lágrimas, ao nosso gosto, e a bagunça boa que nós éramos. Ali, no meio da pista de dança, sendo o ambiente mais sensual e menos romântico do mundo, eu consegui abrir uma parte de mim que estava trancada a sete chaves.

Eu finalmente me abri inteiro para a Roxy.

Sem segredos, sem ressalvas, só nós dois.

Quando o beijo acabou, beijei cada parte do seu rosto, até que nossas respirações se misturassem de novo.

— Meio que pulei a porra toda. No segundo encontro dizer que ama? Acho que sou mesmo um D'Auvray, cacete.

— Zane pediu a Kizzie em casamento depois de onze dias.

— Não me dá ideia, Querubim.

Ela gargalhou alto.

— Dizer que ama no segundo encontro é realmente preocupante. Quer retirar o que disse? — Ergueu a sobrancelha pra mim.

Neguei com a cabeça.

— Eu nunca vou retirar o que eu disse. Eu te amo pra caralho. Tô apaixonado pra cacete.

— Shane... — Ela sorriu, emocionada.

— Espera.

Eu saí de perto dela em um rompante. Fugi da pista de dança e subi as escadas para o segundo andar. Corri, sentindo o olhar da Roxy nas minhas costas, mas não me virei para observá-la. Cheguei na mesa do DJ, que estava tocando uma música latina foda, mas chamei-o para falar algo em seu ouvido, e o cara assentiu e fez o que pedi.

Assim que peguei o microfone e a música parou, procurei a Roxy com o olhar.

Ela estava com as duas mãos cobrindo a boca, como se não acreditasse no que eu ia fazer, ainda que já soubesse.

Ela lia a minha alma.

— Boa noite, peço licença. Desculpa atrapalhar a dança e o clima, mas preciso dizer uma coisa. Talvez várias coisas, enfim.

As pessoas pararam para prestar atenção. Pude ouvir alguns burburinhos e, no segundo andar do restaurante, alguém falar o meu nome. Talvez isso fosse ser gravado, afinal, eu era a porra de um rockstar. Seria muita sorte ninguém me reconhecer, né?

— Roxanne Taylor — comecei, parando de pensar nos outros, focando só em nós dois. Minha voz saiu rouca e grave no microfone. Umedeci os lábios subitamente secos e observei Roxanne lá embaixo, tão pequena, corada e linda. — Você é a minha melhor amiga há duas décadas. A melhor parte de mim. Hoje eu disse todas as coisas que sempre guardei no peito, e você perguntou se eu queria retirar as palavras. Pelo contrário, eu não vou fazer essa merda, eu vou é explanar pra porra do mundo inteiro.

Garrafas de cerveja se ergueram, homens e mulheres gritaram, algumas pessoas bateram os talheres.

Mas nada importava.

Porque Roxy estava me olhando como se eu fosse capaz de cuidar direitinho do seu coração.

— Eu te amo, Querubim. Te amo como o seu melhor amigo. Como o seu homem. Como o seu amante. E como o cara que vai fazer do possível ao impossível para manter esse sorriso lindo no seu rosto pelo resto das nossas vidas. Eu tô apaixonado por você. Ontem, hoje e amanhã. Nós dois somos para sempre. — Fiz uma pausa. — Esse é o nosso segundo encontro e nada deu errado por enquanto. Alguns diriam que sou emocionado pra cacete, que atropelei todos os passos, mas não aguento mais amar você sem poder te dizer, olhando no seu olho. É isso. Eu amo você. Não tem volta depois daqui — repeti o que disse no nosso primeiro beijo, lá no Brasil. — É do agora para o futuro, amor.

Desliguei o microfone, palmas soaram e gritos de felicitações também, como se fôssemos nos casar dali a um dia. Uma vontade enorme de concretizar as coisas, concretizar nós dois, veio muito forte. Mas eu sabia que não era o momento. Roxy tinha uma empresa para criar, ela queria que as coisas seguissem uma rota, um destino. Então, não poderia apressar o inevitável. Mas, cara, como eu queria. Um futuro com ela, a porra toda.

Eu, Shane D'Auvray, queria um dia ouvir Roxanne dizendo sim para mim num altar foda, com um vestido branco e um padre até.

Não porque era o sonho dela. Mas porque se tornou o meu também.

Ela balançou a cabeça e gritou um *eu te amo*, antes da música recomeçar e as pessoas voltarem para as suas vidas.

Quando estava descendo as escadas, Roxanne estava subindo. Nos encontramos no meio do caminho, e eu peguei-a nos braços, como uma noiva, voltando a subir os degraus que desci.

— Jantar. Dançar mais um pouco. Cinema particular. E eu te levo pra casa — prometi, beijando sua testa.

Ela passou os braços ao redor dos meus ombros e, quando chegamos no segundo andar, coloquei-a no chão.

— Eu não acredito que você fez isso.

— Faltou uma frase para eu te pedir em casamento — confessei.

— Shane!

— Roxanne.

Ela riu. Feliz, leve... *Amada por mim.*

— Vamos comer, amor — ela disse, virando-se.

Peguei em seu pulso, sendo guiado por ela, e senti seus batimentos insanos que confirmavam também o quanto ela me amava.

CAPÍTULO 9

And all of the voices surrounding us here
They just fade out when you take a breath
Just say the word, and I will disappear
Into the wilderness

— Ed Sheeran, "Tenerife Sea".

Roxy

— Ai, meu Deus! — Lua murmurou assim que terminei de contar.

Erin, Kizzie e Lua ficaram com os olhos arregalados, emocionadas, depois de eu ter dito o que Shane fez por mim na noite passada. Estávamos no apartamento do Mark para um jantar com os amigos.

— Mas nada rolou? — Kizzie perguntou, apreensiva. — Vocês não dormiram juntos? Só o beijo e o eu te amo?

— Ah, sim. Mas nem senti falta, Kizzie. Para mim, já foi o suficiente. A dança e a declaração. Então o cinema, que eu passei mais tempo beijando-o do que assistindo ao filme. Foi tão *certo*. Nunca pensei que fosse ouvir essas palavras do meu melhor amigo.

— Você está brilhando, Roxy. — Erin tomou minhas mãos nas suas. — Dá para ver... nossa, o quanto você está feliz, amor.

— Ela realmente está — Lua concordou, sorrindo com os olhos.

Kizzie piscou para mim.

Não sabia que era possível o sentimento se expandir, mas, depois do que foi dito, da segurança que Shane me passou, francamente, nenhum homem havia feito tanto. Parecia que uma vida havia se passado desde o Brasil, mas esse que eu estava vivendo agora era muito melhor. Porque era real.

— Falando de mim? — Shane percebeu, sentando-se ao meu lado, a mão buscando a minha. Zane, Carter e Yan se aproximaram também.

— Como o nosso menino-problema é convencido! — Lua brincou, arrancando risada de todos nós.

— Ah, porra. Mas é. Roxanne só sorri assim quando o assunto sou eu. Né, amor? — Ele virou meu rosto para ele, e todo o resto deixou de existir. Seus olhos encontraram os meus sob a aba do boné preto, um sorriso no canto daquela boca que fez borboletas voarem por todo o meu estômago, alcançando o coração. — Fofocando, né? Depois fala da minha língua.

— Estava contando para as meninas sobre a nossa noite de ontem.

— Hum... — Shane murmurou, sua boca se aproximando, e todos os pelos do meu corpo se ergueram. Ele subiu uma mão para o boné e virou a aba para trás, dando-me um beijo suave nos lábios, para depois me fitar fixamente nos olhos. — E como foi a nossa noite ontem?

— Mágica. — Um sorriso involuntário se ergueu no canto da minha boca.

— É? — Shane passou o polegar pelo meu lábio inferior e sorriu de volta. — Fiz direitinho?

— Foi perfeito, Tigrão.

Ele se inclinou e me beijou de novo, mas, dessa vez, não conseguiu se afastar. Foi como se houvesse um ímã entre nós dois, uma conexão mais forte do que tudo o que existe na vida. A língua pediu espaço, os piercings brincando com a minha sanidade, enquanto rodava o contato bem suavemente dentro da minha boca, parando o tempo.

— Caralho, ele tá apaixonado pra cacete — Zane disse baixinho.

— Não é? — Yan cruzou os braços na altura do peito. — Vamos apostar. Quanto tempo para esses dois casarem?

Isso me fez parar o beijo e encarar Yan, o coração aos meus pés.

— O quê? — perguntei, sem fôlego.

— Um ano — Carter opinou.

— Não, dois — Zane pensou alto. — Roxy vai querer se estabilizar primeiro.

— Três anos — Yan arrematou. — Aposto um apartamento que acabei de comprar em West Flagler como investimento que, em três anos, eles casam.

— Amanhã? — Shane brincou.

— Nós nem estamos namorando ainda, Shane. — Ri, virando-me para ele, minhas bochechas adquirindo um tom rosado. Shane... *casar*? Não tínhamos ido tão longe. Não sabia se ele queria ter filhos ou como imaginava um futuro ao meu lado. Isso deveria ser visto com tempo, planejamento e cuidado. Além de muito carinho. Estávamos só ficando a essa altura. Certo? — Não brinca com algo assim.

Shane voltou-se para Lua, como se ela tivesse todas as respostas para suas dúvidas. Ele ergueu as sobrancelhas para ela e sorriu.

— Roxy acha que eu tô brincando, fujona.

— Deixa ela — Lua garantiu, piscando para Shane. — Aos poucos, você amolece esse coração. Roxy é uma mistura minha e do Yan. Ela é impulsiva às vezes, mas gosta de tudo organizado e de acordo com o plano.

— Pois é, essa linda aqui… — Yan se inclinou e me deu um beijo no topo da cabeça, como se eu fosse criança. — Vai fazer de acordo com o que eu tô pensando. Três anos. Tenho certeza.

— Esse assunto é demais para a Roxanne agora — Kizzie me defendeu. — Vocês se declararam ontem!

— Do que você tá falando, Marrentinha? Você disse sim pra mim quando eu estava dentro de você. — O guitarrista piscou, malicioso.

Kizzie nem corou. Não esboçou nenhuma reação. Apenas olhou para o noivo e ergueu uma sobrancelha.

— Por sinal, você viu a paleta de cores que te mandei por e-mail?

Zane estreitou os olhos, perdendo o sorriso.

— Não vi.

— Quer casar comigo? Então olhe a paleta, querido. — Kizzie virou-se para nós dois, sorrindo, pegando nossas mãos como se fosse nossa mãe. — Vocês são novos, têm uma vida inteira pela frente. Podem namorar por *anos*. Viajar, conhecer lugares incríveis juntos. Estão construindo uma carreira e precisarão descobrir como funcionam como casal. Aos poucos e sem dúvida, quando o momento certo chegar, vocês saberão.

— Eu não tenho dúvida do que quero, porra, mas a gente tem todo o tempo do mundo mesmo. Nós temos, amor. — Shane virou-se para mim, pegando as laterais do meu rosto, sorrindo com os olhos e a boca, com cada parte do seu rosto. Ele era tão obscenamente lindo. A aparência exótica daqueles olhos oblíquos, a pele bronzeada e o maxilar largo. Tudo nele, desde o nariz aos lábios, aos piercings. Engoli em seco, a intensidade das suas íris me fazendo tremer. —

Eu te prometi ir aos poucos, desculpa. Eu falo as coisas... ah, cacete. Você sabe.

— Eu sei. Mas preciso te dizer. Eu não preciso de garantia nenhuma agora. Nada além do seu amor. E eu consigo ver nos seus olhos. Acredite, Shane, o meu coração está mais tranquilo, como nunca esteve.

— Prometa pra mim, amor.

Assenti.

— Eu prometo.

Shane me deu um beijo na testa, respirou fundo e voltou-se para os meninos.

— O Mark ainda tá na cozinha?

— Estou aqui! — ele gritou, um pouco mais distante. — Esse *steak* com purê de batatas e vegetais vai sair. Tenham um pouco de fé.

— E cadê a Cahya? — perguntei, procurando Mark com os olhos. Ele estava cortando os legumes, colocando-os picadinhos em uma travessa. Seus olhos negros voltaram-se para mim e, mesmo que o segurança dos meninos tivesse uma aparência rígida, os cantos dos seus olhos sorriram.

— Ela disse que ia pegar algo na rua e retorna a tempo do jantar.

— Mark é outro que tá apaixonadão — Zane reparou.

— Todos nós estamos. — Carter sorriu.

— Que merda — Zane disse, olhando para Kizzie. — Por quê, Marrentinha? Por que o amor existe?

Kizzie abriu a boca e hesitou em responder, então Lua intercedeu:

— Para nos tornarmos vulneráveis e fortes, Zane.

— É bizarro. Ainda acho bizarro. Mas não consigo evitar. — Meu cunhado... quer dizer, quase isso, se aproximou de Kizzie e deu um lento beijo em seus lábios. — Te amo demais, Marrentinha. E vou ver a porra da paleta. Mas você pode se casar comigo nua, se quiser.

— É sobre as toalhas, Zane.

— Mesas nuas, então.

— Não. — Ela riu. E ele a beijou de novo.

Yan se aproximou de Lua, e Carter abraçou Erin. Eu perdi alguns segundos observando o amor naquela sala, o quanto estávamos ricos. Não tinha nada a ver com dinheiro, mas sim com ter pessoas por perto que fariam do possível ao impossível um pelo outro. Independentemente de ser amor romântico ou amigo. Ali, havia um sentimento tão grande que transcendia a explicação.

— Eu amo vocês, porra — Zane declarou, sentindo o mesmo que eu.

— Ao amor. — Lua ergueu o copo de suco de laranja e inclinou a cabeça para buscar Mark. — Estou brindando aqui, querido. Dá para sossegar cinco segundos e bater o copo no meu?

Mark secou as mãos no avental e se aproximou com um copo. Brindamos e sorrimos, porque era isso...

A leveza que vem com o sentimento de que esse é, de fato, o começo de uma vida.

Querubim

SHANE

Estávamos envolvidos em uma conversa quando a porta do apartamento se abriu. Cahya entrou, carregando algumas sacolas, e sorriu para nós.

— Desculpem, estava um trânsito absurdo na rua. — Ela se aproximou de Mark e o beijou na boca. — Oi, meu amor.

— Oi, linda. — Mark desceu os olhos para as sacolas. — O que é isso tudo?

— Compras! Meu salário é bom o suficiente agora para que eu possa esbanjar. Eu vou só tomar uma ducha, trocar de roupa e já volto. — Cahya fez uma pausa. — Nossa, a carne está cheirando tão bem.

— Fiz no forno, como você gosta. — Ele segurou o rosto da esposa e deu um beijo no meio da sua testa. — Vou deixar você ir. E então vamos jantar.

Enquanto Cahya tomava banho, fomos para a mesa e, de lá, todo mundo voltou a conversar, mas minha mente começou a voar para longe. Roxanne estava sentada ao meu lado e, enquanto ela ria com Carter e Erin, sua mão estava na minha coxa. Porra, essa intimidade fez meu coração dançar como a merda de um adolescente. Nós sempre nos tocamos, sabe, como amigos, mas havia algo tão diferente dessa vez. Minha mão engoliu a sua, entrelaçando nossos dedos, e Roxy parou por dois segundos, como se prendesse a respiração, para em seguida continuar falando. Eu mal podia ouvi-la, nem sabia sobre o que tanto conversavam. Eu estava completamente hipnotizado pelo seu cabelo loiro preso, o pescoço e a nuca no meu campo de visão, o maxilar suave, o nariz pequeno e os olhos acentuados. Essa mulher... *era minha.*

Ela me amava, cacete.

E parecia que meu peito ia explodir até o nosso quinto encontro.

Cara, como as pessoas fazem isso? Vivem esse sentimento grande e foda sem querer passar cada segundo, de cada minuto, de toda uma vida... ao lado de alguém? Eu não conseguia administrar direito, dentro de mim, essa intensidade absurda. Porra, eu a queria. Na minha cama e nos meus dias.

Por isso soltei o lance de casamento.

Era idiota, eu sei. Soltei sem pensar.

Ou talvez pensando...

Mas ainda era cedo, realmente.

Cara, uma coisa que ninguém te diz sobre estar apaixonado é que é confuso pra cacete.

— Cahya? — Ouvi a voz de Mark e o tom apreensivo me fez sair do transe. Ele se levantou da cadeira, como se estivesse em câmera lenta. Lancei um olhar sobre o ombro, vendo a esposa do segurança com um vestido longo, que misturava rosa e azul.

— O que achou, amor? — Ela girou.

— Você está absolutamente... Porra, você está linda. — Ele riu, mas franziu o cenho quando percebeu que ela tinha alguns cartazes na mão. — O que é isso?

Cahya mordeu o lábio inferior. Todos os olhos estavam nela. Lágrimas começaram a descer pelo seu rosto, o que me deixou tenso. Mas então um dos cartazes caiu no chão. E pisquei várias vezes ao ler a letra da Cahya, trêmula e apaixonada.

Há uma pessoa muito ansiosa para te conhecer.

Em silêncio, Cahya foi deixando cartaz a cartaz cair.

Essa pessoa só chegará no segundo semestre do próximo ano.

A jornada será longa.

Mas essa pessoa está empolgada demais para te sentir.

E te ver.

Essa pessoa disse o quanto me ama hoje.

E vai dizer a você também neste minuto.

Esse é o primeiro eu te amo, Mark.

Nunca se esqueça.

Por toda a casa, um som grave retumbou. Rápido, forte e cheio de vida. Cahya começou a soluçar. Mark simplesmente saiu da mesa, trêmulo, quando caminhou até ela. Todos nós nos levantamos, e Cahya chorou nos braços do marido.

— São os batimentos... é um bebê? Nós vamos... nós vamos? Oh, Deus! — Mark soluçou com a esposa e a beijou como se prometesse que jamais sairia do lado dela.

Senti uma emoção cobrir cada parte da porra do meu corpo, enquanto os batimentos do filho ou filha deles ressoava por todo o apartamento como a vida, como a luz, como a solidificação do amor dos dois.

Porra, que sentimento...

Nós batemos palmas, enquanto lágrimas desciam dos meus olhos sem eu conseguir segurar o caralho da emoção. Era como se... cara, eles iam ter um bebê!

— Eu não consigo acreditar! — Mark se afastou, segurando as laterais do rosto da Cahya, descendo os olhos para a barriga, que ainda era reta. — Deus, eu vou dar tudo... eu vou fazer tudo. — Ele voltou a chorar.

— Eu sei — ela conseguiu dizer, limpando a garganta. — Eu sei que você vai dar todo o amor que te faltou, Mark. Você é tão forte, tão protetor e tão honrado. Não há ninguém nesse mundo, além de você, que eu escolheria para compartilhar uma vida. Uma vida que nós vamos criar, orientar e cuidar. Nesse lar haverá todo o amor do mundo porque existe você nele. Há nós.

— Eu nunca vou abandonar vocês. — Mark chorou. — Deus, eu jamais vou soltar a sua mão.

Ele ficou de joelhos.

— Eu amo você. — Beijou a barriga da esposa. — Eu amo tanto vocês que mal cabe em mim.

Puxei Roxy para a frente do meu corpo e abracei-a por trás, enquanto víamos a cena da descoberta de uma nova vida. Senti meu coração acelerado, cada pelo do meu corpo arrepiado, meu maxilar trêmulo com a redenção de Mark. Caralho, um cara que foi criado no orfanato, pulando de casa em casa, sem nunca ter sido amado na infância.

Ele seria pai.

E Cahya estava certa.

Mark daria todo o amor para aquela criança, todo o amor que nunca recebeu.

Ele ficou em pé e pegou Cahya nos braços, virando-a para nós. Havia um sorriso tão grande em seu rosto vermelho e inchado das lágrimas, que uma parte minha...

Se colou.

— Vamos ser pais! — ele disse, ainda chorando, como se nada nessa vida fosse mais importante do que isso.

E não era. O amor, porra. Esse sentimento é gigante, infinito e imensurável.

— Ah, Mark... — Lua foi a primeira a abraçá-lo, enquanto Yan batia nas costas do amigo como se garantindo que estaria sempre ao lado deles.

— Um Budinha ou uma Budinha? — brinquei, secando as lágrimas do rosto, quando Cahya se aproximou. — Porra, mulher. Você me fez chorar.

— Ah, é um choro de alegria e amor.

— Eu cuido nos finais de semana. Vou ensinar todas as merdas. O titio Shane será o melhor que essa criança vai ver. — Mas então parei com a brincadeira e segurei no ombro de Cahya. — Sério. Qualquer coisa, qualquer consulta, qualquer porra de... sapatinho que você precisar comprar. Se precisar de mim, vinte e quatro horas, eu vou estar lá por vocês.

— Eu sei, querido. — Cahya acariciou o meu rosto e me deu um beijo na bochecha. Então, voltou a chorar. — Eu era tão sozinha na Indonésia, mas agora tenho vocês.

— Somos uma família — Roxy prometeu, abraçando Cahya. — Ninguém mais está sozinho. Acabou a privacidade. Aqui todo mundo sabe da vida de todo mundo, as posições sexuais favoritas, assim como o dia da TPM uma da outra. Não tem como ser mais íntimo do que isso.

Cahya riu enquanto chorava.

— Eu amo vocês — ela declarou. — Cuidem um do outro — pediu.

— Nós vamos — prometi.

Quando Cahya foi falar com todo mundo e depois de Mark nos abraçar, eu envolvi Roxy nos meus braços e ela virou-se de frente para mim, encarando os meus olhos. Sua atenção estava toda nas minhas íris, enquanto seus lábios, vermelhos das lágrimas, formavam um fraco sorriso.

— Se algum dia você se esquecer de como o amor é lindo, leve, cheio de vida e carinho, lembre-se dessa cena, Shane. Lembre-se de que a luz vem de dentro. — Ela tocou meu coração e puxou a minha nuca para me beijar. Mas, ao invés, apenas raspou os lábios nos meus. — Lembre-se do quanto a gente foi feliz vendo a felicidade dos outros. Isso é amor. Nada obscuro, sombrio e pesaroso.

— Eu nunca vou me esquecer — garanti, sorrindo contra a sua boca. — Porque eu tenho você, Querubim. E todas as coisas lindas que você me faz sentir. Porra, eu não preciso de nada além do seu beijo pra lembrar.

— Um beijo? — sussurrou, os lábios quentes dançando nos meus.

— Um beijo e, juro, a memória volta rapidinho.

Ela riu na minha boca, mas então perdeu o sorriso quando a puxei. Merda, eu estava tocando nela, sentindo Roxy contra cada pedacinho meu, cara. Mas ainda faltava aquele sexo gostoso e olho no olho. Meu corpo não ia aguentar muito mais sem isso, sem nós.

— Querubim...

Sua língua exigiu passagem, entreabrindo os meus lábios e bebendo da minha boca. Ah, me entreguei fácil. Moí sua cintura na ponta dos dedos, grudando seu corpo no meu quadril, fazendo-a sentir como eu pegava fogo quando ela me tocava. Suas mãos foram para a minha nuca, suas unhas trilhando o meu cabelo de cima a baixo, me arrepiando todo. Envolvi a língua na sua, querendo-a toda, brincando com o piercing na textura da sua boca, chupando sua língua com delicadeza, para depois girar a minha devagarzinho por aquele calor. Ela tremeu; pude literalmente senti-la tremendo nos meus braços. Roxy me agarrou com mais força, como se não tivesse certeza de que eu estava mesmo ali, mas eu estava. Todo ali. Todo nela.

Puxei pouca coisa sua blusa para cima, até me lembrar de onde estávamos. *Merda*. Freei meus instintos, reduzindo a velocidade do beijo, tocando devagar seus lábios, até um selinho.

— Nosso próximo encontro é só no final de semana, né? — murmurei, tonto.

— É sim. Essa semana preciso ver algumas coisas da Rosé. No sábado, serei toda sua. — Os olhos da Roxy se incendiaram. Eu queria tocá-la de uma maneira que ela nunca fosse se cansar, porra. Tocá-la até tê-la tremendo e nunca se sentindo satisfeita. Eu ia fodê-la e amá-la. Eu ia... ah, porra. Eu ia dizer que a amava bem dentro daquele corpo quente, encarando aqueles olhos. — Mas nada te impede de ir comigo para os lugares, se estiver livre.

— Quinta vou estar. O que vai fazer na quinta?

— Ver tecidos. Mas acho que você não vai poder ir comigo. Preciso ir ao centro.

— Quarta?

— Quarta vai ser mais tranquilo — Roxy garantiu. — É, acho que quarta podemos ficar juntos.

— Vou sentir sua falta. Eu tô sempre sentindo sua falta, porra. É bizarro pra cacete estar apaixonado. Não era assim antes.

Um brilho percorreu os olhos de Roxy, e ela ficou na ponta dos pés para quase alcançar a minha orelha.

— É porque seu coração não pertencia à pessoa certa. — Ela se afastou e me puxou de volta sentarmos. — Meu estômago está roncando. Preciso comer logo.

— Não tá grávida não, né? — Zane pairou o garfo no meio do caminho, chocado.

— Ninguém está grávida, exceto a Cahya — Kizzie prometeu, rindo do meu irmão.

— Ah, porra. Já pensou? Um milhão de bebês e o caralho pra cuidar? Nah, agora não. Quer dizer, Mark, eu vou cuidar do seu bebê. Na real, *não sei* cuidar. Mas vou ser um tio legal pra cacete.

— Eu disse a mesma coisa. — Ri. — Bom, estamos na fase do sexo gostoso, mano. — Vi as bochechas vermelhas da Roxy, mas ela se recuperou da vergonha quando buscou a minha mão sob a mesa.

— Vocês acham que o casamento apaga o fogo? — Cahya ergueu as sobrancelhas. — Ah, lindos. Quando tiverem a mulher de vocês com o seu sobrenome, não fazem ideia do que isso causa em um homem.

Mark ergueu apenas uma sobrancelha e soltou uma risada, envergonhado, comendo o purê com os vegetais e o bife.

— Keziah D'Auvray — Zane testou e gemeu. — Ah, que merda. Você tá certa. A gente vai casar logo, né, Marrentinha? Porra.

— Eu já falei pra você ver a paleta de cores...

Nada novo sob o sol. Era isso. Nós rindo, conversando, falando merdas e compartilhando uma vida.

Roxanne D'Auvray, testei em silêncio.

E fiquei sorrindo pelo resto da noite como um idiota.

Porra, eu disse que estar apaixonado era zoado, né?

E era mesmo.

CAPÍTULO 10

Friends, I watched us as we changed
The feelings in my headspace rearranged
I want you more than I've wanted anyone
Isn't that dangerous?

— Lauren Aquilina, "Fools".

SHANE

Era quarta-feira e Roxy não retornava minhas ligações. Cara, tínhamos combinado de eu ir à casa dela e ficarmos lá, nem que fosse de bobeira. Seus pais tinham saído e só retornariam à noite.

— Vamos lá, Snow. Vamos visitar a sua mãe.

Saí com ele do apartamento, fui pra garagem e entrei em um dos meus carros. Peguei o celular para avisar aos caras no nosso grupo de mensagens.

Eu 😈: Tô indo atrás da Roxy.

Buda da Cahya 😎: Quer companhia?

Primeiro Crush da Querubim 😒: Eu tentei ligar, mas ela não me atendeu.

Asiático Bonitão 🤬: Roxy me enviou um e-mail logo cedo, pedindo dicas para a Rosé. Ela deve estar bem.

Puto Rendido 🤡: Porra, Shane. Relaxa um pouco. Você a viu há poucos dias.

Eu 😈: Mesmo assim, a gente tinha combinado uma coisa e ela some? Não sei. Tô com a alma inquieta.

Chicote Estalando 😏: Seja bem-vindo à "fodência" que é se apaixonar.

Eu 😈: Caralho, Yan.

Chicote Estalando 😏: É a verdade. Boa sorte. Nos avise assim que tiver notícias. Lua mandou um tapa na sua bunda.

Eu 😈: Outro pra ela. Deixo por sua conta. ;)

Chicote Estalando 😏: Ah, é bom mesmo. Ou cabeças irão rolar.

Primeiro Crush da Querubim 😪: HAHAHAH

Coloquei o celular de volta no bolso e, sem parar de tentar ligar pra ela através do painel do Aston Martin, dirigi pelas largas ruas de Miami. Parei em frente à sua casa, Snow saltando do meu lado e latindo por todo o caminho, feliz em ver a Roxy.

— Porta fechada, Snow. Será que a chave tá lá ainda?

Havia uma chave reserva sob o quarto vaso de planta à direita. Snow farejou e eu tirei o vaso, mas não estava lá.

— O plano é o seguinte, filhote. Eu vou escalar, como fazia quando era adolescente. Descubro o que tá rolando e desço para abrir a porta, beleza?

Ele latiu.

— Espera aqui.

Snow virou a cabeça, como se tentasse entender o que eu estava falando.

— Sério, Snow. Fica.

Snow sentou. Mas, por garantia, prendi a guia dele no tronco de uma árvore mais próxima. Não sabia se ele ia dar uma de louco ou sei lá.

Hora de escalar como o Romeu.

Isto é, se a trepadeira aguentasse a porra do meu peso, né?

Fui subindo devagar, como um gato. Merda, antes isso era tão mais fácil, quando não tinha tanto músculo no caralho do meu corpo. Quer dizer, não no meu caralho, apesar da Shaneconda ser bem vantajosa e tal, mas você entendeu.

Agarrei os galhos mais firmes, lançando um olhar para trás. Snow latiu para mim, como se me mandasse descer, porque ia dar merda. Mas sou um cara confiante, que ri na cara do perigo, e continuei escalando. E escalando. Até alcançar a varanda da Querubim. Ah, agora a coisa ia ficar mais fácil. Agarrei o guarda-corpo, subindo com mais agilidade e sem medo. Quando já estava na varanda dela, passei as pernas e senti a superfície sólida nos meus pés.

Respirei fundo e lancei um olhar para Snow.

— Você tinha que ter mais fé em mim, filhote.

Ele apenas virou a cabeça, querendo entender algo aparentemente bem difícil, e eu ri enquanto me ajeitava, mudando minha atenção para a janela da

Roxy. As cortinas estavam fechadas, mas havia uma fresta aberta na porta de vidro da varanda.

Tirei os tênis e os deixei do lado de fora. As palmas das minhas mãos começaram a suar e as sequei na bermuda. Porra, o que eu tava fazendo, cara? Invadindo a casa da Roxy só porque ela não atendia ao telefone?

Congelei um pouco no lugar por alguns segundos.

Mas eu sempre fiz isso quando éramos adolescentes. Havia... regras novas no sentido de se relacionar? Porra, eu não fazia ideia. Mas estava enlouquecendo, cara.

Entrei devagar no seu quarto quase completamente escuro, com exceção da parte da cortina que abri. Encontrei Roxy agarrada com um edredom cor-de-rosa, os olhos abrindo lentamente para mim.

— Eu tô sonhando?

— Não.

Isso a fez piscar umas cinco vezes e depois coçar os olhos.

— Você escalou a minha varanda? Como nos velhos tempos?

— É. E o Snow tá aqui também, preciso descer e buscar ele. Você tá bem? — Me aproximei e dei um beijo suave na sua boca seca e quente do sono.

— Snow? — Roxy gemeu, se remexendo. — Que horas são?

— Quatro da tarde.

— Deus, eu...

— Espera aí que a gente já conversa. Vou pegar o nosso filho.

Ela sorriu para mim e assentiu.

Desci as escadas, abri a porta, libertei Snow, e ele saindo correndo pela casa dos Taylor. Ele farejou um pouco e Roxy disse lá de cima:

— Snow, eu tô aqui!

Pronto, porra. O cachorro saiu patinando pela escada, louco de saudades dela, como se não a visse há quinhentos anos. Quando subi, Snow ainda estava lambendo seu rosto, em cima da cama da Roxy.

— Você não tá bem, né? — perguntei, sentando na beirada da cama. Peguei seus pés sob o edredom rosa. Caralho, gelados! Os cabelos estavam bagunçados, olheiras sob os olhos, mais pálida do que já era.

Me levantei e fui atrás do Dino e do Sauro. Encontrei-os, peguei um par de meias e calcei tudo em seus pés.

— Você promete que não vai pirar? — Ela ergueu uma sobrancelha.

— Por quê? Eu geralmente fico louco?

— Você pira.

Cacei na memória a última vez que fiquei louco por causa de alguma coisa relacionada à saúde da Querubim...

— Cólica? — tentei, engolindo em seco.

— Da última vez, você me pegou no colo e saiu correndo comigo, a pé, dizendo que precisava de um médico. Completamente perturbado. Ai! — ela gemeu e colocou a mão na barriga. Fechou os olhos por um segundo e, em seguida, os abriu. — Prometa, Shane. Você vai agir normalmente.

— O que você precisa que eu faça? Chamo um médico aqui? Porra, eu... — Me levantei. — Qual é o número da sua ginecologista? Ah, eu salvei nos meus contatos da penúltima vez....

— Shane! Não pira. É só cólica.

Comecei a suar frio.

— Você tá com dor, Querubim.

— Sim, e é completamente normal. Toda mulher sente. Quer dizer, algumas foram abençoadas por Deus, mas outras não.

— Talvez eu deva te enfiar no carro e te levar para o hospital.

— Não é um bebê que tá nascendo, Tigrão. — Sua voz soou mais divertida. — Pelo contrário.

— Não vou ser pai, beleza, mas não aguento te ver com dor.

— Eu só preciso me aquecer um pouco. Se conseguir fazer uma bolsa de água quente para mim... e me trazer uns doze chocolates.... — Ela se remexeu, e Snow colocou a pata sobre a barriga dela.

— Não vou sair do seu lado — prometi. — Pego os chocolates depois e a bolsa também.

Eu aguentava qualquer coisa nessa merda de vida. Mas ver Roxanne com dor? Foda-se, com isso eu não sabia lidar. Quer dizer, eu não tinha um útero para saber como era a cólica. Para mim, deveria ser algo parecido com torcer as minhas bolas. Ou seja: dor filha da puta nível hardcore.

Me levantei, puxei suas cobertas e me enfiei ali, na sua cama de casal. Roxy virou de lado, colando as costas no meu peito, e eu inspirei o perfume suave do seu sabonete. Nada além... dela. Sua bunda colou na minha pélvis e, quando minha mão dançou no seu corpo, senti a lateral da sua calcinha na ponta dos dedos.

— Não me toca assim porque eu vou querer montar em você.

— Fico preocupado com você. — Fingindo que não ouvi o que ela disse, passei a ponta dos dedos no seu quadril, cintura, clavícula, subindo para o seu estômago, minha mão sob a regata de seda que ela usava para dormir, sentindo a curva do começo dos seus peitos.

— Shane...

— O quê? — Beijei sua nuca, suave, morrendo de saudade daquele corpo contra o meu.

— Eu quero transar tanto que parece que vou morrer se não o fizer.

— Mesmo com dor?

— Mesmo com dor.

— Porra — grunhi quando ela esfregou a bunda no meu pau, já semipronto, sentindo que cabia exatamente entre suas nádegas gostosas pra cacete. Snow saltou da cama e olhou para mim, como se estivesse me julgando. — Temos crianças no quarto.

— E eu tô menstruada, é nojento.

— Não pra mim. Eu faria de qualquer jeito, mas você tá com dor. Não dá pra colocar a Shaneconda entre as suas pernas e dar uma cutucada no útero. "Olá, vim foder mais o seu processo de fazer a minha mulher sangrar. Desculpa a invasão."

Roxy riu. E então arfou. Mas não foi de tesão, foi pela dor.

Escorreguei a mão quente do seu estômago para a barriga, sentindo-a mais inchada que o normal. Meus dedos beiraram a borda da calcinha e Roxy indiretamente guiou sua bunda mais para trás, roçando.

— Quietinha. Vou esquentar sua barriga. Você tá toda gelada, amor.

— O que você disse antes?

— Qual parte?

— Minha mulher... — Pude ouvir o sorriso no tom da sua voz.

— Você é a minha mulher — sussurrei, rouco, beijando mais um pouco seu pescoço, pegando a pele em meus dentes. Roxy, para a minha surpresa, levou a mão para trás e agarrou o meu pau, subindo e descendo. — Querubim...

— Eu falei que tô com tesão.

— Não me toca assim — gemi quando ela começou a puxar a cordinha da minha bermuda.

Como se fizéssemos isso a vida inteira.

Como se ela soubesse exatamente o que me quebrava.

— Então não me provoca — ela pediu, ainda com os dedos safados me buscando.

— Trégua? — pedi, sem ar. Eu estava sem cueca. Se ela simplesmente colocasse a mão dentro, eu estava fodido.

Roxy pensou por alguns segundos, parando o movimento.

— Trégua — concordou.

— Quer dormir colada em mim?

Ela bocejou.

— Só mais cinco minutos.

Roxy caiu no sono segundos depois de relaxar contra mim.

Querubim

Roxy

Acordei sentindo um cheiro tão bom que tenho certeza de que foi isso que me despertou. Era chocolate quente! Me sentei na cama, as pontadas fortes e aquele monstro da cólica revirando-me por dentro, me fazendo automaticamente manter os olhos fechados. Mas havia uma bolsa de água quente na minha barriga que Shane havia colocado enquanto eu dormia. E apesar de me sentir dez quilos mais gorda, cem vezes mais lenta e minhas pernas e seios doerem tanto que parecia que eu tinha passado num triturador, aquela bolsa quentinha tornava a vida um pouco mais suportável.

Mas o cheiro do chocolate quente…

— Bom dia, dorminhoca. — Ouvi sua voz. Rouca, melodiosa, de quem conseguia derreter calcinhas só com um olá. E era exatamente isso que ele fazia comigo.

Mesmo meu corpo inteiro querendo descanso, havia uma grande parte que *precisava* sentar naquele homem e gozar loucamente.

Abri os olhos.

— Fucei na cozinha e achei algumas coisas. Desculpa, mas, porra… não tinha jeito. Você precisava comer e beber alguma coisa — explicou.

Percebi que havia uma bandeja de café da manhã sobre a cama, com uma caneca gigante cheia de chocolate quente e *s'mores* assados no forno em um pequeno prato. Shane era péssimo na cozinha, mas com porcarias congeladas ele sabia se virar. Então, alguns biscoitos salgados e… jujubas? Sem dúvida, a melhor refeição da minha vida.

Sorrindo, lancei um olhar para ele. Estava sentado na minha cadeira, com uma carta na mão. Meus olhos se estreitaram, tentando focar, e vi uma caixa lilás sobre a mesa.

Aberta.

E uma das cartas da nossa infância nas suas mãos.

— Como você tá se sentindo?

— Melhorando. Mas… — Apontei com o queixo para a carta. — O que você está fazendo?

— Na despedida de solteiro do meu irmão, você me contou sobre essa caixa. Todas as cartas que trocamos ao longo dos anos, todos os ingressos de cinema, até a pulseira que fiz com conchas para você. Porra, tá tudo aqui, Querubim. — Seus olhos voltaram-se para mim, brilhando de uma forma completamente intensa, como quem desvenda mistérios sem esforço.

— É, eu contei.

— Por que nunca me mostrou?

— Eu... estava olhando-a ontem. E a deixei aí em cima. — Fiz uma pausa. — Por mais estranho que pareça, nunca pensei que você fosse querer vê-la.

— Tudo sobre nós dois me interessa. — Shane abriu a carta e leu: — Roxy, hoje meu dia foi tão, tão, tão, tão, tão ruim. Ele só não teve mais um "tão" porque você estava do meu lado. Ass: Seu melhor amigo.

Sorri, fraca. Peguei a caneca fumegante e tomei um gole, o doce descendo pela minha garganta, nutrindo o monstro que havia dentro de mim. Aquela caixa continha toda a nossa história, mas por longos anos foi algo completamente platônico.

— Você é a menina mais bonita que já vi. Dane-se o Key. Ass: Seu melhor amigo.

— Quem é Key? — perguntei.

Shane deu de ombros, sem se lembrar também de quem era. Então, gargalhou.

— Shane, às vezes, eu quero estrangular você. Que tipo de melhor amigo você é? Calça Rosa é uma vadia sem coração que vai te ferir. Você seria muito mais feliz se tivesse o mesmo QI que o meu. Ass: Sua melhor amiga. — Ele parou, ainda sorrindo, os olhos voltados para mim. — Tá tão claro nessa caixa o que a gente sentia um pelo outro.

— Tá, é?

— É, meio que... pra caralho. — Ele assentiu e puxou a caixa para o seu colo, perdido nos bilhetes, nos ingressos de cinema, até no papel do bombom que o Shane me deu depois da aula, porque sabia que eu gostava de chocolate com morango. Seus olhos buscaram os meus de novo. — Fala a verdade. Por que nunca compartilhou comigo essa caixa?

— Porque ela sempre foi platônica.

Shane negou.

— A melhor formatura da minha vida! Porra, eu tô tão feliz. Olha a nossa foto, Querubim. A gente é lindo demais junto. Amo você. — Leu o que ele mesmo escreveu atrás da nossa foto polaroid. — Tem certeza?

— Eu não sabia o que pensar. Seus sinais foram tão confusos a vida toda.

A maneira que o Shane estava me olhando não era apenas como o homem que ele havia se tornado. Mas como o garoto de treze anos que tinha dançado comigo na escola, o de quinze que me levou à formatura depois de eu ter sido dispensada, assim como o de dezoito a quem entreguei a minha primeira vez e também o de vinte e um que quase beijei na despedida de solteiro do irmão. Ele era a soma de todos. Os anos entre nós nunca foram uma barreira, mas sim a força que nos conectava.

— Eu realmente amo você — disse, como se precisasse soltar aquelas palavras de novo. Minha garganta ficou tão apertada que estava certa de que não passava um fio de ar. — Não por seu corpo ou porque a gente fode gostoso, Roxanne, mas por isso aqui. — Ele pegou a caixa e a colocou na escrivaninha. — Sabe disso?

Assenti.

— Preciso que tenha certeza — adicionou.

— Eu tenho porque te amo também, nessa mesma loucura, nessa mesma soma, por essa caixa e por todos os vinte anos entre nós.

— Querubim...

Shane se levantou e eu sabia que ele me beijaria. Eu lia a sua alma e os seus movimentos antes que ele os fizesse. Eu não fazia ideia de que horas eram, só sabia que a lua estava brilhante lá fora e que meus pais ainda não haviam chegado em casa. Nada importava. Nada além de sentir...

Ah, exatamente isso.

Sua mão segurou a lateral do meu rosto, os dedos tão longos que afundaram nos meus cabelos enquanto seu polegar dançava no meu lábio inferior. Os olhos heterocromáticos cintilaram para mim, alternando de um para o outro, enquanto sua boca caía sobre a minha.

Esse era um eu-te-amo-por-toda-a-minha-vida tipo de beijo. Um que eu nunca tive o prazer de sentir, exceto com ele. A ponta da língua vinha macia em torno dos meus lábios, para depois Shane escorregá-la para bem dentro da minha boca. As borboletas dançavam, subindo até onde o beijo acontecia, para sobrevoarem abaixo, direto para a minha calcinha. A dor se transformou em prazer, e Shane mordeu meu lábio devagar, apenas para colar a língua dentro dos meus lábios e nunca mais deixá-la sair.

Eu não queria que ele parasse.

Aquele giro, o calor e a umidade da sua boca, o piercing duro dançando na minha língua, para depois descer e rodar. Era a coisa mais escandalosa do mundo beijar Shane D'Auvray. Seus dentes me beliscavam cada vez que ele angulava o rosto para um lado diferente, e sua mão me guiava da mesma maneira que sua língua em torno da minha. Nós tínhamos gosto de chocolate quente e biscoitos; era como a docilidade da infância com o pecado da vida adulta. Eu nunca mais ia querer ficar sem aquela boca. Um dia ou um mês. Eu não suportaria.

Minhas mãos foram para o seu peito, a camisa de tecido frio que ele usava, quente por causa da sua pele. Era uma camiseta de time de futebol qualquer, mas deslizava na sua pele como se fosse feita para ser tirada. Tateei mais, os batimentos frenéticos do seu coração, a ondulação da sua barriga, meus dedos indo para baixo, para sentir sua pele. Shane gemeu, em pé e curvado sobre mim. A ideia dele era um simples beijo de eu te amo, mas a verdade é que, para nós dois, nunca seria só isso.

Nunca seriamos apenas uma palavra, uma frase ou uma vírgula.

Éramos toda uma história.

Beijei sua boca com ainda mais vontade conforme sentia seus gomos, os pelos rasos no caminho abaixo do umbigo. Shane congelou no beijo quando meus dedos dançaram na borda da sua bermuda.

— Você não pode fazer isso comigo quando tenho que te fazer uma pergunta.

— Uma pergunta?

— É — ele murmurou, dando curtos e suaves beijos na minha boca e ao redor dela. No canto, no centro, acima, abaixo, à esquerda, no queixo... — Eu preciso te fazer uma pergunta, Roxanne.

— Pode falar — murmurei, perdida.

— Mas não pode ser hoje.

— Quando?

— Na sua formatura.

Eu me afastei da sua boca.

— Por quê?

— Porque é lá que a mágica acontece. — Sorriu contra os meus lábios. Então, se afastou completamente. — Tá achando que pode me usar? Me chupar e me mandar pra casa? Não.

— Shane!

— Roxanne.

— Você queria também.

— Qual homem em sã consciência negaria um sexo oral? Porra, eu tô morrendo. Mas não serei uma das suas prostitutas, não. Cansei dessa vida. Quer me usar? Vai ter que fazer do jeito certo.

Eu gargalhei e Shane se sentou ao meu lado na cama. Snow acordou nesse momento, saltando sobre Shane como se quisesse brincar.

— Pronto, família completa. — Shane riu, apertando os pelos do Snow, amassando o imenso rosto dele com as duas mãos. Snow lambeu o nariz de Shane.

— Eu vou terminar o chocolate quente, tomar um banho e aí a gente vê um filme. Ou a gente pode continuar maratonando *The Walking Dead*. Foi a última coisa que fizemos juntos antes de viajarmos para o Brasil, não foi? — perguntei.

— Pior que foi. Quero saber como aquela merda vai se desenrolar. — Shane, então, prendeu a respiração, como se uma ideia lhe ocorresse. — Seus pais vão me deixar dormir aqui sabendo que a gente já transou?

— Tá brincando, né? Capaz de colocarem *Sexual Healing* ao fundo. Talvez mandem Deus conjurar uma nuvem sobre nossa casa, para chover e criar um clima. Ainda preparariam um jantar e minha mãe me entregaria uma lingerie reveladora que ela guarda desde que eu nasci, esperando por esse momento.

Shane riu e me deu um beijo suave na testa.

— Enquanto você toma banho, vou levar Snow para dar uma volta e fazer as necessidades dele.

Dei um beijo no Snow e tomei coragem para me levantar.

Uma fisgada na barriga me fez ver estrelas.

— Tudo bem, amor? — Shane já estava nas minhas costas, a mão na base da minha coluna.

— Só a cólica me ferrando.

— Tome banho bem devagar. Se tiver dor, sente na privada e respire um pouco. Deixei o comprimido do lado do chocolate quente. Termine antes do banho, ok? — pediu, e pegou Snow, colocando a guia nele. Mas, quando estava prestes a sair do quarto, seu celular tocou.

— Shane — falou, direto. E ficou em silêncio por um segundo. Snow, ansioso para sair, raspou a pata na porta, mas o baixista pareceu congelar no lugar. — Alessandra?

Alessandra. Vasculhei na minha memória... e um clique estalou dentro do meu coração. Alessandra era uma das ex do Shane. Uma das três que ele se envolveu naquele quadrado amoroso em que todas se pegavam e pegavam ele, inclusive. Era o relacionamento mais poliamoroso que já vi em toda a minha vida.

Senti a minha espinha gelar e a cólica apertar.

Lentamente, Shane se virou para mim, Snow acompanhando o movimento do dono. Os dois pares de olhos heterocromáticos me encararam enquanto eu mal podia respirar.

O semblante de Shane foi se desfazendo. Como se toda a tensão desse vez ao alívio. Ele abriu um sorriso. Mas não foi um sorriso como todos os outros que já deu para mim. O meio-sorriso, de quem tinha o mundo e a decisão na palma das mãos, me fez sentir borboletas no estômago junto à crise de ansiedade.

— Alessandra, sim... eu tô ouvindo. — Ele pigarreou para firmar a voz. — Escuta, avisa a Tiara e a Cassy também. Seja uma foda casual ou qualquer outra proposta que vocês tenham para mim, a resposta é não. Nunca mais liguem para esse número.

Eu quis sorrir, mas ainda estava congelada no lugar.

Escutei a mulher argumentar, a voz estridente do outro lado, e Shane riu.

— Eu tô apaixonado pela minha melhor amiga e pretendo ser monogâmico até ela querer chutar a minha bunda. Caso ela não queira, serei dela para todo o sempre. — Fez uma pausa. — Tenham uma ótima vida.

Pisquei. Ele desligou e sorriu inteiramente.

— Chocolate quente. Remédio. Banho. Zumbis. — Ele desceu os olhos por mim. — Te vejo em vinte e três minutos.

— Vinte e três minutos? — murmurei, perdida.

— É o tempo que você sempre demora no banho. — Então Shane abriu a porta, Snow saiu e ele não me dignou um olhar sobre o ombro.

Se eu tivesse um espelho na minha frente, provavelmente veria o quão patética eu estava. Senti meu queixo no chão, os joelhos trêmulos e o choque dançando em cada nervo.

Shane queria mesmo uma vida comigo.

Eu poderia dançar se a cólica não fosse tão filha da puta.

Mas eu gritei. E espero que Shane não tenha escutado o surto emocionado de uma garota com a alma de quatorze anos que descobre que o crush tá *mesmo* tão na sua.

CAPÍTULO 11

You're all my strength and my weakness
You battle my demons
You're still undefeated

— James Arthur, "September".

Shane

Aqui estávamos, na formatura da minha garota, o momento que esperei pra cacete, mas estava tão pilhado que mal conseguia puxar ar para os pulmões.

— Caralho, Shane. Respira — Zane pediu ao meu lado.

— Não consigo, cara. É a porra da formatura da minha Roxy.

— Depois você precisa estar bem para a festa que a gente preparou, pirralho. Pelo amor de Deus. Não vai desmaiar antes da hora.

— Ele vai ficar bem — Oliver garantiu. — É só a emoção falando alto.

— Relaxa, Shane — Yan pediu. — Estamos com você.

— Ainda não consigo acreditar que aquela menina que pulava no meu colo para dançar vai se formar — Carter disse, a voz trêmula.

— Eu tô ouvindo vocês babando aí atrás — Lua falou na nossa frente, um sorriso no rosto quando se virou no assento. — Ela vai se sair muito bem.

— Com certeza — Kizzie concordou. — Roxanne está começando a vida agora.

— Apenas esteja ao lado dela, Shane — Erin pediu. — E tudo dará certo.

— Nossa, que grupo mais romântico. — Andrew, amigo da Lua, sorriu para nós. — Acho que ser solteiro aqui me cai mal.

— Nem me fala, cara — Oliver disse, rindo.

— Bom, eu só sei que nem posso culpar o Shane pela emoção porque também me sinto um pouco nervoso. — Mark riu, sem graça.

— Mark ama vocês — Cahya sussurrou.

— A gente sabe — Zane garantiu, piscando para a garota da aliança.

Meus pais e os da Roxy estavam na frente. Eu quis ficar um pouco mais ao fundo para conseguir gravar o momento em que a minha mulher pegasse o bendito canudo. O pior é que era uma coisa só simbólica, o verdadeiro diploma dela chegaria em casa em algumas semanas. Mas as minhas pernas não paravam de tremer. Estávamos em um estádio de futebol de Miami. Todos os cursos estavam se formando naquela tarde. E eu tinha organizado uma festa surpresa do caralho para a Querubim para quando saíssemos daqui.

— Para tranquilizar você, vamos conversar sobre as últimas semanas. Os encontros com a Roxy deram certo, né? Vocês avançaram? Deram uma transada? — meu irmão perguntou, baixo o suficiente.

Engoli em seco.

— Não transamos.

— Porra, Shane. O que tá rolando, pirralho?

— Não vou cometer o mesmo erro que fiz no Brasil. Atropelando as coisas, fodendo tudo. Literalmente. — Virei o rosto e encarei o meu irmão. Zane de terno era a coisa mais bizarra que já vi na vida. — Eu ainda consigo ver o medo nos olhos dela. Consigo sentir que ela não confia em mim o bastante. Roxy não diz, mas, porra, eu era um merda, Zane. Ela me viu com prostitutas no apartamento, com três namoradas e com a Melinda, prometendo que a amaria para sempre. Fora as minhas pegações aleatórias. Amigas dela, vizinhas, pessoas que Roxy... cara, ela viu muita merda.

— Então, o que vocês fizeram nos encontros? Só beijo e conversa?

Porra, eu e Roxy tivemos encontros maravilhosos, sério mesmo. Um atrás do outro. Dias em que pensei que tudo não passava de um sonho. Mas era real. Apesar de não avançar nada, nem um dedo, além de beijá-la até que meus ossos derretessem, eu a levei para todos os cantos possíveis de Miami. Sexta, sábado e domingo, ela era toda minha. E sempre no final da noite, pegávamos o meu carro e víamos as estrelas no ponto mais alto da cidade. Já estávamos no enésimo encontro sem sexo, mas estava valendo a pena.

— Foi o bastante para mim.

— Você tá voltando ao ponto zero da amizade de vocês, Shane. Só que com beijos e declarações. O sexo não é só pelo prazer do tesão. O sexo, quando a gente está apaixonado e com os sentimentos expostos, é a coisa mais deliciosa que existe. É você entrar na tua mulher, sabendo que ela é completamente sua. Vocês precisam disso.

Encarei os olhos cor de mel do meu irmão, no mesmo tom de um dos meus.

— Eu sei disso.

— Cacete, e então?

— Eu vou fazer amor com ela, Zane. E quando eu transar com aquela mulher de novo, vai ser com uma aliança naquele dedo.

— O quê? — meu irmão perguntou, chocado.

— Aliança de namoro.

— Ah, não. Shane. É sério? — Os olhos dele ficaram do tamanho de dois pratos de sobremesa.

— Caralho, é muito sério.

Meu irmão espremeu os lábios.

— Roxy quer segurança. — Ele lançou um olhar à frente. — Tô entendendo o que você tá querendo.

— Eu quero assumir a porra toda, Zane. Roxy viveu na sombra da minha vida por toda a merda da minha existência. Eu postei fotos com ela no Instagram e tal, mas sempre com legendas citando a amizade. Não, eu quero uma bagunça e uma exposição fodida. Já falei com a Kizzie sobre isso, e tive autorização.

— Teve mesmo — ela disse à frente, baixinho.

Eu sabia que todos estavam escutando, por mais que a conversa fosse somente entre mim e Zane.

Meu irmão passou a mão nos cabelos longos, que estavam presos em um coque, como se tivesse esquecido que estava bem-vestido.

— Você quer seguir o sonho dela.

— É nosso agora.

Eu estava falando muito sério sobre ter Roxy na minha vida, muito seguro do que eu queria com ela hoje e pro resto dos meus dias. Era uma entrega, porra. Porque não havia como ter dúvidas se eu passei a minha vida inteira amando-a em silêncio.

Eu a queria. Tanto que mal conseguia tomar fôlego quando seus olhos encontravam os meus. A energia desse sentimento dentro de mim estava sendo gasta de outra forma. Eu fazia composições com os caras, gravávamos e planejávamos a nossa próxima turnê. Eu malhava. Como um louco. E corria com o Snow na praia todos os dias. Além de fazer terapia e cuidar de todas as minhas feridas que estavam em processo de cicatrização. Era uma merda não tê-la embaixo de mim gemendo o meu nome? Era. Mas eu sabia o que estava fazendo.

Conhecia Roxanne como ninguém.

E era disso que ela precisava: a segurança de um homem que está do lado dela pelo simples fato de amá-la, e não porque queria trepar até ter cãibras no corpo todo.

— Eu sei, pirralho. — Zane parou e respirou por um longo segundo. — Tô orgulhoso pra caralho de você. Eu sei o quanto dar esse passo com a Roxy te dá medo. Sei que todos os seus traumas são foda. Mas eu consigo entender, porque foi esse impulso que surgiu quando eu pedi a Kizzie para se casar comigo. Vocês não podem dar esse salto, até porque são tão novos e tal, mas é a mesma urgência. A urgência junto à calma do pertencimento.

Kizzie virou para nós, os olhos emocionados. Ela se inclinou sobre o assento e roubou um beijo de Zane, o que me fez sorrir.

— Falei bonito? — Zane perguntou, surpreso.

— Todos os dias, apesar da nossa briga sobre onde vamos morar e a sua demora em ver as coisas que te mando por e-mail, eu tenho mais certeza de que quero você ao meu lado. — Kizzie virou-se para mim. — Shane, o que está fazendo por vocês dois é a coisa mais romântica que já vi. Esperar o tempo certo, pedi-la em namoro, viver cada momento. Sei que você, às vezes, se sente inseguro porque Roxy lê vários livros de romance e vê muitos filmes do gênero, mas tenha certeza absoluta de que você é a soma de todos os sonhos que ela já teve e até os que ela não sabia que tinha.

Uma emoção coloriu cada centímetro do meu corpo, pairando na garganta.

— Obrigado, cunhada.

— Tudo vai dar certo — garantiu. — Porque vocês já são um do outro desde o começo das suas vidas.

Roxy

A cerimônia me emocionou tanto que dei graças a Deus por usar uma maquiagem à prova d'água. Quando subi os degraus, após ouvir o meu nome completo, recebendo o diploma nas mãos dos meus professores e do convidado a fazer o discurso — o pai da Lua, o ex-político mais renomado da cidade, e um homem que tinha começado do zero após passar por muitas atribulações —, foi como se eu sentisse a minha vida dando um giro de cento e oitenta graus.

Esse era o começo da minha existência. Da vida adulta. De literalmente ter uma função nesse mundo, como ser humano.

Fiz Design de Moda porque acreditava que as roupas iam além dos tecidos. Elas aumentam a autoestima, te fazem conhecer a si mesmo, transmitem a sua personalidade e te dão asas para voar. Roupa é muito além de um pedaço de pano. É o seu olá no mundo, o cartão de visitas. É como as pessoas te veem estonteante em um primeiro encontro ou como você consegue um sim em uma entrevista de emprego.

Eu fiz a faculdade porque já nasci com a Moda nas veias. E agora eu literalmente podia sentir que essa responsabilidade foi passada para a minha mão. O canudo era tão leve, nada dentro além de um papel simbólico, mas já carregava o peso de toda a minha vida. Era a minha vida adulta, ou o que sonhei em fazer com ela, em um símbolo imenso agarrado por meus dedos.

— Roxanne Taylor — o pai da Lua disse, com um sorriso. Não eram as primeiras palavras que troquei com ele. Já o encontrara algumas vezes. Mas, ainda assim, seu olhar paternal, sem sequer me conhecer direito, me fez tremer. — Eu sei que parece assustador, mas a liberdade de fazer o que ama vale o medo. Aliás, te dá coragem. Faça sempre com seu coração, não deixe que a vida te obrigue a ser escrava do dinheiro. Lute pelo que acredita e a consequência disso é a felicidade genuína em realizar a sua missão nesse mundo.

— Obrigada, Sr. Anderson.

— Me chame de Riordan.

— Obrigada, Riordan. — Sorri.

— Faça o mundo conhecer seu nome, Roxanne. Boa sorte.

Depois de ouvir elogios e sentir os abraços breves dos meus professores, fui descer as escadas da saída do palco. Acenei para os meus pais e os tios D'Auvray, mas como se uma energia inexplicável me puxasse para Shane, automaticamente meus olhos pairaram nele. As mãos trêmulas dele, o rosto coberto por uma câmera. Talvez a mesma câmera antiga com a qual nossos pais nos gravavam na infância. Não sei como ela ainda funcionava. Mas lá estava. Consegui ver o sorriso se formar em seus lábios, a única coisa que podia ver. Então, a movimentação da sua boca: Orgulhoso pra caralho.

Sorri, emocionada, e acenei para ele e para todos os nossos amigos.

Eu ouvi seus gritos e suas felicitações, de longe, enquanto subia. E ouvi novamente os seus gritos de alegria quando desci.

Ao fim da cerimônia, os nossos capelos foram jogados para cima, Shane correu para me abraçar e eu voei na grama, girando em seus braços, deixando meus lábios caírem nos seus como se tivesse ficado anos longe daquele beijo.

— Você conseguiu! — ele sussurrou na minha boca e me colocou no chão.

Acariciei seus cabelos e me afastei, observando o terno azul-marinho feito sob medida para seu corpo musculoso. Sem gravata, só a camisa social aberta em dois botões, o paletó e a calça. Estava absurdamente lindo de um jeito bem diferente.

— Eu consegui! — disse, então meus pais vieram, os nossos amigos também, e eu fui abraçada e beijada com um sentimento de orgulho por mim mesma e por todos que me amavam.

Meus olhos encontraram os de Shane uma segunda vez.

E eu soube que não havia nada a temer, porque havia muitas pessoas incríveis para segurarem as minhas mãos.

Querubim

Shane

Usando a gravata do Yan, eu cobri os olhos da Querubim assim que saímos da cerimônia. Ela ficou ansiosa ao meu lado, sem fazer ideia...

— Mas para onde estamos indo? — perguntou, a mão gelada sob a minha.

— Você vai ver — sussurrei contra a sua orelha.

Estávamos sozinhos em uma limusine. Os caras já tinham ido com suas garotas na frente, assim como os nossos pais e todos os convidados. Os pais da Lua, os do Yan e a irmã do Yan, o pai do Carter e o pai da Kizzie. Haveria muita gente na festa de Roxy, como uma grande família. Consegui até fazer com que Thomas, o nosso amigo da época da escola, fosse. Ela ia ficar emocionada de encontrá-lo de novo. Eu sabia.

Isso seria sobre ter toda a atenção do mundo voltada para ela. E Roxy não era disso, mas a minha garota estava se formando. E eu parecia um palerma, cara. Eu tinha consciência. Parecia um cara completamente transformado. Mas eu estava enfim sendo feliz como nunca pude ser em toda a minha vida.

— Chegamos.

— Pode tirar a venda?

— Não. — Ri. E saí do carro.

Mark estava dirigindo e me avisou que pararia no estacionamento. Tirei-a do carro com calma, e ela estremeceu sob minhas mãos quando fomos pela rampa para que Roxy não caísse. Passamos pela entrada, então pegamos o elevador.

— Shane D'Auvray. — Ela agarrou o canudo com mais força.

— Roxanne Taylor.

— Estamos subindo, certo?

— Sim — respondi.

— Qual andar?

— Último.

— De onde? — Roxy tentou de novo.

Eu parei o elevador quando apertei um botão.

E ela se assustou, levando as mãos até a venda, e eu segurei delicadamente seus pulsos. Meu coração começou a bater mais rápido quando impus minha altura sobre a dela, cobrindo seu corpo, tomando seu calor. Ela tinha tirado a beca, estava com um vestido violeta, a cor do seu curso, que não poderia ser outra. Roxanne amava lilás desde criança.

— Você não quer me deixar te surpreender? — Passei o nariz ao redor do dela, inspirando seu perfume de maçã verde. Caralho, toda vez que minha boca estava perto da sua, um tesão serpenteava o meu corpo, lambendo da minha barriga até o meu pau, como se me implorasse para tomá-la. — Não quer sorrir e se emocionar hoje? O dia é todinho seu, amor.

Ela agarrou o meu paletó, amassando-o, os lábios se abrindo para mim enquanto a gravata cinza do Yan me impedia de ver seus olhos. A respiração cálida bateu na minha boca, e meu caralho pulsou atrás da boxer, latejando até as bolas.

— Você está me desarmando, Shane.

— Eu quero muito te desarmar.

Roxanne fez a língua dançar no lábio inferior e o movimento chegou a tocar a minha boca, deixando meus músculos tensos sob aquele terno estilo homem-rico-pra-caralho.

— Me beija — ela pediu. — Só um beijo.

— Pra lembrar do quanto me ama? — sussurrei.

— Para eu nunca me esquecer do quanto *você* me ama.

Minhas mãos soltaram seus pulsos e eu puxei sua cintura, colando-a bem na minha ereção que a calça e a boxer jamais iam cobrir. Roxy conseguiu gemer um segundo antes da minha boca grudar na sua, e continuou gemendo quando minha língua invadiu o espaço e a tomou bem fundo. Dançando naquele calor molhado, o piercing rodando o contato. Ondulei meu corpo no dela, tão pequena em meus braços que foi foda aguentar. Apertei os dedos em sua cintura, o tecido se rendendo a mim, assim como sua pele. Roxy me agarrou com ainda mais força, nossos corpos se chocando cada vez que se encontravam, a língua impiedosa me garantindo que, assim como eu, não podia mais aguentar. Nós giramos no elevador, até Roxy deixar seu corpo cair contra o meu, e eu a prensar na estrutura metálica. Era aquele tipo de beijo que você começa e arranca a porra da roupa, mas eu não tinha ido nem até a segunda base com a Querubim, por mais que ela me tentasse pra cacete. Então, odiando a mim mesmo, afastei sua cintura do meu pau, descolando nossas bocas, freando aquilo tudo.

Só havia uma coisa que eu odiava na terapia era aprender o caralho do autocontrole.

— A gente vai para a sua surpresa. E depois cada pedaço desse seu corpo vai ser meu, Querubim.

— Hoje? — ela sussurrou, trêmula.

— Só depende de você.

— Sim! — Ela tossiu. — Quer dizer. Sim, eu quero... eu quero avançar, Shane. Não aguento mais.

Ri e pus o elevador para voltar a subir. Ajeitei a ereção de forma que não aparecesse e me aproximei da minha linda garota de novo. Meu polegar puxou seu queixo para baixo e o alerta de que havíamos chegado ao andar soou às minhas costas.

— Quero ouvir esse sim de novo.

Ela abriu a boca para repetir, mas eu a calei com um beijo.

— Depois — sussurrei e a levei para a festa.

A música alta estava sendo tocada por um dos DJs favoritos da Roxy, as pessoas socializavam, Thomas... caralho! Casado e com uma filha linda à nossa esquerda. Pisquei, vendo a decoração no *rooftop* do melhor hotel de Miami. Estávamos acima de toda a cidade, com vista para a praia. E todas as pessoas que importavam e que amavam a Roxy estavam ali.

Era tudo tão bonito, tão a cara da Querubim, com as cores que ela mais gostava em destaque: violeta e dourado. Vi a faixa imensa para ela que eu, os caras, as meninas e nossos pais nos ajudaram a fazer. Os balões e as flores, em tom de violeta, eram da cor do seu vestido. Ainda havia um bolo imenso e comida à vontade.

— Shane? — ela murmurou, ansiosa.

Me colei em suas costas e comecei a desfazer o nó atrás da sua cabeça, bem devagar. Antes de tirar a venda, me inclinei na sua orelha e falei na pontinha dela.

— Parabéns, amor. — E tirei a venda dos seus olhos.

Fui para o seu lado, segurando sua mão, e assisti à sua boca se abrir em um O imenso, os olhos brilhando enquanto Roxy assimilava cada coisa, cada detalhe. A música parou de tocar e as pessoas disseram em uníssono seu nome, repetidas vezes, sob aplausos. Ela tremeu e eu segurei seus braços, seus olhos correndo por sua mãe, nossos amigos, meu irmão, meus pais e os pais dos nossos amigos, até ela encontrar Thomas, um cara que esteve ao lado dela enquanto eu estava ocupado sendo um babaca.

Lágrimas desceram copiosamente dos seus olhos, e Roxy começou a rir.

— Meu Deus! — finalmente disse, chorando tanto que começou a soluçar. — Shane... Deus! E o Thomas, como você... — Ela se emocionou ainda mais quando o nosso amigo se aproximou, com a esposa e uma menininha no colo. — Thomas...

— Espero que possamos ser amigos de novo — ele falou, se aproximando e me lançando um olhar cheio de empatia. — Finalmente vocês dois, hein? Olha como foi difícil. Estou tão orgulhoso de...

Roxy não deixou o amigo terminar de falar. Ela o abraçou com carinho e muita emoção. Então, deu um beijo na filha dele e um abraço na esposa.

— Me desculpem, eu realmente não esperava nada disso! — Ela correu os olhos por cada canto. — Estou tão chocada que não consigo... você é tão novo e tem uma família! Deus, que loucura!

Roxy voltou a rir.

— Deixe-a se recuperar do impacto — a esposa de Thomas pediu, sorrindo emocionada. Ela também estudou conosco no ensino médio, mas nunca imaginei que aqueles dois fossem acabar juntos. — É normal rir quando se está nervoso.

— Eu estou completamente em choque. Shane, obrigada, não tenho palavras...

— Vamos aproveitar, Querubim. Esse é só o começo.

Querubim

Roxy

Eu conversei com Thomas e Mary até que meu rosto congelasse em um sorriso. Eu não conseguia parar de sorrir para aqueles dois. Thomas esteve ao meu lado e tinha sido um braço direito, muito além disso, quando me sentia tão perdida na adolescência. Mary... eu nunca conversei muito com ela. Mas hoje, vendo-a uma mulher, com um sorriso radiante e um olhar tão acolhedor, eu entendia o motivo de Thomas tê-la escolhido.

Então, depois rodei pelo salão, me sentindo a pessoa mais amada do universo. O pai do Carter, que me viu quando eu era tão criança, me beijou no meio da testa como se aquele carinho fosse me trazer toda a sorte do mundo. O pai da Kizzie estava acompanhado de uma mulher estonteante, que também era designer de moda, e me deu excelentes conselhos. Os pais da Lua me receberam em seus braços como se eu fosse uma segunda filha. Nunca vou me esquecer do apoio que a mãe da Lua me deu na recuperação do Shane. Aquela mulher era tão forte quanto a filha. Então, os pais de Yan, sua irmã, os pais de Shane e Zane, que eram meus segundos pais de alma e coração. Todos me disseram tantas coisas lindas. Por fim, os meus pais. Eles me abraçaram como se não conseguissem conter o orgulho. Não segurei as lágrimas quando meu pai me beijou na bochecha e disse que eu era a única obra-prima que ele havia feito na vida.

Eu não ia conseguir parar de chorar, Deus!

— Ah, Roxy — Zane disse, me envolvendo em um abraço, sua mão no meu rosto e a outra na base da minha cintura. Solucei junto ao irmão do homem que eu amava, sentindo seu carinho. — Porra, eu tô tão orgulhoso e feliz por você. Quando era pequenininha e fazia aquelas saias estranhas e o caralho a quatro, eu sabia que você faria algo pelo seu coração, e não pela razão. Se serve de conselho, eu e os caras seguimos também e hoje somos milionários.

Ri, sentindo o perfume almiscarado do Zane, e ele me afastou para me olhar.

— Olha só pra você, tão linda e tão adulta. Eu tô velho pra cacete.

Voltei a rir e só balancei a cabeça, sem palavras.

— Para de chorar que, quando você abraçar o Carter, vai estar inchada. Não vai foder a visão do seu primeiro amor, hein?

E era Zane sendo Zane. Me fazendo rir até que as lágrimas fossem embora. Então Kizzie me beijou e me disse que seria uma irmã mais velha para mim, quase me fazendo chorar de novo. Mark me abraçou e me deu ótimos conselhos, junto com Cahya. Eu sabia que aqueles dois se colocariam na frente de uma bala por qualquer um de nós. Lua, com seu jeito único, me garantiu que a vida me testaria, mas que eu não deveria perder a fé. Yan, ah, Yan... com seu jeito protetor e controlado, não segurou a emoção quando me abraçou apertado e me disse que estava feliz por eu conseguir realizar esse sonho. Erin e sua doçura, seu apoio na indústria, suas sábias palavras.

Quando encontrei Carter, seus cabelos loiros e seus olhos verdes fizeram o meu coração infantil dobrar de tamanho. Ele sorriu para mim e segurou nas laterais da minha cabeça, como Zane fazia com Shane. Sua atenção desceu por cada centímetro do meu rosto, que eu não sabia se havia conseguido manter a maquiagem intacta.

— Eu sei que esse é um momento muito emotivo para você e vou tentar não ser piegas. — Ele firmou o olhar em mim e alargou o sorriso. — Realizar um sonho, seja ele qual for, é como pisar em nuvens, sem saber se merecemos tanto. Mas eu vou te dizer a mesma coisa que o meu pai disse no começo da minha carreira: "Cante. Cante mesmo se houver apenas uma pessoa na plateia. Cante mesmo se não houver nenhuma delas te idolatrando no palco, mas se existir uma única garota em casa, ouvindo a sua voz, cante por ela. Cante por mil. Cante por todas. Os números nunca vão importar se você fizer isso com a mesma alegria da primeira vez".

— Ah, Carter... — Sequei as lágrimas, sentindo suas palavras atingirem o meu coração. — Eu não sei o que dizer.

— Eu também não soube, mas você entende, certo?

— Senti dentro de mim.

— Voa, Querubim. — Ele me deu um beijo no meio da testa. — Seremos as nuvens que te sustentarão e te manterão no alto, caso você tenha medo de cair.

Não era à toa que ele compunha as músicas mais sensíveis da The M's. Carter McDevitt era feito de poesia. Meu encantamento por ele na infância era justamente por ele se assemelhar a um Príncipe Encantado. Ele era mesmo. Infelizmente, a Disney não o havia encontrado ainda.

— Negócio de dentro de mim o quê? — Shane se aproximou, passando a mão na minha cintura. — Você sentiu o quê dentro de você, hein?

Comecei a rir quando Oliver se aproximou.

— Parabéns, Roxanne. — Ele fez questão, para provocar o Shane, de me tirar dos seus braços. Me beijou na bochecha lentamente e piscou para mim. — Vou ser o apoio da Rosé, caso precise. Sou um ótimo administrador e bom com números. É só me ligar.

— Ela não tem o seu número — Shane resmungou.

— Ah, tenho sim. — Toquei no rosto de Oliver. Os olhos meio asiáticos e meio italianos me admiraram com carinho. — Eu vou. Obrigada.

— Também sou bom com números — Andrew prometeu, escorregando os olhos por mim com uma atenção redobrada. Eu sabia que ele era bissexual, intenso até dizer chega, e somente Lua conseguia administrar a intensidade dele sem querer pular em sua cama. Ele realmente era belíssimo. — Me liga também.

— Roxanne não vai ligar para ninguém, cacete. — Shane me puxou de novo, mas estava rindo, enquanto me dava um beijo na têmpora. — Agora, vamos dançar.

— Dançar?

— Ah, você não achou que a sua festa de formatura ia ser morna, né? Você viu o DJ na mesa?

— Eu não...

Meus olhos foram para o meu DJ favorito e tremi dos pés à cabeça.

— Shane!

— Roxanne...

— Vamos dançar agora! — Puxei-o pela mão, perplexa com tudo o que Shane havia feito por mim.

Ele era maravilhoso. E era uma pena que as mulheres que passaram por sua vida só tenham enxergado a sua superfície. Shane tinha uma alma linda. E o seu coração? Era do tamanho de uma galáxia inteira.

CAPÍTULO 12

Let's take our time tonight, girl
Above us all the stars are watchin'
There's no place I'd rather be in this world
Your eyes are where I'm lost in

— Bruno Mars, "Versace On The Floor".

SHANE

— Sr. Taylor, Sra. Taylor... — murmurei, encarando os pais de Roxy, sentindo um calafrio cobrir a minha nuca.

Porra, eles trocaram as minhas fraldas. Limparam as minhas merdas. E o tio Taylor me ajudou no reforço de Matemática na escola. Já viajamos em família juntos. O Ação de Graças, Natal e Ano-Novo envolviam sempre os D'Auvray e a família da Roxy. Sério, eles eram a minha segunda casa. Eu os olhava e via o mesmo amor que meu pai e minha mãe tinham por mim.

— Falando formalmente... — o pai da Roxy reparou, abrindo um sorriso largo para mim. — *O que tá pegando*, filho? É assim que vocês dizem atualmente?

— Tio, você nem tá tão velho assim. Para com isso.

Ele gargalhou e os olhos da mãe de Roxy brilharam.

— Diga, querido.

— Eu... — Minha voz saiu rouca. Eu tinha dançado com Roxy umas dez músicas seguidas depois do DJ colocar algumas batidas latinas. A festa estava ótima e Roxy agora estava dando atenção aos convidados. Meus olhos a buscaram. Querubim estava alheia a tudo, rindo com o meu irmão e Kizzie. Tomei fôlego e desviei a atenção para os Taylor. — Estou apaixonado pela filha de vocês. Tipo, apaixonado pra caral... caramba. E queria saber se vocês aprovam. Meio que se me deixam pedi-la em namoro.

Para o entendimento geral da nação: eu nunca tinha falado com os pais de uma garota em toda a minha vida para pedir permissão assim, o que já tornava difícil. Mas era ainda mais louco porque eu os conhecia.

Blair piscou diversas vezes e Ken ficou me olhando com uma expressão de que não podia acreditar no que estava ouvindo. Eles prenderam a respiração. Os dois, juntos. Então, Blair começou a chorar.

— Diga, Ken, por favor. Não vou conseguir falar uma palavra. — Ela soluçou.

O pai de Roxy apertou meu ombro. Sua semelhança com a filha fez o meu maxilar trincar. Roxy era a garotinha do papai. E apesar de ele ser muito legal comigo, esse homem sabia ser um leão quando queria.

Mas então eu vi seu lábio inferior tremer.

— Tem certeza disso, filho?

— Sim, claro.

— Não. — Ken balançou a cabeça em negativa. — Você tem certeza de que a ama? Sabe, Shane, eu e Blair queríamos muito isso. Seus pais também. Desde que vocês eram pequenos, brincávamos sobre como seríamos se fôssemos uma só família. Mas a minha garotinha... a gente sentia o amor dela e sabia o quanto Roxy queria que você correspondesse. Hoje você realmente a vê dessa forma?

— Eu juro que a amo, tio Ken. Eu realmente... — Tomei fôlego. — Travei muitas lutas internas. Amar Roxy foi a batalha mais dolorosa e cruel que já enfrentei. Porra, ela era a minha protegida. Queria guardá-la em uma bolha longe de tudo o que pudesse feri-la. Eu, inclusive, poderia machucá-la muito se tivéssemos nos envolvido antes.

— Nós sabemos, querido — Blair murmurou.

— Mas então comecei a alinhar as minhas crenças, a refazer a minha cabeça com ajuda da terapia. — Enfiei as mãos no bolso da calça social e umedeci os lábios. — Comecei a entender que, apesar de a Roxy ser delicada, linda e tudo o que qualquer homem teria sorte em ter, eu também sou digno do seu amor. Eu passei a aceitar isso. E a acreditar que eu poderia fazê-la feliz, caso tentasse. Talvez eu tenha me apaixonado por ela na nossa viagem ao Brasil. Talvez o sentimento já existisse dentro de mim por toda a vida e eu nunca tivesse coragem de reconhecê-lo. Mas hoje eu me sinto homem suficiente para assumir em voz alta o quão apaixonado eu tô por ela. E, se depender de mim, farei tudo o que estiver ao meu alcance, e além disso, para fazê-la feliz.

Blair chorou mais um pouco, mas meus olhos estavam fixos no pai da Roxy.

— Você sempre foi digno dela, filho. As drogas... sabemos o quão complicado isso pode ser, mas temos fé no homem que vimos crescer. Você é um pouco nosso também, Shane. Sempre foi.

Pisquei, sentindo um aperto comprimir meu peito.

— Nós sempre te apoiamos, porque você é um garoto de um coração imenso — Blair disse. — Você é um D'Auvray. Espinhoso por fora e suave por dentro. Nós sabíamos que você seria capaz de enfrentar tudo aquilo e ainda sair com mais força.

— Nunca foi sobre as drogas e tal. A questão aqui é você estar pronto para amar a minha filha como homem nenhum jamais fez — Kennedy completou.

Eu ia abrir a boca para dizer outra coisa, mas Ken me parou, apertando meu ombro com carinho.

— Eu sei que você a ama. Só precisava sentir a sua certeza. Vá pedir a minha garotinha para ser sua. E cuide dela, Shane. Cuide como você sempre cuidou. Garoto nenhum olhou para ela da maneira que você olha. E se a gente torcia é porque sabíamos, no fundo, que vocês encontrariam o caminho certo — Ken finalizou.

— É um sim? — murmurei, segurando os ombros do pai da Roxy.

Sua resposta foi me puxar para um abraço. Ele bateu várias vezes nas minhas costas, dizendo que me amava como seu próprio filho. Blair me beijou na bochecha, sem parar de chorar, dizendo que aquele era o começo da minha história com a Querubim.

Eu tinha o sim dos pais da minha garota.

Agora estava na hora de buscar o sim dos lábios dela.

Roxy

— Eu te contrataria se pudesse. Amor, a gente pode contratar ela? — Zane perguntou para Kizzie, me fazendo rir.

— Claro que podemos.

— Vou abrir a Rosé, mas prometo que sempre cuidarei das roupas de vocês na turnê.

— Sério? — Zane abriu um largo sorriso. O tipo de sorriso que faria suas fãs desmaiarem. — Jura de mindinho?

— Juro. — Estiquei o dedo para ele.

Zane sorriu e me deu uma piscadinha depois dos nossos mindinhos se entrelaçarem.

— Nós vamos ter uma designer famosa na temporada de turnês — Zane se gabou, puxando a noiva para si. — O que me faz pensar que vou ser cada dia mais desejável, Marrentinha.

— Não tenho dúvidas disso. O que importa é que eu serei a sra. D'Auvray e suas fãs terão que me aceitar.

— Elas já te amam, porra. — Zane riu, roubando um beijo da boca de Kizzie. — Elas amam todas as garotas dos caras.

— É verdade — concordei. — No Instagram é sempre uma enxurrada de comentários lindos e...

Perdi a voz e o fôlego quando Shane passou os braços ao redor de mim. Eu sabia que era ele. Sua presença, seu cheiro, sua mão imensa ao redor da minha cintura, a altura se curvando para que ele se colasse às minhas costas. Fechei os olhos por cinco segundos, meu coração alçando voo.

— Oi — ele sussurrou, colocando o canudo do diploma na minha mão. — Perdeu isso aqui?

— Acho que me distraí por um momento. Obrigada, Tigrão — sussurrei.

Sua respiração bateu quente no meu pescoço, me arrepiando dos pés à cabeça. Ele deu um beijo lento ali, os lábios dançando na minha pele levemente suada enquanto um fogo líquido descia direto para a minha calcinha.

— Posso te roubar por um segundo? — Shane perguntou, rouco, grave, intenso.

— Depende — Zane respondeu por mim, me arrancando um sorriso. — Você vai fazer coisas salientes com a menina no dia da festa de formatura?

— Para com isso, mano. — Shane deixou escapar uma risada quente no meu pescoço. Suas mãos tremeram em volta de mim. Ansiedade? — Querubim, você vem?

Shane havia organizado uma festa gigante de formatura para mim. Ele não só fez isso, como também chamou todas as pessoas que eu amava e até as que eu sentia falta. Em cada detalhe da festa pude ver o seu conhecimento sobre a minha alma. Desde a decoração, a música. Estávamos em um *rooftop* com vista para a minha praia favorita da Miami, e se aquilo já não era o bastante, Deus, Shane ainda estava me abraçando como se temesse me perder.

Me virei de frente para ele, envolvendo sua nuca na ponta dos dedos, a outra mão agarrada ao diploma, como se isso me impedisse de fraquejar. Os olhos heterocromáticos cintilaram para mim, mas de um jeito completamente novo. Eu, que já conhecia seus olhares mais do que a mim mesma, não pude lê-lo. Vi a ansiedade, o medo, a angústia, mas um sentimento completamente novo de... posse?

— Me leva — pedi.

Shane pegou a minha mão na sua nuca delicadamente, envolvendo seus dedos nos meus. Ele me olhou mais uma vez e, então, sorriu. Nosso contato olho no olho se quebrou porque meu melhor amigo começou a caminhar na minha frente, me puxando com ele. Andamos por todo o *rooftop* e paramos em uma área isolada, com vista para o céu azul, o sol querendo se pôr e poucas nuvens pintadas de rosa e laranja.

— Nossa, ar puro. — Inspirei, sem ter coragem de fechar os olhos. A vista era de tirar o fôlego. A praia abaixo de nós, os prédios altos, mas não o suficiente para bloquearem nossa visão. Shane apertou um pouco mais seus dedos nos meus. — Eu já agradeci, mas preciso fazer de novo. Eu não esperava nada disso. A festa, os convidados, a música. Você realmente me surpreendeu.

Shane exalou fundo e virou o rosto para me observar. Podia sentir aqueles olhos de lince desenhando o meu perfil.

— Achou que eu ia deixar passar o momento mais importante da sua vida? Porra, claro que não.

Nenhum homem seria sensível o bastante para entender o que eu queria. Nenhum, além de Shane.

Foi a minha vez de virar o rosto para observá-lo. A roupa social já estava desalinhada, ele tinha se livrado do paletó e vestia somente a camisa dobrada de qualquer jeito na altura dos cotovelos. Aberta, quase por completo, porque aquele homem sentia calor o tempo todo. A calça justa beijando suas coxas. O sol tocando o bronzeado, transformando sua pele em ouro. Seu maxilar estava tenso, marcado por uma linha afiada e masculina. O nariz arrebitado e os olhos coloridos me admirando como se eu fosse a mulher mais bonita que já existiu.

— Uma pausa no tempo? — perguntei, a voz falhando.

O jeito que Shane estava me olhando fez o meu coração acelerar. Era um tipo de olhar tão decisivo que desconcertava.

— Não, Querubim. — Ele sorriu, umedecendo os lábios. Então, Shane nos virou de frente um para o outro, sua mão conectada à minha, a outra enfiada no bolso da calça social. Ele moveu os ombros, então sorriu de novo. Até começar a rir de si mesmo. — Eu sou péssimo, porra.

— O quê? Por quê?

— Eu tô nervoso pra caralho.

— Por isso eu sugeri uma pausa no tempo. — Havia algo que ele queria falar? Eu podia sentir a energia entre nós faiscando como se, a qualquer momento...

— Aí é que está. Eu não quero mais uma pausa no tempo. — Seus olhos escorregaram para os meus lábios, e Shane perdeu o sorriso, a risada. O azul da sua íris parecia tão cristalino quanto a água do Havaí e a castanha estava do mais puro tom de mel. Tão claros, tão destoantes, tão fortes. Em mim. — Sem mais pausas no tempo. Eu quero todo o tempo do mundo, Roxanne.

Pisquei, sentindo os batimentos falharem, os joelhos tremerem...

— O que quer dizer?

— Você abriu o canudo? — perguntou subitamente.

Engoli em seco.

— Não.

— Abra, por favor. — Um músculo saltou do seu maxilar.

O vento bateu sem piedade na minha pele suada, mas não senti nada além de que alguma coisa grande estava acontecendo naquele segundo. Meus dedos trêmulos giraram a tampa e eu espiei dentro, sem conseguir ver o que era. Shane pegou delicadamente a minha mão, fez uma concha com a palma e virou o canudo até que... algumas coisas caíssem na minha palma. Ao invés de ele me deixar ver, seus dedos se fecharam em volta dos meus, me deixando com a mão em punho.

— O que... — sibilei quando Shane deu um passo à frente e depois outro, o guarda-corpo sendo a única coisa que me impedia de voar.

Ainda assim, eu não senti medo.

Sua altura cobriu a minha, seu corpo quente se colando ao meu, enquanto sua mão não parava de envolver meus dedos como se tudo aquilo precisasse acontecer no tempo certo.

Shane umedeceu os lábios, a angústia em seus olhos se esvaindo como se ele finalmente soubesse o que dizer.

— Não quero mais ter de parar o tempo para estar ao seu lado. Antes, eu me sentia sufocado em estar com outras pessoas, porque a única coisa na porra dessa vida que eu queria fazer era ficar perto de você. Não quero uma pausa no tempo, porque pretendo passar toda a vida com você.

— Espera...

— Não estou te pedindo em casamento — ele disse, um sorriso se formando no canto do lábio. — Eu não me ajoelhei, né? Fica tranquila.

Eu comecei a rir. E chorar.

Então Shane sorriu para mim, e sua mão livre tocou meu queixo, me fazendo olhá-lo. E, Deus, eu perdi o fôlego. Seria clichê dizer que nunca o vi mais lindo, mas era verdade. O sol cobrindo metade do seu rosto, bem sobre o olho caramelo. O azul nas sombras, como a dualidade que sempre teve. A intensidade de alguém que sabe o que quer, mesmo com tantas cicatrizes.

— Pronta?

— Não — sussurrei. — Mas vamos mesmo assim.

Ele abriu a minha palma, virando-a devagar para que nada que estivesse ali voasse. Encontrei um bilhete em um pedaço de papel pequeno e antigo.

E, então, entendi tudo.

Shane havia encontrado na caixinha das recordações *aquilo*. Foi algo que escrevi na sala de aula, não lembro de qual ano, e nunca tive coragem de entregar. Lágrimas começaram a descer copiosamente do meu rosto quando vi a minha letra infantil, mas, o mais importante de tudo... a marca de uma caneta nova, sobrepondo o lápis fraco que quase havia se apagado com o tempo. Bem sobre os parênteses em que tinha a palavra SIM, o X em caneta preta do homem que estava parado na minha frente.

— Você achou o bilhete — murmurei, rindo e... soluçando. — Deus, Shane.

— No dia em que você estava com cólica, eu encontrei. — Fez uma pausa. — Porra, obrigado por me pedir em namoro, Querubim.

Comecei a rir e bati nele, sem conseguir parar de olhar o X que ele havia marcado. Tanta espera, tanto medo, tanta insegurança.

— Se eu soubesse que você queria o meu corpinho desde criança, eu teria dito sim há muito tempo — confessou.

— Teria?

— É, eu teria. — Sua voz não era nada além de um murmúrio.

Voltei meus olhos para ele.

— Isso... você está falando sério?

O sorriso em seu rosto se perdeu, o maxilar saltou e o pomo de Adão subiu e desceu devagar.

— Você quer que eu seja sério sobre isso?

— Shane...

Ele sequer piscou, apenas tirou o papel da minha mão, guardando em seu bolso, e vi um par de alianças que eu nem tinha sentido que estavam ali. Minha garganta foi se apertando, nossos nomes gravados, a data de hoje... eram alianças em prata. De namoro. Mas ambas possuíam as asas de um anjo gravadas por fora. A minha completava a dele.

Aliança.

De namoro.

Deus, era de verdade.

Segurei as alianças com toda a força do mundo, precisando sentir algo sólido além daquele turbilhão emocional que ameaçava me engolir. Sua mão tocou a lateral do meu rosto, o polegar secando as lágrimas, enquanto eu sentia o meu coração alçar voo.

— Você ainda quer namorar o seu melhor amigo? — sussurrou, a voz grave, o ar quente da sua respiração batendo nos meus lábios. Sua pergunta ecoou em mim como se fosse a minha nova canção favorita. — Porque eu quero pra caralho poder dizer que você é minha, Roxy. Aliás, quero poder comemorar cada conquista sua, dormir de conchinha e pirar cada vez que você sente cólicas. Quero poder dedicar uma música para você no palco. Quero começar a nossa história de um jeito completamente novo e foda.

— Sem mais pausas no tempo?

— Cada minuto de cada dia será seu. E farei você se orgulhar do homem que está ao seu lado. Eu prometo, Roxanne. Não vou mais precisar parar o tempo porque o que vou viver com você será toda a eternidade — ele disse, com a voz embargada. — Diz sim pra mim?

Aquele não era apenas um pedido de namoro, era o ressignificado do que um relacionamento poderia ser. Para Shane, me pedir em namoro não era apenas dizer uma frase, era passar sal em todas as suas feridas e ainda ter fé que tudo ficaria bem.

— E eu prometo que você nunca mais pensará que se relacionar é algo negativo. Prometo ser a sua luz. Sim, Shane. Por todos os anos que a gente esperou para viver o agora.

Suas mãos agarraram o meu rosto, como se ele tivesse esperado por toda a vida para me sentir sendo sua. E eu era. Meu coração se tornou líquido, dançando nas minhas veias. Seus dedos afundaram na minha pele, com posse e propriedade. Shane sorriu para mim, mas então lágrimas começaram a descer do seu rosto, me quebrando. Ele parou no meio do caminho, como se um entendimento o fizesse congelar.

— Antes de eu beijar você, espera... — Ele engoliu em seco. Pegou as alianças da minha mão e suspirou fundo antes de deslizar pelo meu anelar.

— Esse é o dedo de casamento, Tigrão.

— Ah, porra. — Ele riu e parou. Tirou a aliança, enquanto chorava e ria, e colocou no dedo certo. — Agora sim. Desculpa. Eu ainda tô nervoso.

— Não fique. Eu sou sua.

Vi a asa de anjo cintilando, o número certinho do meu dedo. O encaixe perfeito. Peguei a aliança que pertencia a ele, e delicadamente deslizei em seu anelar.

— Um namorado gostoso desse amarradão em você. De todos os caras que poderia arrumar, realmente escolheu o certo, Querubim.

— Para com isso.

Ele riu, sem se preocupar em mostrar sua fragilidade nas lágrimas em meio à risada. Suas mãos voltaram para o meu rosto, e seus lábios tocaram-me como se pudessem me quebrar. Sua boca macia e cheia dançou pela minha. Era a calidez de um amor antigo, com a ansiedade pelo futuro. Era a certeza de que aquele homem me conhecia, entendia, a confiança de que nunca seria capaz de machucar o meu coração. Quando voltamos, eu estava com medo de não saber como Shane seria em um envolvimento. Mas a verdade é que eu já o conhecia como o meu melhor amigo, e o amor é apenas a extensão disso.

— Caralho, eu tô tão apaixonado por você — sussurrou, a boca contra a minha, os lábios trêmulos.

Senti um prazer feminino me engolir.

— Então se entrega, Shane. Porque eu sinto a mesma coisa.

Sua língua pediu espaço, minhas lágrimas misturadas às suas, tornando aquilo tão íntimo que eu pensei que minhas células iam se fundir às dele. Shane gemeu na minha boca, mas não com tesão, e sim rendição. Seu corpo colou-se ao meu enquanto minhas ávidas mãos buscavam seus ombros. Nossas línguas giraram, seus piercings me tocando, seu perfume invadindo o espaço. Arrepios dançaram por minha pele e nuca, meus seios ficando pesados, mas a verdade é que não se tratava *disso*...

Shane grunhiu contra a minha boca, descendo as mãos para a minha bunda, mas se conteve um segundo depois.

— Podem nos ver — confidenciou, os lábios quentes e úmidos do beijo dançando na minha boca. — Esta noite, Querubim, eu preciso de você.

— Eu também preciso. Preciso tanto que não tô aguentando mais.

— Merda, sim. — Suas mãos afundaram na minha cintura. — Quero sentir o seu corpo, você sentando no meu pau enquanto eu olho dentro dos seus olhos e digo o quanto você é minha. Porra, sim, esta noite.

— Promete? — Arrepios dançaram pela minha pele, direto para a calcinha. — Promete que a gente não vai mais se conter?

— Não vamos, porque agora você é a minha namorada, caralho! — Ele sorriu, bobo, apaixonado, tão... *ele.* Seu polegar dançou no meu lábio inferior, e Shane respirou fundo quando se afastou. — Vamos, Querubim. Vamos curtir a sua festa.

Eu era a namorada de um rockstar.

Namorada do meu melhor amigo.

Namorada do Shane D'Auvray.

Alguém poderia me beliscar, por favor?

Shane

Eu estava na porra do céu. Não havia nada que eu pudesse descrever, nenhum sentimento que eu pudesse resumir... ela disse sim pra mim, caralho. Um sim com beijo, com aliança, com a porra toda. Um sim do jeito que a gente merecia.

Com todos os traumas e todas as merdas, Roxanne me queria.

Assim que entramos, de mãos dadas, vi o meu irmão com um microfone, sentado na mesa dos DJs, um sorriso largo no rosto.

— Deem uma salva de palmas ao casal do ano, da década, do século. Demorou pra caralho, mas agora foi. Shane e Roxanne! — ele gritou, para todo mundo ouvir.

Palmas começaram a soar e eu fiquei perplexo por talvez um segundo, até meu cérebro entender que aquilo era típico de um D'Auvray.

— E para comemorar isso direito, eu vou emprestar para vocês a música que me fez conquistar a Kizzie. — Zane saltou da mesa do DJ. — Carter, sobe aqui. Cante *My Girl* para nós.

— Essa música é minha! — nosso pai gritou da pista de dança.

Todos começaram a rir.

— Ah, pai. É dos D'Auvray. Licença. — Zane desceu as escadas e me encontrou. Lançou um olhar para a Roxy e para mim, então, abriu um sorriso. — Parabéns, pirralhos. Já tinha passado da hora.

— Olha quem fala. Nunca tinha namorado na vida — resmunguei. — Obrigado, mano. Essa música faz parte da vida dos nossos pais e da sua.

— Comecem o relacionamento sabendo que nem sempre vai ser incrível, mas vocês irão dormir todas as noites gratos por terem quem amam ao lado. — Meu irmão me deu um curto abraço, então puxou o microfone para a boca e o ligou novamente. — Dancem, pirralhos, que a gente estava morrendo por esse momento.

Puxei Roxanne para o meio da pista, os holofotes focados em nós dois. Escutei a voz de Carter ao fundo, representando The Temptations, e Yan, como segunda voz.

Mas nada daquilo foi o meu foco.

As íris claras de Roxy estavam brilhando para mim, enquanto suas bochechas coradas denunciavam o nervosismo de estarmos na frente de todos, dizendo o quanto pertencíamos um ao outro. Essa segunda parte, sem dúvida, foi planejada pelo meu irmão. Porra, ele nunca ia deixar passar um anúncio oficial assim.

Senti os flashes dispararem em nós, dos fotógrafos que eu tinha contratado para a festa. Toquei no rosto de Roxy, sorrindo para ela, minha visão periférica me fazendo enxergar a aliança que ela colocou no meu dedo. Apoiei em sua cintura a outra mão, e começamos a dançar.

— Meu coração nunca mais vai voltar ao normal depois do que você fez por mim, Shane — Roxy murmurou, deitando a cabeça no meu peito.

— Cara, eu ia contratar um avião para passar com uma faixa...

— Ah, não! — Ela tirou a cabeça do meu peito e me encarou, chocada. — Shane, não faça isso.

— O quê? Por quê?

— Porque é *demais*. O bilhete e as alianças foram perfeitos.

— Eu não entendo você, Querubim. Você gosta de livros de romance, os caras só faltam comprar a porra do planeta para a garota, mas aí com você...

— Eu acho que o simples é efetivo — ela ponderou.

— Você é feita de unicórnios cor-de-rosa e a porra toda. Como gosta do simples?

— *Glitter* e unicórnios.

Eu ri e a puxei para um beijo.

— Caralho, você é a melhor coisa que já me aconteceu.

Roxy ergueu as sobrancelhas.

— Por causa do glitter?

— Não, por causa de todas as outras coisas.

Minha namorada passou as mãos em volta do meu pescoço e ficou na ponta dos pés, mesmo de salto, para conseguir me roubar um beijo. *My Girl* ainda tocava ao fundo, e eu sentia inúmeros pares de olhos em nós, mas nada importava.

Porque finalmente nós éramos muito mais do que amigos.

Nós éramos um do outro.

CAPÍTULO 13

Oh, you makin' me feel this way
The vibe's contagious
You must have been made for me

— Black Neon "Midnight In L.A".

Roxy

Os meninos da The M's fecharam o hotel para nós, e só percebi isso quando fomos jantar e o chef entregou os pratos pessoalmente, desejando que tivéssemos uma boa refeição e estadia. Agradeceu a The M's por confiar que o hotel ficaria reservado para eles e pediu para voltarmos mais vezes.

Jantamos na companhia de todos os convidados. A minha formatura, que ia ser uma coisa morna de pegar o diploma não oficial e voltar para casa, como se a vida continuasse a mesma, se tornou a festa do ano.

Deus, eu amava como Shane abraçava as minhas conquistas.

Durante todo o jantar, meus olhos não saíram das nossas alianças. Ele manteve o braço ao redor da minha cadeira, se inclinando na minha direção e falando ao pé do meu ouvido. Seu sorriso era digno de covinhas, olhares brilhando e leveza.

— O primeiro dia de vocês está sendo bem especial — a mãe de Shane observou, sorrindo de orelha a orelha. — Nossa, eu ainda não consigo acreditar.

— Parece que estamos sonhando — minha mãe disse, emocionada.

— Jamais pensei que chegaríamos a esse momento. Roxy formada, meu filho tomando vergonha na cara e pedindo a nossa princesa em namoro! — Tio Fredrick ergueu a sobrancelha no gesto típico dos D'Auvray.

— Não é? — meu pai alfinetou. — Shane foi muito lento. Achei que eles iam começar a namorar com uns quinze anos.

— Seria cedo demais, querido — mamãe opinou.

— Cedo? Claro que não. Com quinze anos, eu aprontava muito. — O pai dos D'Auvray riu alto.

— É, graças a Deus sossegou — tia Charlie resmungou.

— Olha, na real, não podíamos ser namorados antes. Minha cabeça era outra. — Shane me puxou para ele, dando um beijo suave na minha têmpora. — Minha namorada merece minha melhor versão.

— Estamos orgulhosos de você, filho — a mãe do Shane disse.

— Porra, sou o orgulho de todo mundo. Mamãe tá orgulhosa; tia Blair tá orgulhosa; Kizzie tá feliz com o meu desempenho na The M's; Erin, contente porque eu tô sendo um conselheiro pra ela; Lua, felizona porque eu tô comendo algo além de bacon e ovos fritos. — Então, Shane me olhou com carinho. — E você, amor? Tá orgulhosa?

Me virei para ele, tocando seu rosto com a palma da mão.

— Muito orgulhosa de você, Tigrão. — Dei um beijo suave nos seus lábios. — Pelo homem que você se tornou, pelos monstros que enfrentou e por toda a luz que emana cada vez que sorri para mim.

— Ah, que lindos! — Cahya reagiu, fungando. — Estou grávida, pelo amor de Deus. Não me façam chorar!

— Calma, amor — Mark sussurrou.

A conversa voltou depois de muitas risadas. Thomas e sua esposa, com a filhinha, compartilharam seus planos com a gente. O pai de Lua disse que ele e Andrew estavam crescendo em suas novas carreiras. A mãe de Lua estava começando a compartilhar suas receitas brasileiras nas redes sociais. Oliver estava empolgado para curtir as férias na Itália. O pai de Carter ia tirar umas férias no interior com alguns amigos, e o pai de Kizzie estava pensando em se aposentar, para viver mais tranquilo ao lado da nova parceira. A irmã de Yan havia se enturmado conosco, prometendo que iria a um dos shows, e o relacionamento do Yan com sua família parecia cada vez melhor.

Eu estava feliz porque, além de ser um momento marcante da minha vida, parecia que todos estavam construindo memórias inesquecíveis também.

Após o jantar, veio a sobremesa. Eu e Shane dividimos uma torta de chocolate. Depois de rirmos mais um pouco e conversamos, as pessoas começaram a voltar lentamente para a festa, mas eu queria ficar um tempo a sós com...

— Você bem que podia fugir comigo, né? — Shane sussurrou ao pé do meu ouvido, as mãos segurando a minha cintura enquanto eu estava em pé, na entrada do *rooftop*. Arrepios dançaram na minha nuca e ele riu baixinho. — Voar alto, bater as asas e etc... todas as coisas mais depravadas e deliciosas.

— Por que bater asas seria algo depravado?

— Porque é.

— Shane.

— Roxanne.

— Preparei uma coisa tão foda pra nós — confidenciou, beijando o meu pescoço.

— Você planejou algo porque tinha certeza de que eu ia dizer *sim* ao pedido, né?

— Foi você quem pediu primeiro — resmungou. — Eu marquei o SIM lá.

Comecei a rir e me virei para ele, agarrando seu pescoço. Shane ergueu uma sobrancelha e brincou com o piercing no canto da boca, provocando. Seus olhos cintilaram com perigo.

— Não pedi ninguém em namoro — me defendi. — A Roxanne do passado pediu.

— Avançadinha você, né? — Seus olhos heterocromáticos brilharam com malícia. — Com quantos anos? Uns oito?

Ri de novo.

— O *eu* do passado quis realmente namorar com você. Na verdade, me lembro de ter pensado em me casar com você se nada desse certo.

Isso fez Shane franzir a testa.

— Se nada desse certo? Tipo um plano B?

— Eu achei que seríamos amigos para sempre — expliquei. — Nunca imaginei que fôssemos... você sabe...

— Foder gostoso? Namorar? É, a gente fez isso tudo. Até aliança. — Me provocando, Shane mordeu o lábio inferior, repuxando o piercing. Sua altura sobrepôs a minha, enquanto seu perfume parecia ainda mais intenso, como se exalasse com mais força quando seu sangue circulava depressa. — Falando nisso, nosso relacionamento era tão bom quando a gente transava. Quando foi que paramos?

— Você disse para irmos devagar. Ah, e me dediquei à faculdade, ou estaria quicando em você como uma praga.

— Que pena. — Ele sorriu. — Vamos?

— O quê?

— O lance de quicar. — Sua cabeça inclinou para o lado, um sorriso perigoso se formando naquela boca de lábios carnudos.

Espremi os lábios para não rir.

— Me leve para onde você quiser que eu vá, Shane D'Auvray.

— Ah, eu vou — ele prometeu, me puxando dali.

Nós saímos correndo em direção ao elevador como dois adolescentes que tinham a intenção de perder a virgindade naquela noite. E isso me fez rir de novo, até que Shane me abraçou e enfiou o rosto no meu pescoço, rindo de nós. Não existe maior felicidade nesse universo do que estar nos braços de quem você ama.

Se esse alguém for seu melhor amigo, então...

Seríamos eternamente isso.

No nosso primeiro dia e no último: nós.

Querubim

Shane

— Deus! — Roxy murmurou quando entrou no quarto.

Eu tinha reservado o melhor. Era uma suíte presidencial, com uma vista foda pra caralho, um banheiro gigante, lareira, sofá com uma TV imensa, home theater e uma cama super king. O teto estava decorado com balões de coração amarrados com fitas douradas.

— Gostou? — murmurei.

— Shane, é tão lindo!

Eu ainda sentia o peso da aliança na minha mão. O peso da responsabilidade de ter um coração para cuidar. Não mais a mim, mas a nós. E, porra, o quanto eu queria isso não estava escrito. Eu sonhei com esse momento desde que voltamos do Brasil.

E a verdade é que nenhum relacionamento vem com garantia. Eu entendia essa merda, mas mesmo assim... Eu precisava que nós dois tivéssemos a concretização. Porque sempre fomos indiretos, na borda, nunca atravessando a linha. Agora, eu estava não só cruzando a porra da linha. Eu estava correndo quilômetros em direção a Roxy.

Me aproximei dela com tanto cuidado, como se eu não confiasse em mim mesmo para fazer as coisas devagar. Eu tinha esperado semanas que pareceram anos. E talvez fossem, porque o que tivemos no Brasil foi brincadeira de criança.

Agora, Roxanne Taylor era minha.

Minhas mãos tremeram quando segurei seus braços, suas costas se colando devagar no meu corpo. Inspirei fundo e me abaixei até que minha boca tocasse seu ombro. Roxy puxou o cabelo para o lado, me dando acesso.

Pude sentir o meu coração bater na garganta quando meus lábios tocaram sua pele, subindo para o seu pescoço, até alcançar o lóbulo da orelha. *O gosto dela, o cheiro, a textura daquela pele.* Afundei os dedos mais em seus braços, e Roxy soltou um gemido quando minha língua brincou com seu lóbulo. Seu quadril veio para trás, me buscando.

— Eu senti falta disso — Roxy sussurrou, esfregando a bunda como se precisasse de mim dentro dela.

— Sentiu, amor? — perguntei, agarrando seu quadril com uma das mãos, envolvendo seu cabelo em punho com a outra. Voltas e voltas até que os fios estivessem enroscados nos meus dedos. Roxy estremeceu quando encaixei sua bunda bem no meu pau. Não, eu não ia conseguir ser leve sobre isso. Eu ia fodê-la de modo que nunca se esquecesse desta noite. — Sentiu falta de sentar em mim, de suar comigo, de gemer o meu nome...

Virei-a de uma vez até que seu corpo se chocasse de frente com o meu, me interrompendo. O sangue circulou mais depressa e o meu pau latejou com força, crescendo por trás da calça social.

Porra.

Admirei seu rosto: os traços delicados do nariz, a boca que me recebia tão bem, os olhos claros e indefinidos embebidos em tesão por mim. Apertei sua bunda sem dó com uma das mãos e a outra, que estava agarrada aos seus cabelos, a trouxe para perto até que sua boca sentisse a minha. *Cara, paraíso.* Quando seus lábios me encontraram abertos, a língua na borda, brincando com a pontinha da minha, um tiro elétrico varreu da minha nuca até embaixo.

Eu podia apostar que ela já estava molhada e pulsando aquela boceta linda.

Cacete.

O tesão serpenteou conforme sua língua dançou devagar, sentindo, provando, domando. Ela me beijava como se soubesse como me quebrar. A língua primeiro brincava com a ponta, para depois ir fundo na minha boca, deslizando de cima a baixo do piercing, rodando sobre ele. Então ela me chupava e depois dançava o beijo tão devagar que me fazia imaginar exatamente como poderia me sugar onde eu mais pulsava por ela.

O tesão foi reto para a glande só com o beijo, me fazendo gemer.

Chega.

Angulei seu rosto para tê-la mais fundo, enfiando a língua na sua boca, rodando por cada espaço que eu podia. Molhada, tão molhada, que eu bebi da sua boca com desespero. Os estalos úmidos das nossas línguas viraram trilha sonora no quarto e nossas respirações ofegantes começaram a brigar uma com a outra. Sem fôlego, minhas mãos saíram de onde estavam para arrancar seu vestido.

Zíper.

Alças.

O tecido caindo silenciosamente por cada centímetro da sua pele.

Roxy tremeu.

Cacete, eu não podia parar.

Roxy me beijou com a mesma urgência, a mesma velocidade. Rápida. Ofegante. Louca. Mordendo meu lábio inferior, dançando a língua do céu ao inferno da minha boca, me consumindo como se o beijo não fosse o suficiente. Eu pude sentir sua temperatura subindo, a pele suave na ponta dos meus dedos quando dancei por seus braços, cintura, quadril...

Peguei sua bunda e a puxei para mim. Eu estava em pé, e Roxy passou os braços ao redor dos meus ombros e deu um pulo até que suas pernas se enroscassem na minha cintura, ficando os saltos em algum lugar daquilo tudo, segurando-se firme enquanto me engolia. O piercing dançou ao redor da língua, um consumindo o outro até que machucasse. Até que doesse. Até que a gente implorasse. Engoli seu gemido e o seu prazer, e Roxy angulou o rosto, querendo o beijo ainda mais denso. Sua boceta bateu no meu pau e ela começou a se esfregar, vai e vem, vai e vem... mesmo com a calcinha, eu podia sentir o quanto estava pronta para mim.

Gostosa pra cacete.

— Você é tão quente, amor — ela sussurrou, quebrando o beijo, para tomar o meu pescoço e chupá-lo. Me lambeu de cima a baixo, até dar uma suave mordida no meu maxilar. — Você é tão gostoso.

Roxy falando putaria pra mim. Eu nasci pra viver esse dia, porra. Como se meu pau respondesse ao seu chamado, ele começou a latejar num ritmo constante, me punindo. Agarrei sua bunda com mais força e, em um movimento, sentei na beirada da cama com Roxy em cima de mim. Ela enfiou as mãos no meu cabelo enquanto eu moía sua bunda, apertando cada nádega, espaçando e juntando, sabendo que aquilo bateria direitinho na sua boceta.

Ela começou a rebolar devagar, indo e vindo, para frente e para trás.

— Porra, linda...

— Sonhei tanto em sentar em você assim... — Roxy começou a rebolar com mais força, as mãos ávidas tirando a minha camisa, passando por meus ombros.

Eu senti uma gota de suor descer da minha nuca em linha reta.

Beijei sua boca. Roxy sentiu o meu caralho bem duro e louco para fodê-la. Não, eu não ia sobreviver àquilo, cara. Eu tinha que me afundar em Roxanne até que o dia raiasse lá fora. Eu tinha que sentir aquela vagina apertando o meu caralho e me sugando até a última gota. Apertei sua bunda com ainda mais força, dando um tapa que deixaria marca quando ela mordeu meu lábio inferior, me punindo. Ri contra a sua boca, tonto por ela. Fechei os olhos quando seus lábios pareciam encontrar cada pedaço da minha pele. Ela me lambeu, do pescoço à orelha, as unhas fincando nos meus ombros quando ofeguei. Sua boceta deslizou por meu pau, de cima a baixo, só parando quando chegava na glande, apenas para depois descer com força.

— Cara, você tá tão gostosa em cima de mim.

— Tira essa calça, Shane — ela gemeu.

Com uma das mãos, agarrei seus cabelos em um punho. Com a outra, seu quadril. Fiz minha namorada olhar para mim. Tonta, bêbada de tesão, as pupilas consumindo quase toda a íris dos seus olhos.

— Não faz assim, caralho. Você sabe que eu gosto de te sentir na minha boca primeiro.

Ela tremeu. Literalmente. E parou de rebolar como se um golpe a tivesse atingido. O batom borrado em sua boca me fez sorrir e, quando falei de novo, minha voz não passava de um sussurro rouco.

— Eu vou te chupar toda primeiro, amor. Até esse clitóris estalar na minha boca. E então você vai me ajudar, rebolando essa boceta na minha cara enquanto goza. Quero beber *você* hoje. Toda. Vou te chupar até que suas pernas tremam, até que não consiga andar e eu tenha que montar em você porque não vai aguentar rebolar no meu pau assim. E então você vai gozar de novo, recebendo meu caralho com força enquanto grita o meu nome.

— Shane...

— Cada centímetro dessa sua pele, cada curva do seu corpo, essa boceta, essa boca e o seu coração... — Olho no olho, trouxe seu rosto para perto, até que minha atenção escorregasse para os seus lábios e eu raspasse nossas bocas. — Quero tudo isso esta noite. Em mim. Comigo. Porque você pertence a mim agora, Roxanne. Eu vou te foder a noite inteira te chamando de minha.

— Caramba, Shane! — Ela não aguentou. Agarrou meu rosto e me angulou, enfiando a língua na minha boca como se precisasse que eu cumprisse a promessa. E eu deixei que ela me beijasse, me tomasse, rebolasse, minhas mãos dançando por sua pele até que...

Me afastei do beijo quando meus dedos se deram conta de uma coisa.

Observei-a. Minha namorada estava com uma lingerie da mesma cor do vestido. Violeta. Rendas. Pele à mostra. A transparência me fazendo ver o que a minha mente jamais ia esquecer. Rosa onde seu sangue circulava depressa. Branco onde estava arrepiada. Deliciosa. Merda, cara. Eu pisquei, tentando focar a visão, mas seus dedos dançaram no meu peito, esfregando meus mamilos, percorrendo as tatuagens, me desconcentrando quando a aliança cintilou à meia-luz.

— Você vestiu isso pra mim, Roxanne? — murmurei, levando a mão para o seu quadril, puxando a lateral da calcinha com o indicador, brincando entre sua pele e o tecido.

Roxy tremeu.

Eu sempre fui um cara visual. Mas Roxanne em uma lingerie roxa fodeu o meu psicológico. Aquela pele leitosa, a renda sem conseguir cobrir os bicos dos seios que estavam pontudos na minha direção. A tela transparente da calcinha, mostrando direitinho o V da sua boceta, bem molhadinha em cima de mim.

— Gostou? — ela perguntou, sem sorrir, porque havia tanto tesão nos seus olhos que eu sabia que, por Roxy, eu simplesmente rasgaria a porra toda e a sentaria no meu pau com pressa.

Mordi seu lábio.

Levei o indicador da lateral da calcinha para o meio das suas pernas.

E fiz seu clitóris dançar nas costas do meu dedo.

— Gostei pra cacete.

Ela gemeu e jogou a cabeça para trás.

Perdi o controle quando a senti deslizando em mim, completamente encharcada. Lambi do meio dos seus seios até o seu pescoço, subindo para o queixo. Roxy voltou a ficar ereta quando minha boca buscou a sua, meu indicador deslizando no seu clitóris pequeno e inchado, suas coxas a impulsionando um pouco acima do meu colo, justamente para que eu pudesse tocá-la.

Tão safada.

Quebrei nosso beijo quando Roxy tirou o sutiã. Suguei um dos seus mamilos, sem parar de brincar com o clitóris. Roxy começou a rebolar com mais força enquanto eu chupava seus peitos, um e depois outro. Aquilo era pouco, tão pouco. Acomodei melhor a mão entre suas pernas, pegando o máximo de espaço que a calcinha permitia. Levei o meu anelar e dedo médio devagarzinho para dentro da sua boceta, os lábios centímetro por centímetro me engolindo. Seu coração batcu com força bem no mamilo que eu chupava.

Meu nome escorregou da sua garganta com posse enquanto seu prazer escorria nos meus dedos.

Porra, que gostosa.

O cheiro de sexo começou a se misturar no quarto, somando às velas e nossos perfumes. Meu sangue circulou depressa, as bolas retesando tanto que eu sentia doer. O choque foi direto para a cabecinha, inchada e já molhada do pré-gozo. Roxy vibrou em cima de mim e começou a acelerar o ritmo dos quadris contra os meus dedos.

Deixei que ela sentasse e quicasse, me ocupando com seus peitos, chupando com tanta força com a boca que estava certo de que ficaria marca. O desespero de semanas sem Roxanne cobrou seu preço. Ela rebolou mais forte, por longos minutos, mas eu sabia que ainda não era o suficiente. Nem para ela, nem para mim.

A gente precisava sentir um ao outro.

Peguei-a com apenas um braço e, em um movimento, nos girei na cama. Deitei-a, pairando meu corpo sobre ela, formando uma sombra em sua pele branca, seus olhos claros semicerrados para mim.

Precisei me lembrar de respirar, cara.

Aqueles cabelos bagunçados nos lençóis, seu rosto pintado de vermelho, pelos balões que refletiam no teto, seu olhar de entrega, a paixão na sua expressão como se ela pudesse me dar tudo o que eu ousasse pedir. Éramos mais do que sexo, mais do que namorados. Éramos duas almas que tinham se encontrado e não sabiam fazer nada além de pertencer uma à outra.

— Eu tenho tanta sorte — sussurrei.

Ela umedeceu os lábios.

— Você tem sorte? Shane, você é tudo o que eu sempre quis.

— Sou, é? — murmurei, descendo os lábios em direção aos seus. — Deixa eu te mostrar que sou a escolha certa, então.

Afastei a calcinha para o lado, os lábios rosados já lubrificados o bastante para o meu toque escorregar. Sorri contra a sua boca, beijando-a em seguida, o vai e vem do seu quadril me pedindo todo dentro.

— Mulher, espera. Quero te deixar louca primeiro.

— Já estou louca, Shane. Te esperando desde sempre... e aquela ligação...

— Gozou gostoso ouvindo a minha voz? — sussurrei na sua orelha. — Quer que eu fale sacanagem pra você ficar ainda mais molhada?

— Shane...

Eu estava tão febril. Roxy enfiou as unhas nos meus bíceps, apenas para trilhar um caminho para o peito, descendo no meio e encontrando a minha barriga. Ela achou o botão da minha calça e eu sorri contra a sua orelha.

— Seria tão horrível se você segurasse o meu pau agora, sabe?

— Horrível? — Ela não se deixou abalar. Desceu o zíper e meus olhos rolaram por trás das pálpebras. Trinquei o maxilar, perdendo o ritmo de masturbá-la quando Roxy sentiu os curtos pelos no caminho... — Hum, você tá tão quente aqui.

— Seria uma tortura porque... — Arfei quando Roxy puxou a calça até que beirasse o fim da minha bunda, arrastando com a boxer preta. Meu maxilar trincou quando o senti saltar em liberdade, batendo em alguma parte do seu corpo. Ela o pegou e... — Porra, Roxanne.

— Porra?

— *Porra*. — Tremi quando ela deslizou para cima e para baixo com as duas mãos, pegando ele todo. A aliança... no meu pau. Não fazia ideia do porque isso me excitava tanto, cacete. Tirei a mão da sua boceta e levei até onde Roxy estava me tocando, me lubrificando dela. Abri as pálpebras e dei de cara com as íris fogosas da minha mulher. — Seria uma tortura porque eu tô querendo foder você. E, desse jeito, eu vou gozar primeiro...

— Ah, não vai. Você aguenta — garantiu e, então, me indicou que queria nos virar na cama. Segui o que ela queria. Ela por cima, eu por baixo. Seus cabelos caíram como uma cascata ao lado do rosto de boneca. Seus lábios entreabertos, seu corpo no meu campo de visão. O sutiã puxado para a altura do seu estômago porque eu tinha chupado aqueles peitos deliciosamente, a calcinha arrastada para o lado. Aquela mulher... — Preciso te sentir, Shane.

— Me sentir?

Como se ela quisesse me provar um ponto, escorregou até ficar na altura das minhas coxas. Empinou aquela bunda e inclinou seu rosto na direção do meu pau. Sua boca ia me engolir e eu parei o movimento tocando seu queixo, completamente sem ar.

— Quer me chupar? — perguntei, tonto, quase me sentando na cama.

— Preciso sentir esse piercing.

Lancei um olhar para baixo. Meu pau brilhava, inchado e vermelho, o piercing no limite de explodir na glande, as veias pulsando a olho nu. Um sorriso lento começou a se espalhar na minha boca.

— Pode me chupar todinho se quiser, mas...

Ela ergueu uma sobrancelha.

— Mas?

Movi o indicador, chamando-a.

— Só se você sentar essa linda boceta na minha cara, amor.

CAPÍTULO 14

I got these feelings for you
Touch me in a way that you never getting tired
Leaving on a high, now, we're living on the highest

— MakeYouKnowLove, "The Highest".

Roxy

Eu teria mil razões para corar com força e esquecer a ideia. Mas era Shane naquela cama, com a calça arreada no meio das coxas, o pau largo e grande perto da minha boca. Timidez? Para quê? Olhei-o de baixo, as veias saltadas, os músculos e as tatuagens dançando em sua pele bronzeada, os mamilos durinhos dele e a expressão em seu rosto de sacanagem pura.

Eu era namorada deste homem.

Reuni toda a coragem que eu não tinha, o tesão falando tão alto quanto se eu tivesse tomado uma garrafa de vinho sozinha. Prendi o cabelo em um nó, virei meu corpo, a vagina na altura da sua boca, seu pau na frente dos meus lábios. Era um 69 com Shane D'Auvray. Eu, que nunca tinha feito com outro homem...

— Preciso que volte a relaxar, amor. Eu tô aqui. — Senti a sua voz quente dançar nos meus *lábios*.

Fechei os olhos quando Shane passou suas mãos ásperas e grandes na parte de trás das minhas coxas, me atiçando. Ele percorreu com a ponta dos dedos, no limite entre as cócegas e o arrepio, até alcançar o meu clitóris e começar a girá-lo. *Ah, tão bom*... Empinei mais a bunda, o tesão batendo com força nos meus tímpanos. Segurei seu membro com delicadeza, sem conseguir fechá-lo na mão. Umedeci os lábios e provei o nosso sabor em seu sexo largo. Minha boca o acomodou devagar, o piercing deslizando pela minha língua conforme o chupava até o fundo, tocando a garganta.

Eu gemi.

E ele grunhiu.

— Merda, você é tão gostosa, amor. — Seu quadril veio para cima, sua carne deslizando entre os meus lábios, úmido por já ter se lubrificado de mim e por si mesmo. Shane puxou meu quadril para baixo e foi aí que...

Nossa.

Sua língua dançou de cima a baixo, vibrando no clitóris como se aquele ponto de prazer só respondesse a ele. Minhas coxas falharam em meio segundo. Enquanto eu me dedicava a chupá-lo com vontade, Shane parecia inabalável sugando meus *lábios* e o clitóris. Sentindo o piercing do seu lábio, da sua língua bem na minha vagina, enquanto o apadravya escorregava na minha garganta...

Meus seios ficaram pesados. Ele riu na minha boceta, me chupando com mais força, acelerando junto comigo. A língua entrando e saindo, e então Shane se dedicando a girá-la bem no ponto teso entre as minhas pernas. Meus joelhos tremeram com força, e Shane, percebendo, segurou minhas coxas com mais avidez. Vibrei quando sua língua fez um oito em torno do clitóris, depois um círculo, seu pau sendo recebido em um sobe e desce por mim. Quanto mais ele me chupava, mais eu tinha vontade de sugá-lo. Acelerei porque aquilo era bom demais. Ele gemia na minha vagina, eu gemia com seu pau na minha boca. Eu me sentia quente, suada, deliciosa.

Mulher de um homem só.

Comecei a rebolar na sua boca, Shane agarrou a minha bunda e me incentivou em um sobe e desce, quicando na sua língua. Seu quadril fez o mesmo com meus lábios, a pélvis rodando, ele indo o mais fundo que podia, e depois me liberando em um recuo. Lágrimas se formaram nos meus olhos, e eu não estava mais conseguindo sustentar as minhas próprias pernas. Shane afundou os dedos na minha bunda e me travou na sua boca, como se soubesse... e acelerou.

Arfei e parei de chupá-lo, perdendo a concentração porque...

Deus, Shane.

— Boceta gostosa do caralho, amor. — Ele tremeu a língua. — Encharcada na minha boca, toda molhada e inchada. Vira pra mim.

— O quê? — murmurei, masturbando seu sexo, mas com o tesão bem no meu clitóris... aquela língua que não parava. *Tão bom.* O sangue parecia concentrado somente ali, batendo como se um coração nascesse no clitóris. Tremi quando Shane o chupou todo, apenas para ir ainda mais rápido com a língua de um lado para o outro.

Meus olhos se fecharam.

Perdi o ritmo de masturbá-lo.

Rodei o quadril na sua boca, recebendo os piercings de Shane na minha boceta como se fossem um presente.

— Deita em cima de mim. Sua bunda no meu peito. Vou te fazer gozar — pediu.

— Minha bunda no seu peito?

— Isso, de costas em cima de mim, mas suas costas nas minhas pernas e a sua bunda no meu tórax.

Virei o corpo e senti seus músculos e calor nas minhas costas, o membro duro em algum lugar dali. Tremi quando Shane agarrou minhas coxas, sustentando minhas pernas no ar, como se quisesse que eu relaxasse por inteiro. Lancei um olhar à frente, vendo seu rosto entre minhas pernas, o olhar faminto de um homem que ia me desmontar.

A língua veio, então seus piercings bateram no clitóris. Arqueei a coluna, eu estava tão perto que podia sentir o sangue pulsar e acelerar nas veias. Meus nervos ficaram tensos, os músculos convulsionando, e bastou mais um girar daquela língua rápida no ponto, então...

O estalo do orgasmo me deixou surda e completamente cega. Cada músculo tremeu, e perdi o controle do meu corpo quando comecei a vibrar em cima de Shane. Ele me manteve ali, em suas mãos, na sua boca, o prazer me fazendo gritar seu nome o mais alto que pude. Ele enfiou a língua, girando-a até atingir um ponto maravilhoso que prolongou o meu prazer e me fez chorar.

Eu nunca tinha sentido nada parecido com isso na vida.

Fiquei tonta, perdida. Pensei que estava me desfazendo em uma poça d'água, mas então Shane nos posicionou, montando em cima de mim, e eu sabia que aquele homem ia mesmo transar comigo a noite inteira.

Sua boca me tocou, mas eu não tinha forças para vê-lo.

Meu sabor estava nos seus lábios, a bagunça que nós éramos, o cheiro de sexo e suor no ar.

— Você gozando na minha boca é a minha coisa favorita na vida — confidenciou, então suas pernas começaram a espaçar as minhas e, quando eu senti a glande pedindo espaço, eu soube que precisava retribuir de uma forma que o quebrasse também.

Abri os olhos.

Segurei-o pela nuca.

Shane com tesão é uma visão. A maneira que seu maxilar fica tenso, os lábios vermelhos e inchados, o olhar ainda mais oblíquo e perigoso. Ele era um homem que exalava vontade. E isso era natural dele. Mas, quando Shane D'Auvray estava louco de vontade, era uma visão obscena.

E eu ia quebrá-lo hoje.

Do mesmo jeito que ele me quebrava: com as palavras.

— Shane... — murmurei.

Seus olhos dançaram nos meus, suas coxas me espaçando mais, minhas pernas abertas para recebê-lo. A glande dançou entre os *lábios*, pulsando para mim.

— Quero que você me foda agora. Com vontade. Quero que se enterre na minha boceta. Quero que me faça gritar o seu nome ainda mais alto. Eu quero pulsar no seu pau a ponto de você sentir que vai gozar a qualquer segundo. Me fode, amor. Me fode sabendo que eu sou sua. Pode fazer isso por mim? — Pisquei inocentemente os cílios.

Meu namorado congelou.

Ele esperava qualquer coisa, menos isso.

E se eu adorava a visão dele com tesão, nada havia me preparado para o que eu enxerguei em seguida.

— Roxanne. — Pude ouvir a luxúria em cada letra do meu nome, sentir o inferno na temperatura da sua pele. Sua boca tocou a minha e o gosto de pecado em seus lábios me fez vibrar. — Você sabe o que tá me pedindo? Quer que eu perca a cabeça, porra?

— Sei, e quero.

— Quer, é? — Ele foi deslizando o pau devagar dentro de mim, centímetro a centímetro. Um estalo preencheu-me quando o recebi, dançando pelas paredes da vagina, fazendo-a pulsar. Não de dor, mas de saudade. Nossa, eu senti falta. Tanta falta que não consegui encontrar ar para respirar. Quando ele me preenchia, cada terminação nervosa vibrava. — Caralho, tão molhada pra mim.

De uma vez, ele completou o espaço que faltava.

A glande bateu no fundo. Seu piercing dentro de mim. Cada centímetro...

— Shane... — gemi.

— A seu dispor — falou e então recuou apenas uma vez, para enfiar tudo de novo. Pele com pele. Calor com calor. Quente. Grosso. Molhado. Delicioso. Duro. Ele era todo homem. Desde os músculos daquele corpo, aos pelos aqui e ali, ao olhar predador de um cara que sabe muito bem o que faz na cama. — Toda minha essa boceta, né? Diz pra mim de novo. Você quer que eu faça o quê?

— Me fode sabendo que sou sua.

— Toda, cada centímetro dessa boceta é minha. — Ele gemeu uma última vez antes de fazer seu quadril dançar.

Tão forte que a cama começou a balançar.

Arranhei suas costas, recebendo-o com toda a vontade do mundo, tremendo porque meu corpo sentiu falta daquele encaixe, do movimento que ele fazia a cada rebolada, do jeito que circulava o quadril apenas para afundar e se pôr todo dentro. Shane travou os braços ao redor do meu corpo, grunhindo com a boca entreaberta, os olhos semicerrados e as sobrancelhas tensas. Afundei as unhas até alcançarem a sua bunda e minhas mãos quicaram porque ele veio tão forte e tão rápido que eu não conseguia acompanhar o ritmo.

O bate-bate dos nossos quadris se misturou ao nosso ofegante desespero.

Shane D'Auvray: de fato, ao meu dispor.

Shane

Eu perdi o controle.

E me senti dissolver como se eu não fosse nada além de emoção e tesão por uma só mulher. Nunca tinha experimentado algo parecido. Nunca, caralho. Mas Roxy... porra, ela simplesmente tinha me quebrado.

Me quebrado para sempre.

Me *tornado dela* para sempre.

Senti a falta de controle vir quando meu quadril começou a bater com força, grunhidos e gemidos da nossa loucura ecoando por cada centímetro do quarto.

Tão molhada que eu escorregava no seu calor sem esforço, sentindo-a pulsar para mim, a boceta me sugando como se quisesse que eu repetisse aquele movimento por horas.

Deliciosa. Suada. Disposta a ser minha.

Segurei seu cabelo com firmeza em uma das mãos e com a outra desci por seu quadril, agarrando sua bunda e a erguendo para mim. Fui tão fundo e tão forte, tão rápido, que se eu mantivesse o ritmo Roxanne gozaria de novo. A cama começou a arranhar o piso, a gemer junto com a gente, minha altura se sobrepondo a Roxy a ponto de montá-la. E eu queria que ela se desfizesse em mil partículas junto comigo. Queria tanto que a vontade se transformou em uma dor física de possuí-la.

Sexo com Roxanne nunca seria superficial.

Era mergulhar fundo e com força, recebendo tudo, entregando tudo.

Era ir do Sol a Plutão.

Do paraíso ao inferno.

Do céu ao núcleo da Terra.

Era se expandir em mil galáxias e ainda assim continuar existindo.

Beijei sua boca com a sensação de querer que aquilo durasse para sempre. Tomei seus lábios, sua língua, sua boceta com a sede de um homem desesperado por chuva. Afundei meus dedos, apertei e chupei seus peitos, tomei seus lábios com a minha língua de novo e lambi seu suor como o meu sabor favorito. Roxy tremeu embaixo de mim e eu não parei, o ritmo era intenso e louco, mas era gostoso pra cacete.

Tirei as mãos do seu corpo, tomando seu rosto nas mãos, fazendo-a olhar para mim sem parar de fodê-la. Reduzi um pouco o ritmo, bem devagar, a ponto do meu pau bombear e latejar com a sua boceta.

Seus olhos se abriram para mim.

E ela gemeu quando encontrou os meus abertos para ela.

— Eu te amo, Roxanne Taylor — sussurrei, as palavras se quebrando pelo tesão, pelo sentimento, por toda a insanidade que eu sentia. Seus olhos ficaram imediatamente molhados e eu desci o quadril e subi lentamente, enquanto Roxy envolvia as pernas na minha bunda, os dedos dos pés afundados na parte de trás das minhas coxas. — Obrigado por me permitir amar você.

Ela respondeu com os olhos, com o corpo tremendo e com o orgasmo que varreu seus sentidos e a impediu de pensar direito. Ainda pulsando no meu caralho, Roxy me puxou para um beijo, dizendo tudo que as palavras não faziam ser suficiente.

— Eu amo você — ela sussurrou de volta quando o fôlego retornou, raspando a boca nos meus lábios.

— Apaixonado pra caralho por você. Demais mesmo — garanti, tirando-nos da posição. Coloquei Roxy sentada em cima de mim, sem tirar meu pau dela. Um joelho da minha mulher apontado para cada lado do quarto, suas mãos nos meus ombros, minhas costas na cabeceira acolchoada. Nossos olhares se encontraram de novo, nossas bocas, as mãos em todos os lugares quentes e escorregadios. — Cacete, eu vou durar a noite inteira só porque não quero que isso acabe.

— Preciso de você. Ainda mais agora do que segundos atrás. Cada vez... eu preciso mais. — Ela subiu o quadril, rebolando devagar no meu pau, apenas para descer devagarzinho. Ela testou o movimento e eu pude sentir seu prazer descer por todo o meu pau, molhando as bolas.

Tremi.

O piercing latejava, junto com a glande e cada músculo do meu corpo. Segurei sua bunda com força, as duas mãos abrindo espaço e sentindo a febre da sua pele e a umidade. Travei o maxilar quando Roxy descobriu um ritmo, sentindo o baque forte da sua boceta na minha pélvis cada vez que ela descia e o rebolado e a tremidinha da vagina quando subia.

Porra!

— Shane... — ela sussurrou e acelerou.

Dei um tapa forte na sua bunda e depois do outro lado, moendo-a nos meus dedos em seguida. O som úmido da sua boceta me recebeu, os gemidos loucos e sua boca raspando na minha. Porra, como ela era boa. Boa em me tomar todo, boa na arte de fazer eu me sentir mais homem. Cada vez que ela descia bem molhada no meu pau e eu sentia o fundo, um choque elétrico descia por cada centímetro do membro. E então havia aquela delícia de estar dentro dela, o atrito gostoso que fazia meu pau querer mais daquilo, mais rápido, mais duro.

Depois de outro tapa gostoso e estalado, cravei os dedos na sua bunda, chupando seus seios, seu pescoço, tomando tudo o que eu queria...

— Isso, senta amor. Senta com força. Porra, desse jeito — elogiei, perdendo o raciocínio de novo. Comecei a ajudá-la a subir e descer, o suor aumentando, o calor me tornando incapaz de querer algo além disso.

Além dela.

Com o tesão varrendo meu bom senso, peguei Roxy no meu colo e nos tirei da cama, colocando-a sobre o apoio de braço do sofá. Agarrei suas coxas e a trouxe para mim. O vai e vem bem gostoso me fez trincar de tesão. Roxy afundou as unhas, chiou o meu nome e teve um terceiro orgasmo ali.

Brincamos no sofá, a ponto de eu perder a noção das horas e do dia. Ela me recebeu de quatro e sentou no meu caralho de novo. Eu chupei Roxy até que ela viesse para um quarto orgasmo. Fui para a cama de novo quando a minha garota perdeu as forças. Não sei quantas horas duramos, quantas posições fizemos, mas, em algum momento, eu a deitei de costas na beirada da cama, e fiquei em pé na borda do colchão, erguendo seu quadril, flexionando os joelhos para nos encaixar direito. Seus pés foram parar ao lado do meu rosto, e eu agarrei seus tornozelos, beijando-os, metendo gostoso na sua boceta bem apertadinha naquela posição. Roxy levou as mãos aos seios, os cabelos como os raios do sol no lençol.

Linda.

Desci os olhos e vi o meu pau preenchendo sua boceta rosada e inchada, tão molhada, sendo engolido cada vez que eu ia e vinha. Franzi as sobrancelhas e abri a boca para respirar com mais força, ofegante pra cacete. Eu podia ver meu quadril metendo com vontade, batendo nela o mais fundo que conseguia, minha bunda trabalhando enquanto o suor descia por mim como se me ajudasse a ficar com ainda mais tesão. Roxy apertou os mamilos e levou uma das mãos para o meio das pernas, brincando com o clitóris intumescido.

Espacei suas pernas, uma em cada lado dos meus ombros, esticadas no meu peito. Roxy tremeu e se agarrou o lençol quando meti com mais força. Rápido. Rápido. Rápido. O mais rápido que eu podia. Olhando-a de cima, os peitos vermelhinhos dos meus beijos, a pele toda molhada por minha causa, os tapas e os chupões... ela estava marcada por nós.

— Shane, ah, Deus... bem assim. Bem aí...

— Porra, que gostosa. Tá pulsando todinha pra mim — murmurei, sorrindo, quando sua boceta começou a dar espasmos.

E a onda veio.

Roxy tremeu toda, cara. Da cabeça aos pés. Cada nervo do seu corpo vibrou enquanto eu a segurava e sentia sua boceta gozar pra mim. Grunhindo e fodendo com vontade, percebi que não duraria mais um segundo. Sentindo seu orgasmo pulsar em volta do caralho, chupando-o para dentro, o calor rugiu das minhas veias quando minhas bolas se retesaram. Senti a onda vindo, como uma catástrofe que você não consegue desviar. E, mesmo que eu já tivesse gozado incontáveis vezes na vida, sabia que dessa vez seria como nenhuma outra.

As veias do meu corpo incharam, meu sexo duro e pesado recebendo o sangue como se fosse uma punição. As bolas encolheram, minha barriga formigou, meu quadril se chocando com o da Roxy enquanto ela se alargava para me receber ainda mais duro, ainda mais insano, com tanta força. Trinquei os dentes e, como uma dose única de prazer, afundei os dedos em suas coxas, prendendo Roxy em mim, afundando meu pau enquanto o jato serpenteava pelo meu caralho, cada centímetro.

Ah, Deus.

Porra.

Caralho.

Puta que pariu!

Eu vibrei. Cada músculo, cada nervo, como a Roxy. Sentindo o orgasmo não só na glande, mas em cada célula. Fiquei sem conseguir enxergar, empunhando meu caralho até o fundo e depois recuando, repetindo o movimento devagarzinho até o fim.

De olhos fechados, sem forças para abrir as pálpebras ou me mover de onde estava, pude sentir Roxy saindo do meu pau e a movimentação na cama, embora eu estivesse em pé na beirada. Era como se eu tivesse ficado congelado, incapaz de dar um passo. Roxy saiu do colchão e percebi isso tudo pelos sons. Minha respiração ofegante parecia assustadora e eu me sentia tonto, fraco, apaixonado demais para conseguir inspirar direito.

Porra.

— Amor. — Sua voz soou no meu peito, suas mãos no meu coração acelerado, no meu rosto... Ela me puxou para a cama e eu me deitei, acho, flutuando. — Você tá bem?

— Foi. O. Melhor. Orgasmo. Da. Porra. Da. Minha. Vida.

— Shane... — Ela riu, deitando em cima de mim. Sua boceta raspou no meu pau e, como se meu corpo me dissesse que daqui a cinco minutos estaria pronto para outra, um choque elétrico cobriu-me da nuca às bolas. — Você fica tão lindo gozando.

— Você tá apaixonada pra caralho mesmo — sussurrei, abrindo os olhos. Ela estava enroscada em mim. — Ninguém fica lindo gozando. Exceto você.

— Ah, tá bem. — Ela riu. Acariciei suas costas, sua bunda e Roxy estremeceu. — E o que isso diz de você? Que me fez gozar tantas vezes hoje...

— Vou fazer mais. Só me dê uns minutos. E um banho. — Ela começou a acariciar o meu peito, passando com a ponta do dedo, deixando meu coração ainda mais acelerado. Observei-a. Os cabelos emaranhados pós-sexo, a maquiagem toda borrada, os lábios inchados e seu olhar cintilando pra mim. *Como é linda. Como eu tenho sorte.* — Seu toque... nunca vou me cansar disso.

— Meu toque? — ela ponderou, observando sua mão dançando em mim.

— É. Eu amo quando você me toca sem vergonha disso. Quando éramos só amigos, porra, eu queria tanto as suas mãos em mim. Cada vez que você me dava as mãos ou se apoiava no meu braço. Quando sentava no meu colo. Quando dançava comigo. Eu ficava me segurando pra não pensar no quanto aquilo era bom. Agora, você me toca... sem se conter. Eu também não preciso mais esconder o quanto me afeta.

— Eu não sabia que meus toques mexiam com você. — Ela abriu um sorriso largo e umedeceu a boca. Tirei com o polegar o borrado do batom do seu lábio inferior e um pouco do superior. — Talvez eu teria te provocado um pouco mais se soubesse.

— Eu não ia aguentar.

— E teríamos ido para o inevitável — ela ponderou. Então, como se um pensamento passasse por sua cabeça, ela me encarou com seriedade. — Shane, nós sempre fomos amigos? Ou sempre existiu essa atração entre nós?

Pensei por um segundo e estalei a língua no céu da boca.

— Você acha que o fato de eu me sentir atraído por você antes ou vice e versa... anularia a nossa amizade?

— Não.

— Pensa comigo. Como você conseguiria ser só a minha melhor amiga, amor? Eu sou gostoso pra caralho. Sou lindo. Sou cheiroso. Tenho tatuagens e piercings...

Ela gargalhou.

— É tipo ser a melhor amiga do Henry Cavill. Do Chris Hemsworth. Quem consegue, porra? Todo mundo ia querer sentar nesses caras. Até eu — brinquei, fazendo ela rir mais ainda. — O quê? Tô mentindo?

— Eu amo você — Roxanne disse. — O único que me faz rir e gozar. Não nessa ordem.

— Também te amo, Querubim. E pode ser nessa ordem. — Virei nossos corpos, sentindo o calor começar a dançar pelas minhas veias de novo. — Quer uma rapidinha antes do banho?

— Você consegue? — Seus olhos se estreitaram e, quando me acomodei entre as pernas dela, minha namorada sentindo o quão duro eu estava, o piercing já deslizando pelos lábios, bem gostoso... Roxy arfou. — Shane... Deus...

— Só se você quiser, amor. Se estiver cans... — sussurrei contra a sua boca, mas Roxy me interrompeu quando me beijou e levou sua mão entre nós dois, guiando o meu pau exatamente para aquele ponto úmido e quente.

Arfamos juntos quando eu entrei lentamente no seu corpo.

Gememos até que se transformasse não só numa rapidinha, mas em sexo olho no olho com direito a eu te amo e a porra toda.

Eu precisava amar aquela garota com meu corpo, com meu coração, com a minha alma justamente por todos os anos em que não pude dar a ela nada além da minha amizade.

Me toma inteiro, Roxanne. Do jeito que a gente merece.

CAPÍTULO 15

Maybe this is crazy
Crazy just to wonder
Wonder if there's someone
Meant for you

— Monsta X, "Someone's Someone".

Roxy

— Trabalhando, amor? — Sua voz rouca e grave soou ao pé do meu ouvido, me arrepiando. Suas mãos envolveram a minha cintura, seu corpo se colando ao meu como se Shane não conseguisse ficar longe.

O focinho gelado de Snow na minha perna me fez sorrir.

Os dias depois da minha formatura reservei para ser a namorada do Shane, passando um tempo no seu apartamento com o Snow. Eu me permiti ser a Roxanne adolescente que estava realizando um sonho antigo, guardado a sete chaves. Eu pude tocá-lo, beijá-lo, avançar os limites que antes pareciam tão assustadores para mim.

Era tão libertador que eu sabia que Shane estava sentindo o mesmo.

Suas mãos não conseguiam sair de mim. Quando víamos um filme, seus dedos dançavam na minha coxa. Quando líamos um livro, ele me colocava entre suas pernas e passava todo o tempo beijando as minhas têmporas, bochechas, acariciando os meus cabelos. Quando tomávamos banho, era em mim que ele passava o sabonete primeiro, dançando seus dedos ásperos pelo meu corpo, me beijando com carinho.

Como se me garantisse que não ia a lugar algum.

Naqueles dias em que me mudei temporariamente para o seu apartamento, em um impulso de viver o namoro em sua totalidade, percebi o quanto era íntimo tudo isso. A verdade é que, no resort, nós tivemos um pouco de tudo, mas nada comparado ao que vivemos como namorados.

Às vezes, eu precisava piscar para ter certeza de que não estava sonhando.

— Como você sabe que eu estou trabalhando?

— Consigo ver seus olhos fixos na minha jaqueta jeans. — Ele beijou o meu ombro e se afastou, indo para o banheiro. Shane fechou a porta, mas ouvi sua voz do outro lado. — O que tá pensando?

— Que jeans tem tudo a ver com a coleção que pretendo criar para inaugurar a Rosé.

— Os modelos estão prontos? — gritou à distância, a boca cheia, provavelmente de pasta de dente.

— Sim — respondi, sorrindo. — Tive um sonho com a minha coleção.

— Bom, Querubim. Eu tô empolgado com a Rosé. Vai ser um sucesso. Aliás, depois tenho que te levar a um lugar. — Ele fez uma pausa. Pude ouvir a sua movimentação e, então, sua voz atrás da porta novamente. — Ei, sabe que horas são?

— Sete — falei, e Snow latiu, confirmando.

— Tá na hora do passeio, filhote — Shane avisou, saindo do banheiro e se aproximando. Lancei um olhar para baixo e vi Snow abanando o rabo grande, com a guia na boca. — Quer ir comigo, amor?

Congelei no lugar, ainda observando a jaqueta jeans.

— Você sabe que sempre tem um paparazzo espreitando o prédio, né? Todos os dias, no site do fã clube da The M's, tem uma foto sua correndo, suado, com Snow...

Escutei os passos pesados de Shane atrás de mim. Snow nos observava ainda com a coleira entre os dentes, atento.

— Já tiraram várias fotos nossas, Querubim.

Me virei para Shane. E, Deus, ele ficava tão bonito de manhã. Os cabelos bagunçados, o rosto inchado de sono, a boxer branca sem conseguir conter a ereção matinal. Ele passou a mão na barriga trincada, as tatuagens sendo tocadas pelo sol fraco das sete horas, que dançava em sua pele quase como uma carícia.

— Mas nenhuma com a gente... — Prendi a respiração. — Você sabe... as suas fãs, não sabemos como elas vão reagir. Você é o último rockstar solteiro.

Ele ergueu só uma sobrancelha para mim, um sorriso despontando na boca.

Snow latiu, querendo passear.

— Porra, você diz como se eu fosse o último homem do mundo. — Riu suavemente. — Não, beleza. Se não se sente confortável com isso, então eu vou sozinho. — Shane desviou o olhar para Snow. — Filhote, eu vou só colocar uma roupa e aí a gente vai, tranquilo?

Snow não respondeu com um latido, como sempre fazia. Ele foi se deitando no chão, desanimado, a guia azul na boca e os olhos atentos no Shane. Meu namorado voltou sua atenção para mim, e percebi que ele não conseguiria deixar passar.

— Só me explica uma coisa, Querubim. — Ele fez uma pausa, cruzando os braços naquele peito nu, tatuado e delicioso. Mordeu o piercing no canto do lábio e isso enviou um aviso para o meu coração, que começou a acelerar. — O seu medo sobre a gente se assumir é por causa das fãs? Ou tem outra coisa rolando?

Soltei um suspiro.

— Não tem nada rolando, mas não sei como as suas fãs lidariam com a notícia. E, como eu disse, você é o último dos meninos que está solteiro. Tem todo o ataque que a Kizzie sofreu por estar com o Zane. Lua e Yan...

— Bem, então quando vamos assumir? — A voz de Shane desceu um tom.

— Você tem pressa?

— Na real, um pouco — ele murmurou. — A gente esperou tanto para estar junto. Sei lá, eu queria poder andar com você na rua, tranquilo.

Me aproximei e o abracei.

— Eu sei que para você seria só um anúncio, mas as fãs... eu tenho medo, Shane.

Pude senti-lo congelar sob as minhas mãos. A respiração ficou mais curta, os batimentos, mais rígidos, quase como se eu tivesse dito não para ele, para nós.

— Você tem vergonha de mim? — Sua voz quebrou.

— Não, Shane! — Senti um vazio no coração. — Por que pensou isso?

Tomei seu rosto nas mãos, trazendo para mim. Ele prendeu o ar, seus músculos começando a relaxar, os olhos semicerrados de sono e atenção no meu rosto. Encarei-o diretamente e, de repente, percebi o quão vulnerável ele ficou. De repente, parecíamos ser crianças de novo. Como quando brigávamos por um brinquedo ou quando Shane se sentia magoado por eu brincar com outras crianças. O pensamento me fez sorrir.

— Aqui em Miami é um pouco difícil eu me lembrar de que você é um rockstar — murmurei. — Aos meus olhos, você é o menino que conheço durante toda a minha vida e, agora, o homem que pertence a mim. Mas o fato é que você é um roqueiro mundialmente famoso também, um baixista que tem milhões de seguidores. Uma palavra sua influencia o mundo. Uma atitude muda toda a dinâmica da The M's.

— Você andou muito com a Kizzie nesses últimos tempos — reclamou, e eu ri, mas Shane não relaxou. Pelo contrário, ele quis entender as minhas inseguranças. — É só o medo da sabotagem e das minhas fãs serem loucas?

— Juro que é só isso.

— E se eu te mostrar que não é um problema? E se te disser que estamos bem?

— Como *exatamente* você faria isso?

— Confia em mim? — ele pediu, a voz ficando grave e rouca.

Suas mãos tomaram a minha cintura, descendo para a minha bunda, me moendo contra ele. Minhas pálpebras foram se fechando e uma sensação quente começou a surgir bem no meu coração.

Shane... queria *assumir* as coisas.

Sempre fui extremamente discreta com meus relacionamentos. As minhas redes sociais têm pouquíssimas fotos. Quando entrava em um namoro, geralmente publicava uma foto ou duas. Mas eu nunca me envolvi... com um rockstar.

Não sabia que eu gostava tanto da ideia de Shane nos assumir até aquele segundo.

— Eu confio em você de olhos fechados. Observe. — Cerrei as pálpebras, e Shane riu. Abri de novo os olhos. — Sério, é você quem está nesse mundo de astro e superestrela, Shane. O que achar que for melhor, eu...

Ele me interrompeu, colando sua boca na minha. O gosto mentolado da pasta de dente junto ao seu sabor me fez estremecer. Ele desconectou nossas bocas, levando seus lábios para a minha orelha. Arrepios me percorreram dos pés até o último fio de cabelo quando sua voz preencheu os meus tímpanos.

— O melhor para mim é ter você. Publicamente, na porra da cara do mundo inteiro, dizendo que sou todo seu também. Eu quero nos assumir e preciso que confie em mim quanto a isso. Só preciso saber... caralho, se eu disser que podemos gritar para o mundo, você me autoriza?

Suas mãos dançaram na minha pele. Eu não vestia nada além de uma regata branca e calcinha. Os dedos de Shane rasparam na minha bunda, subindo por minhas costas, me deixando molhada sem nem precisar de muito. Engoli em seco, aproveitando seu toque, mas me deliciando ainda mais com suas palavras.

— Claro que autorizo. Eu também quero isso, Shane.

— Não quero que se preocupe, elas vão ter que aceitar porque não pretendo ir a lugar algum. — Ele se afastou, tomou a lateral do meu rosto na sua mão, e estreitou aquele olhar de lince na minha direção, umedecendo os lábios. — Amo você, Querubim.

— Te amo — sussurrei. Shane me deu um beijo suave na boca antes de se virar.

— Vamos, filhote? Vou pegar a roupa.

Snow levantou e abanou o rabo imenso, ainda com a coleira na boca. Eu me abaixei para distraí-lo enquanto Shane se vestia. E aí ele soltou a guia para me dar atenção. Snow lambeu o meu rosto, e eu comecei a fazer carinho no seu pelo macio. Peguei-o pela lateral da cabeça e iniciei uma série de beijos. Snow deu um latido que, na minha interpretação, dizia que me amava.

— Quem é a coisa linda da mamãe?

Snow latiu de novo.

— É, meu menino lindo. — Ele era perfeito. Era carinhoso, apesar de dizerem que sua raça era fria e distante, por se parecerem com lobos. Snow era carente, brincalhão, dócil. Tinha personalidade, claro, mas era uma fofura.

— Você vai passear e se divertir com o seu pai. Quando voltar, mamãe já não estará aqui. Preciso ir para casa e voltar para a vida real. Só que... — Me aproximei da sua orelha. — Mamãe deixou um osso em cima da pia. É o seu favorito. Shane vai entregar para você assim que voltarem.

— E pra mim? Não tem nada? — Shane resmungou.

Lancei um olhar sobre o ombro.

— Não sei se você merece. — Sorri.

— Porra, pelo menos um beijo.

— Acho que isso pode ser negociável.

Ele riu e colocou o boné. Puxou o celular de cima da mesa e enfiou no bolso da bermuda. Shane geralmente dirigia até a praia mais próxima e então estacionava e corria pelo calçadão. Sem camisa, deslizei minha atenção por cada parte do seu corpo, tendo dificuldade de entender que aquele homem... era meu.

— Te vejo à noite? — ele perguntou.

— Me busca às nove.

— Tudo bem. — Shane ficou de cócoras para ficar na minha altura e do Snow. Então, me cobrou mais um beijo antes de olhar para o nosso bebê. — Vamos, filhote.

Shane colocou a guia em Snow e então saiu do apartamento, me lançando um olhar antes descer pelo elevador.

Fechei os olhos por cinco segundos.

E sorri por minutos inteiros, apenas sentindo o meu amor por aquele garoto se transformar em algo imensamente maior.

Querubim

SHANE

— Não, cacete. Se a gente colocar o solo de guitarra logo no começo, queimamos a largada. Tem que criar a expectativa. — Zane apoiou os pés em cima da mesa.

— Eu começo — Yan ofereceu, afrouxando o nó da gravata. — Se iniciar com a bateria, pode ser inovador.

— Ou com a voz. Sem instrumento. — Carter passou a mão nos cabelos, jogando-os para trás. — Não sei. Essa música ainda não tá bem definida na minha cabeça.

— Porra, não. Vocês estão estruturando errado. Não pensem nos instrumentos. Pensem no ritmo. — Observei os caras, e comecei a estalar os dedos. — "Eu te sinto". — Estalei. — "Na minha alma" — Estalei de novo. — "Eu te sinto". — Estalei mais uma vez. — "Sob a minha pele."

— Certo, então... — Lyon, nosso assistente, pensou por um segundo antes de suspirar. — Voz e bateria?

— Voz e bateria — Oliver concordou, riscando algumas coisas no canto do papel. eu e Carter definimos a letra antes do ritmo. E isso estava queimando a nossa cabeça. — Mas não para o começo. Para o refrão. O começo com o baixo do Shane, então entra Zane e a voz do Carter. Vamos deixar o público sem a bateria do Yan por toda a primeira estrofe. Então, explodimos quando o refrão chegar. Concordam?

Porra, Oliver sabia das coisas. Ele entendia as tendências. Kizzie estava ocupada com novos contratos e a agenda, mas Oliver estava conosco em cada parte da criação. O cara era um gênio, e eu só pude perceber na elaboração do próximo CD da The M's.

A real é que a nossa banda estava voando cada vez mais alto. Os fãs não exigiam apenas que fôssemos fodas, mas que trouxéssemos inovação. No meu pouco tempo como rockstar, aprendi que o surpreendente não é fazer a letra da música, nem compor de modo que a torne absurdamente maravilhosa, mas de criar uma linha que ficasse na cabeça das pessoas, um refrão que arrepiasse a alma.

— É ótimo. — Carter se iluminou, como se a criatividade ascendesse sua alma. — Porra, sim. É isso! Shane, você me acompanha como segunda voz nessa.

— O quê? — Arregalei os olhos. — Por quê?

— Minha voz é grave e a sua também. Preciso de alguém que chegue comigo e consiga baixar o timbre ainda mais.

— Beleza — concordei. — Então, a produção começa quando?

— Vamos dar um tempo — Oliver avisou. — Vocês passaram por uma turnê pelo Brasil e agora estamos em processo de produção do próximo CD. A The M's está mais rápida do que as outras bandas. As pessoas precisam curtir o último CD ainda, antes de estourarmos tudo com o novo.

— A próxima turnê vai ser mais longa, né? — Carter percebeu.

— Sim, vai — Oliver explicou. — Se o CD estourar como estamos pensando, vamos precisar alcançar mais lugares.

— Vai ser pesado — Yan opinou.

— Vai, por isso mesmo quero que vocês descansem enquanto podem. Eu vou tirar férias, Kizzie também. Façam o mesmo.

— De quanto tempo estamos falando? — perguntei. — Para entrarmos de novo em turnê?

— Kizzie está vendo a agenda, talvez o próximo *boom* seja daqui a um ano, porque nos próximos meses vocês têm muitos compromissos, inclusive daqui a algumas semanas... — Oliver fez uma pausa. — Merda, preciso pegar uma coisa.

— Isso aqui? — Mark ergueu uma sobrancelha, com vários envelopes na mão. — Kizzie deixou comigo.

— É isso aí mesmo. — Oliver se levantou e pegou os envelopes com Mark, deixando-os sobre a mesa. — Esse convite é importante, mas a Kizzie...

— Cheguei — Kizzie disse, arfando, com uma caneca de café na mão, os olhos vidrados. Ela sorriu para nós, mas pude sentir a postura profissional nos distanciando do que quer que fôssemos na vida pessoal. — Os convites, vamos falar sobre eles. Meninos, é o seguinte. A música que o Shane compôs com a Roxanne, vocês sabem, foi para um filme.

— Sim, sabemos. — Yan estreitou os olhos claros.

— O convite para a première chegou. Esse filme está com uma expectativa muito alta. O diretor é renomadíssimo, o produtor, os atores! Vocês todos foram convidados a comparecerem. E eu preciso que vocês sejam impecáveis nessa première. Teremos presenças ilustres, desde o universo hollywoodiano até a possibilidade de novos contratos. A The M's é a banda do momento e quero que entendam que, além de ser uma honra para nós podermos ir, é uma honra para *eles* terem vocês como convidados. Além, claro, de todo o marketing em cima da música criada por Shaxy.

Pisquei quando Kizzie entregou o convite. Lancei um olhar para Zane, que pareceu ver a mesma coisa que eu assim que abrimos.

— Caralho, a première cai um dia antes do meu aniversário — falei, surpreso.

— É! — Kizzie sorriu. — Não é mágico?

Um aperto na minha garganta, de pura ansiedade, me fez controlar a respiração e tentar focar no presente. Porra, eu já sabia que seríamos convidados para a primeira exibição do filme. Teríamos que andar em um tapete vermelho, cheio de atores fodas pra cacete e pessoas importantes. Era meio foda, né?

— E como isso funciona? — Carter perguntou, arrancando a pergunta da minha cabeça. — Nós nunca fomos a uma première.

— Bem, é basicamente um cinema com pessoas ilustres. A princípio, vocês vão assistir ao filme e, depois, sim, iremos a uma festa estilo hollywoodiana! — Kizzie quase deu pulinhos de alegria. — Não sou muito dos holofotes, o Zane sabe, mas não consigo resistir ao cinema.

— Porra, é verdade. Ela fica secando aquele ator. Como é o nome mesmo? — Zane resmungou.

— Chuck Ryder. — Kizzie suspirou.

— Ele vai estar lá? — Os olhos afiados do meu irmão foram direto para Kizzie.

— Não, o nome dele não está na lista de convidados.

— Felizmente.

— Infelizmente — disseram juntos, e Kizzie riu. — Para com isso, Zane.

Fiquei olhando para o convite por um tempo. Cara, era uma boa oportunidade para abrir o meu relacionamento com a Roxy para o mundo real. Eu poderia me colocar ali, em público, dizendo ao vivo o quanto aquela garota era minha. Mas... algo me fez pensar que a alta exposição a deixaria incomodada. Porra, além do fato de já ser meio que chocante para ela namorar um rockstar, Roxy queria manter em sigilo o lance de ter composto a música comigo. É claro que, àquela altura, muita gente já sabia quem Shaxy era, caso não, nem teria sido exigido que nós dois compuséssemos a trilha sonora do filme. Ainda assim, porra...

— O que tá rolando, pirralho?

A voz do meu irmão me despertou do transe.

— Preciso saber se posso dizer para as pessoas que eu e Roxy estamos juntos.

Silêncio. Lyon, Oliver, Mark, meu irmão, Carter, Yan e Kizzie me observaram com atenção na sala de reuniões do prédio administrativo da The M's.

— Bem, eu autorizei faz um tempo — Kizzie confirmou.

— As fãs vão ficar de boa? — indaguei, incerto.

— É claro que sim — Oliver prometeu.

— Tudo se trata de como você conta a notícia, Shane. Como pretende anunciar? — Kizzie perguntou.

— Shane tinha pensado em assumir para o público na première — Yan, me enxergando além dos caras, soltou de uma vez.

— Mas a Roxy é tímida — Carter pontuou. — Ela vai se sentir desconfortável.

— Porra, é — Zane concordou. — Falar na frente das câmeras assim, na surpresa, é foda, hein?

— Redes sociais? — tentei.

— É um caminho. Carter fez dessa forma, Zane também — Yan contou. — E eu posto todos os dias fotos com a Lua. É um jeito bem interessante de anunciar publicamente um relacionamento.

— Isso tem preocupado vocês? — Kizzie me analisou. — A exposição?

— É, a Roxy tem medo pelo fato de eu ser o último dos caras que tá solteiro e tal. Mas eu garanti para ela que não tem problema.

— E não vai ter. — Kizzie suspirou fundo. — Você quer que eu te ajude com a postagem? Na verdade, nós temos uma equipe que cuida das redes e...

— Não, eu preciso fazer isso sozinho. Só quero que leiam antes de eu publicar.

Minhas mãos começaram a suar. Merda, gritar para o mundo era meio bizarro, mas eu tinha que fazer. Eu *queria* fazer.

Olhei na galeria do meu celular as fotos com a Querubim e uma delas fez meu coração dançar pra caralho.

— Você vai fazer isso agora? — Kizzie perguntou.

Lancei um olhar para ela.

— Sei ser bem impulsivo como o meu irmão. — Sorri de lado, sentindo a minha bochecha afundar com a covinha. — Isso ainda te surpreende?

Querubim

Roxy

— Filha! — minha mãe gritou da sala, surtando. Eu tinha ido à cozinha pegar um copo d'água e... ela veio correndo, estendendo o meu celular e o dela. — Como você deixa o celular longe, Roxanne? Como?

— O quê, mãe? — Terminei de beber a água. — O que aconteceu?

— Leia! — ela pediu, praticamente pulando de um pé para o outro, como uma criança. — Veja logo!

Você foi marcada em uma publicação.

Franzi a testa e olhei para as notificações no meu celular. Havia duas e também uma mensagem de voz do Shane no WhatsApp. Olhei primeiro a notificação do Instagram, e assim que vi a foto, meu coração voou de Norte a Sul, o sangue correndo pelas veias como se precisasse ir a algum lugar. Abri os lábios para respirar melhor, piscando freneticamente.

Era uma foto nossa do meu baile de formatura. O ângulo pegava nós dois de lado, em uma dança, com a decoração do baile ao fundo, borrada. O foco? Nós dois. As mãos do Shane na minha cintura, enquanto meus olhos estavam fechados porque eu estava gargalhando. Sua atenção em mim, o brilho no seu olhar e o carinho. Uma das minhas mãos estava no seu rosto e Shane estava levemente inclinado em direção ao toque.

Havia centenas de milhares de curtidas na foto, postada há menos de cinco minutos. Os comentários positivos, desejando sorte para nós, me deram um indício do que Shane havia feito.

Então, a legenda:

"Por você, eu aceitava usar saias de crepom. Por você, eu passava frio nos acampamentos do lado de fora de casa só para assar marshmallow na fogueira. Por você, descobri o que era ciúmes pela primeira vez. Por você, eu falhei na prova de Educação Física só porque, naquele dia, você estava com o coração partido. Por você, eu atravessei a cidade em busca de um ingresso de show. Por você, eu entendi que a linha que separa a amizade do amor é tênue. Por nós, eu a atravessei."

— Meu Deus... — Senti meus joelhos tremerem e, como a minha mãe me entendia mais do que qualquer pessoa nesse mundo, ela puxou uma cadeira para que eu me sentasse. Lágrimas começaram a descer dos meus olhos e eu precisei limpá-las para continuar lendo.

"Eu ultrapassei todos os limites aceitáveis da amizade quando me apaixonei pela minha melhor amiga. E quero fazer de tudo para manter esse sorriso vivo, a nossa sinergia e o amor que temos um pelo outro. Roxanne, obrigado por aceitar ser minha namorada. Obrigado por me olhar além da casca. Você conhece o Shane D'Auvray mais do que qualquer pessoa nesse universo. E agora eu entrego aquele menino da nossa infância e o homem que me tornei nas suas mãos. Cuida de nós, tá? Eu prometo fazer o mesmo.

Sempre seu,

S. D."

— Mãe... — murmurei, chorando até que ela me abraçasse. Não consegui controlar a emoção. Surgiu como uma enxurrada, colocando para fora todas as minhas últimas inseguranças, expurgando da minha alma os últimos medos. Éramos públicos, éramos assumidamente apaixonados um pelo outro. Shane não tinha medo de confessar e muito menos medo de ser quem era. Quem éramos.

— Filha, eu sei... ah, nem posso acreditar... — mamãe sussurrou, me abraçando como fazia quando eu era criança. — Vocês são tão lindos juntos. Estou tão feliz. Sabe que ele veio nos pedir permissão antes de te pedir em namoro?

Me afastei dela.

— É?

— Sim, ele conversou diretamente comigo e com o seu pai.

Comecei a rir no meio do choro.

— E como foi?

— Ele se saiu bem — mamãe disse, piscando para mim. — Agora, responda ao menino. E depois se arrume para vê-lo!

Com as mãos trêmulas, digitei que o amava, que tinha sorte em tê-lo como namorado e que eu cuidaria de nós assim como ele cuidou de mim, e eu dele, durante toda a nossa vida. Me levantei da cadeira quando os joelhos já estavam mais fortes, tomei um longo banho, pensando sobre o último esboço pronto da coleção da Rosé e, quando saí, me lembrei do áudio do Shane. Ainda de toalha, coloquei-o para tocar enquanto me secava.

— Oi, Querubim. — Ele fez uma pausa. — Espero que não se assuste com a postagem e tal. Porra, Kizzie me fez tirar todos os palavrões do texto. Espero que não ache que ficou meloso demais. — Ele riu de si mesmo. — Na real, quero que não fique brava comigo porque... eu sei o quanto é delicado pra você esse lance de se assumir como a sra. D'Auvray e a porra toda. Mas a gente precisava desse passo, dessa liberdade.

— Quem é você e o que você fez com o meu irmão? — Zane zombou ao fundo.

— Enfim — Shane continuou, rindo do irmão. — Eu vou te buscar às nove para ficarmos juntos. Vamos fazer toda aquela breguice de postar stories de mãos dadas e etc. Ah, estamos namorando, caralho! Agora parece mais oficial ainda, né? Tô nervoso. — Shane soltou outra risada. — Mas vamos tirar de letra. Vamos viver esse namoro como a gente merece. Grudados que nem cola, se beijando e trans... se amando até o dia amanhecer. Aliás, o convite da première chegou. Depois eu te mostro. Tô orgulhoso pra caralho de nós dois. Eu te amo, linda. Te vejo em breve.

Coloquei o áudio para repetir. E então, de novo. Ouvi até que decorasse cada palavra. A verdade é que eu estava vivendo dois sonhos. Criar a Rosé e namorar Shane. Isso tudo acontecendo ao mesmo tempo. Era como se fosse um presente do universo, como se dissesse a mim: está na hora de começar a viver o lado bom da vida.

Eu me apaixonei por Shane várias vezes ao longo da minha existência.

Mas nunca o amei com cada célula do meu corpo quanto agora.

CAPÍTULO 16

Even in my worst times, you could see the best of me
Flashback to my mistakes
My rebounds, my earthquakes
Even in my worst light, you saw the truth in me
— Taylor Swift, "Dress".

Algumas semanas depois...

SHANE

— O caralho que eu preciso ir primeiro — resmunguei quando Kizzie deu um toque com a ponta do pé na minha canela, me pedindo para sair do carro.

— Claro que precisa. Você compôs a música com a Roxy. Vocês saem primeiro.

— Vai logo, pirralho — Zane disse, sorrindo.

— Deus, por que o Carter, que é o galã, não vai? Por que você me bota nessas enroscadas, cunhada? — perguntei para Kizzie.

Carter riu, mas Kizzie ignorou e me encarou fixamente.

— Porque a estrela da The M's, neste exato momento, é você.

Roxy segurou a minha mão.

— Você fica confortável com os holofotes, lembra? — sussurrou para mim. — Você não vai entrar sozinho. Vamos juntos. Eu, que não queria pisar no tapete vermelho, tô aqui. Se eu estou, você também consegue.

Estávamos em uma limusine, perto do tapete vermelho, prestes a entrar na première do filme para o qual eu e a Querubim compusemos a trilha sonora. Eu estava nervoso pra cacete. Essa seria a minha primeira aparição em um tapete vermelho, porra. E por mais que eu tivesse brincado com a Roxy sobre isso há um tempo, eu nunca tinha enfrentado nada assim antes. Subir em um palco com um show lotado era uma coisa, mas ter milhões de flashes na sua cara, toda a atenção do mundo...

Na véspera do *meu* aniversário.

— Cara, estaremos bem atrás de você. Mas realmente... o convite foi por causa de vocês dois. Vocês precisam entrar — Yan opinou.

Tomei fôlego e lancei um olhar para a Querubim. Porra, tão bonita. O vestido vermelho era longo, armado, sem alça de um tecido que, sem dúvida, ela teve um trabalho danado para moldar. Eu entendia algumas coisas sobre moda por causa dela. E eu tinha certeza de que aquele vestido foi feito por suas mãos.

Era simplesmente o vestido mais lindo que Roxy já usou.

Pela manhã, a Querubim me acordou com o sexo oral mais gostoso da minha vida. Então, depois ganhei uma caixa azul que nós dois só poderíamos aproveitar depois da meia-noite. Dentro da caixa, havia apenas um pendrive. Ela converteu todos os nossos vídeos da infância para o formato digital, de modo que pudéssemos acompanhar a nossa história. Prometemos que veríamos juntos, e eu mal podia esperar para ficar a sós, de novo, com ela. Sabia que os caras tinham encomendado um bolo, que iam fazer uma festa no apartamento do Carter e tal, e chamar Mark, Cahya, Andrew, Oliver, mas eu estava ansioso mesmo era para ficar com a Querubim.

Cara, desde que começamos a namorar, a gente tem vivido tudo o que a nossa amizade nunca permitiu. E acho que nunca íamos nos cansar disso. Os beijos, os toques, o sexo gostoso em cada canto do meu apartamento. A intimidade era a mesma, só que *mais*. E cada vez que eu acordava e via o seu lindo rosto amassado do sono, sereno depois de transar comigo a noite toda, eu me dava conta da porra da sorte que eu tinha.

Eu tinha um amor que me fazia flutuar. Não pesava, não doía, era tão gostoso quanto tomar um sol na varanda em pleno domingo.

— Você vai ficar me secando ou vai sair da limusine? — Ela ergueu as duas sobrancelhas, corando um pouco.

— Você tá tão linda, porra. Tão linda — sussurrei e inspirei fundo. — Então, já que preciso sair primeiro, eu vou. Vamos deixar os fotógrafos conhecerem a beldade dessa première.

— A Roxanne? — Carter gentilmente indagou.

— Não, cara. Eu tô falando de mim, é claro.

Nós saímos do carro nesse clima, rindo. Eu saí primeiro, sob flashes que não me deixavam enxergar um palmo à frente. Virei-me de costas para os fotógrafos, me sentindo em uma premiação foda como Grammy Awards ou Oscar, qualquer porra parecida. Estendi a mão para a Querubim, seus dedos gelados tocaram a minha palma e ela sorriu para mim.

— Te peguei — movi os lábios, sem emitir som.

Ajudei-a a sair do carro, colocando-a ao meu lado. Minha mão foi para a sua cintura. Roxy de salto alto quinze centímetros era pra acabar comigo, porra. Ela suspirou fundo quando viu toda a multidão, e eu segurei em sua cintura, guiando-a para a frente, pisando no tapete vermelho. Paramos na frente de um painel com os logotipos das produtoras do filme, o painel branco, em contraste com o vestido elegante da Roxy e o meu smoking. Éramos uma pintura, cara. Eu sabia. Estávamos lindos naquela porra de lugar. E eu sentia o quanto as pessoas estavam ansiosas para ver a The M's em uma première pela primeira vez.

— Shane! Shane! Shane! — disseram freneticamente. — Roxanne!

— Olhem para cá!

— Para mim, olhem para mim!

Ser famoso. Ser uma figura pública. Eu não entendia o que era nada disso, até estar nesse mundo. Eu achava que o meu irmão exagerava quando dizia que era algo foda de lidar, mas não era mentira. As pessoas ficam atrás de você como se quisessem arrancar um pedaço seu. Hoje pela manhã eu estava curtindo a preguiça com a minha namorada. E agora, estávamos aqui.

— Tão lindos! — alguém elogiou, disparando os flashes. — Olhem para cá.

— Deus, estou tão nervosa.

— Nem parece. Você é linda, feita pra tudo isso — sussurrei de modo que só Roxy escutasse. Apertei a lateral da sua cintura um pouco mais forte e a Querubim virou aqueles olhos lindos para mim, sorrindo. — A mulher mais perfeita desta noite. Relaxa e aceita.

— Shane...

— É a verdade, amor. — Beijei a ponta do seu nariz e os flashes dispararam ainda mais. Voltamos a olhar para as câmeras, e eu sorri. Dei um passo para o lado e estendi as mãos para Roxy, como se a estivesse apresentando para o mundo. As pessoas murmuraram e trabalharam com os flashes a cada milésimo de segundo, surtando. — A mulher da minha vida, senhoras e senhores — falei em alto e bom som.

— Shane! — Ela corou, rindo, e eu dei um passo para o lado, apenas para beijá-la rapidamente nos lábios. Seu sabor era a melhor coisa, cara.

— Vamos entrar.

— Obrigado! — eles disseram, e vi Zane e Kizzie entrando atrás de mim.

Meu irmão abriu um sorriso quando me viu e eu pisquei para ele, entrando para o fantástico mundo de Hollywood muito bem acompanhado.

Querubim

Roxy

— O filme é incrível! — Prendi a respiração quando os créditos finais subiram. Era uma história de amor. Dramática, intensa, poética. Sobre melhores amigos, o destino e a vida. Eu nunca pensei que poderia me envolver emocionalmente com um filme dessa forma, porque, além das lágrimas escorrendo dos meus olhos, eu pude sentir o meu coração completo de alguma maneira.

— Nossa, eu não consigo parar de chorar. — Erin riu, tímida, secando as lágrimas no lenço que o Carter ofereceu a ela.

— Foi tão bonito. — Lua suspirou, chorando também.

— Nossa, será um concorrente ao próximo Oscar? — Kizzie fungou.

— Não sei — Yan opinou. — Depende da Academia.

— Merecia — Carter apontou.

— Porra, que baita filme bom do caralho. — Shane soltou o fôlego de uma vez.

— É exatamente o tipo de elogio que eu ia fazer. — Zane riu.

Eu ainda conseguia sentir o meu coração acelerado. Vi os protagonistas sentados na frente, na primeira fila. Havia tantas pessoas famosas ali, tantas celebridades icônicas. Pude sentir a insegurança dos meninos a respeito de estarem aos pés daquele público, naquele lugar, mas eles eram... a The M's. A banda mais ouvida da atualidade, os garotos mais desejados do universo. Eles eram tão mais.

— Vamos para a festa agora? — Zane perguntou, se levantando. — Cara, eu tô morrendo de fome.

— Quando chegarmos à festa, que acontece além dessa sala de cinema, preciso que vocês cumprimentem os atores principais, o diretor, o produtor... e especialmente o homem que pediu especificamente a música para Shaxy.

— As pessoas já sabem que somos Shaxy? — indaguei, incerta.

— Todas que estão aqui, possivelmente, sim. Mas não é algo que vazou para a mídia. Fica tranquila. — Kizzie sorriu para me confortar e se levantou com todos, mas fiquei um tempo ali na poltrona vermelha, processando o filme, os flashes dos paparazzi...

O glamour de me envolver com quem Shane era agora.

— Você tá surtando? — ele questionou.

— Eu não tô surtando.

— O que é essa cara de pânico, linda? — Shane sondou. — Eu posso sentir o quanto você quer sair correndo daqui.

— Não quero correr, mas não consigo me levantar. A fama pode ser tão opressora. E não tem nada a ver comigo, mas com você. Você é um rockstar mundialmente famoso. E eu tento aceitar isso todos os dias, mas ainda é louco.

— Louco de um jeito ruim?

Encarei seus olhos destoantes.

— De um jeito bom, mas assustador. Eu adoro que você seja reconhecido pelo que ama. — Toquei seu rosto, sentindo a maciez da sua bochecha. Shane tinha tirado a barba completamente. — E eu estou tão orgulhosa de você, meu amor. Mas ainda é tão estranho sermos pessoas normais em algumas horas e, depois, limusines e flashes.

— Pessoas famosas são normais. Elas comem, dormem, transam... — Seus olhos se estreitaram para mim, e ele reprimiu uma risada quando arregalei os olhos. — Você vai ter que se acostumar com isso, Querubim. Quando lançar a Rosé, e estou confiante de que você vai ser tão famosa quanto eu. Já pensou nessa possibilidade?

Voltei minha atenção para os seus olhos, que estavam fixos nos meus.

— Não?

— Pois é. Você pode aparecer em capas de revista de moda, você pode... ser a nova marca mundial mais falada do universo fashion. Enfim, você pode voar tão alto, amor. Tem que se acostumar com isso.

— Deus, eu não estou pronta. Mas estou, se tiver que ser. Entende o sentimento?

Os olhos de Shane estavam tão ternos para mim. Tão afetuosos. Eu senti o carinho dele só pela maneira que me observava. Dançando lentamente pela curva da maçã do meu rosto, o meu queixo, a ponta do nariz, o arco suave das minhas sobrancelhas. Então, um sorriso. Um sorriso que começava com o canto direito da boca, depois esquerdo.

— Eu entendo o sentimento. — Shane se aproximou. Sua mão tocou a lateral do meu rosto, o polegar na bochecha. — Porque eu me sinto assim também. Porra, é meio assustador pra mim, Querubim. Ainda é difícil acreditar que fomos tão longe. Mas aí eu olho para você. E em você, eu me vejo. Esse medo todo é nosso. Mas precisamos nos acostumar, porque eu não vou a lugar algum.

— Vou ter que fazer o sacrifício de passar o resto da vida com um rockstar?

A risada dele foi contagiante. Rouca, cabeça jogada para trás, tão leve e feliz que meu sorriso se alargou. Quando voltou a me encarar, seu olhar estava ainda mais estreito, intenso e perigoso.

— Vai passar o resto da sua vida sentando num astro do rock. Tá tudo bem pra você?

— Tá tudo ótimo!

— Vamos para a festa? — perguntou, seu hálito se misturando ao meu quando Shane aproximou seu rosto.

Umedeci os lábios.

— Não antes de você me dar um beijo. Breve, rápido, sem que...

Praticamente sozinhos na sala de cinema, seus lábios cobriram os meus, fazendo o meu coração acelerar como um carro de Formula 1. Senti o sangue correr nas minhas veias bem para o ponto em que Shane estava me tocando com a boca, meus lábios suavemente se abrindo para ele quando pediu espaço com a língua. Ele só rodou duas vezes o contato, devagar, como se tivéssemos todo o tempo do mundo. Nos afastamos com um suspiro.

— Vem, amor. — Ele se levantou, segurando a minha mão.

Olhei para os nossos dedos entrelaçados enquanto andávamos e sorri apenas pelo prazer de ter Shane D'Auvray na minha vida.

Shane

— Não, graças a Deus ele não tá aqui. — Zane olhou ao redor, preocupado. — Ah, se ele viesse...

— Deus! — Kizzie quase gritou, mas se conteve. — Chuck Ryder!

— Não vai lá não, Marrentinha. Puta que pariu! Você com esse cara é um caso sério, hein?

— Sem palavrões aqui! — Kizzie se conteve. — Ah, ele está acompanhado. Deixa assim.

— Se ele estivesse sozinho, você ia se aproximar? — Zane subiu um tom.

— Graças a Deus eu não sou ciumento. — Me recostei confortavelmente na cadeira, bebendo o refrigerante.

— Que mentira! — Zane, Carter e Yan disseram juntos.

— O quê? Não sou não! — me defendi, enquanto as meninas riam da minha cara.

— Até agora não teve motivos para você ter ciúmes da Roxy. Vocês estão há pouco tempo juntos. Espera aparecer um cara interessado... — Erin ergueu as sobrancelhas sugestivamente.

— Cara *interessado*? — Me sentei mais ereto. — Como assim?

— Você acha que as pessoas não flertam com quem está comprometido, Shane? — Lua continuou por Erin. — Olha, eu recebo várias cantadas.

— É verdade. — Yan deu de ombros, como se já estivesse acostumado.

— De que porra vocês estão falando?

— Sem palavrões — Kizzie repetiu.

— Desculpa, cunhada. Vou me comportar.

— A Marrentinha recebe também. Tem uns caras que dão em cima dela. — Zane bufou, puto da vida. — Já tive que dar vários cortes.

— Erin a mesma coisa — Carter falou, o maxilar rígido. — É tenso.

— Se isso acontecer, talvez eu perca a cabeça. — Senti meu sangue circular depressa. Só de imaginar um cara tocando na Querubim, dando em cima dela. *Cacete, eu morro? Será?*

— Não vai perder — Roxy garantiu, sentando ao meu lado. Estava com uma taça de suco na mão, sorrindo. — Porque você confia em mim. E eu não tenho olhos para ninguém, Shane. Passei toda a minha vida amando você. Não tem razão para sentir ciúmes mesmo se o Chuck Ryder, por exemplo, viesse me seduzir.

Um sorriso confiante se abriu na minha boca. Passei o braço em torno dos ombros da Querubim, sem conseguir parar de sorrir.

— É porque eu sou o homem mais gostoso, mais lindo, mais perfeito... que já existiu. Realmente, quem compete comigo? Eu vou me comportar. Vou ser um gostoso comportado, prometo — sussurrei.

Ela riu e me deu um tapa na barriga. Puxei seu lóbulo com os dentes, mordiscando sua orelha e provocando-a antes de voltar meus olhos para Zane.

Seu corpo estava tenso, a mão fechada em punho, como se não soubesse se precisaria usá-la. Zane se levantou em um rompante, inseguro, inspirando fundo, como se...

Caralho, tinha alguma coisa errada.

Desviei o olhar para onde meu irmão mais velho estava fixamente encarando.

A princípio, levou um tempo para o meu cérebro processar. O homem que estava parado na frente do meu irmão era familiar para mim e todo o meu passado voltou como um filme em uma velocidade rápida demais. Os cabelos loiros e grisalhos. O rosto bondoso e o semblante de um cara que tinha passado por um inferno.

Eu jamais iria me esquecer.

A porra do meu cérebro congelou na última coisa que ele me falou.

"Você tem um futuro inteiro pela frente, Shane. Por favor, vá embora."

— Sr. Goodman! — Kizzie se levantou, sorrindo, e apertou a mão do homem com firmeza. — Eu peço perdão, não consegui levá-los até você. Não encontrei o senhor durante a première.

— Está tudo bem, Keziah. Eu já tinha visto vocês, mas precisei de um momento ou dois para ter coragem de me aproximar.

— Sério? Por quê? — Kizzie perguntou, confusa por um segundo.

— Porque eu conheço o Shane. — Ele fez uma pausa e sorriu. — Oi, filho.

O padrasto da Melinda.

Me levantei devagar, incerto se teria forças nas pernas para me manter de pé. Porra, como ele estava aqui? Como ele estava numa première e nos Estados Unidos?

— Tá tudo certo, Zane — garanti para o meu irmão, batendo duas vezes no seu ombro. — Olá, Sr. Goodman. Quanto tempo. Tudo bem?

— Eu... — Ele fez uma pausa, a emoção colorindo seus olhos. Senti Roxy ao meu lado. Ela conheceu o padrasto da Melinda, mas o viu apenas uma vez. Não estava certo se ela sabia quem era o cara. — Você cresceu bastante desde os seus dezoito anos. Nem passou tanto tempo, mas, ainda assim, caramba, você já é um homem.

— O que está acontecendo? — Ouvi a voz baixinha de Kizzie para Zane e, em seguida, o meu irmão explicando quem ele era.

— Desculpe, o senhor nunca mais me mandou mensagens desde que tudo aconteceu. — Engoli em seco.

Esse passado sombrio não me atordoava mais. A morte da Melinda já não pesava nos meus ombros como se eu carregasse toneladas. Porra, por mais que isso fosse verdade, era difícil ver o Sr. Goodman na minha frente.

No susto, caralho.

— Eu precisei me distanciar para que você entendesse o seu lugar no mundo. — Ele observou a mim e a Roxanne. Um sorriso maior se abriu em sua boca, enquanto seus olhos brilhavam de um jeito emocionado pra cacete. — Você conseguiu, Shane.

— É, acho que sim. Nós conseguimos, certo?

O Sr. Goodman deu um passo à frente. E quando fez isso, Kizzie se interpôs. Eu senti a proteção da minha cunhada, o que foi uma surpresa. Zane era o tipo do cara impulsivo que se metia na frente das coisas e gritava sem ter razão. Kizzie, no entanto, pareceu controlada, embora sua respiração estivesse acelerada.

— Desculpe, mas, o senhor conversou comigo por meses. Enviou um e-mail para a minha equipe solicitando Shane e Roxanne como compositores da trilha sonora do filme que o senhor criou...

Porra. O quê? O quê? O quê?

— E então descubro que tem a ver com o passado do Shane. Estou um pouco confusa agora. — Ela fez uma pausa. — Pode se explicar?

— Ah, claro. Sim, eu sou o criador do filme e solicitei a trilha sonora feita por Shane e Roxanne desde o sucesso da The M's com o CD composto pelos dois. Peço desculpas se soei um pouco estranho, mas eu acompanhei o Shane à distância. — O Sr. Goodman fez uma pausa, os olhos desviando para mim. — Eu não quis ser invasivo e pedir diretamente. Sei que você ficaria tenso. E também não sabia como estava em relação a Melinda. Se já era algo superado, se ainda te machucava. Eu não quis atropelar o seu processo de cura. Te convidei para compor a música porque acredito em você. Aliás, eu sabia que você chegaria longe. Isso nunca foi uma dúvida para mim.

— Sente-se, Sr. Goodman. — Carter ofereceu seu lugar. Nós dois nos sentamos lado a lado.

Eu parei um tempo para observá-lo. Parecia exausto, mesmo com uma roupa caríssima e a porra do mundo aos pés dele.

— Eu te convidei para compor junto a Roxanne, mas, primeiro... oi, querida. — Ele olhou para a Roxy, dando um sorriso acolhedor e, então, me observou. — Sim, eu convidei vocês dois porque, como eu disse, sabia que você ia longe, filho. Eu sabia que o que a Melinda fez não foi saudável. Eu queria que você se curasse. Cheguei a enviar uma mensagem para o seu pai perguntando se você estava fazendo algum tratamento psicológico e acompanhamento na época. Ele disse que sim, mas que estava preocupado com você. Eu torci, mesmo de longe, para que você superasse o passado. Deus, estou orgulhoso.

— Sr. Goodman. — Fiquei sem saber o que dizer.

De todas as pessoas do mundo que eu pensei que um dia fariam algo para o meu bem... O Sr. Goodman, porra, ele me salvou anos atrás, no Dia D. Mas eu jamais ia esperar que o cara ainda me acompanhasse, que ele torcesse na real pelo meu sucesso. Eu pude ver a sinceridade na sua expressão, a felicidade e tal. Ele me convidou para fazer a trilha sonora com a Roxanne. O filme era do cara!

— Estou feliz por te ver bem, saudável e com um amor cálido, tranquilo e intenso na medida certa. Obrigado por fazer a trilha sonora para o filme, Shane. Será um sucesso. Te desejo tudo de melhor, sabe disso. Mande um abraço para o seu pai, por favor. — Ele se levantou, mas eu contive o movimento, porque tinha algo a dizer.

— Até não muito tempo atrás, eu nem falava o nome dela, porque doía como o inferno. — Senti a ansiedade correr nas minhas veias. Eu tomei os remédios, todos os dias, no horário certo, e obedecia à orientação da Anabelle e da psiquiatra à risca. Mas, porra, ver o Sr. Goodman elevava o patamar da coisa. — Estou na terapia e isso tem me ajudado. As drogas não fazem mais parte da minha vida e vou continuar assim até o futuro. Sabe, Sr. Goodman, amanhã vou fazer vinte e três anos, e Melinda não pesa mais na minha consciência. Foi uma batalha interna. E, sendo sincero, achei que não ia conseguir. Acreditei que não merecia ser amado, que não deveria entrar em um relacionamento. Estava traumatizado o suficiente, mas então dei uma chance para o amor. Hoje, eu tô me sentindo feliz, realizado, tô batalhando duro pelos meus sonhos. E grande parte disso se deve ao fato de que, naquele dia, o senhor me pediu para ir embora. Talvez meu destino tivesse sido outro. Obrigado por isso. Eu devo muito a você.

O Sr. Goodman balançou a cabeça em negativa.

— Nós somos os responsáveis por nossas escolhas e pelas consequências delas. Quando agimos com o emocional, nem sempre conseguimos ter clareza para ver o futuro. Eu sempre soube que você cresceria, Shane. Não porque foi uma intuição. Mas sim porque você saiu da sua vida perfeita só para tentar salvar alguém, que era a minha filha de consideração. Somente o fato de você ter aguentado tudo o que aguentou e não por si mesmo, mas por ela, diz muito sobre o seu caráter, mais do que imagina. Foi por isso que te mandei ir naquele dia. Porque você era bom demais para se perder como ela.

Cacete.

Senti uma emoção tão forte esmagar a minha garganta. Pude sentir os olhos de todos os caras e as meninas em mim. Eu sabia que estava todo mundo acompanhando a conversa. Era o ponto final que eu tanto precisava, sem que eu tivesse planejado ou pedido.

— Obrigado, Sr. Goodman.

O homem se aproximou de mim e me abraçou como um pai faria. Senti a sua relutância em me afastar, quase como se eu trouxesse um pouco da memória da Melinda para ele.

— Eu sei que pode ser difícil às vezes — falei quando nos encaramos. — Sei que tem dias mais difíceis que outros. Mas é importante acreditarmos que os dias bons estão chegando. Eles chegam. Olhe só para nós.

O Sr. Goodman riu.

— É, eles chegam sim. — Quando ele deu um passo para trás, vi que estava sem a aliança na mão esquerda. Quase como se ele entendesse a pergunta nos meus olhos, sua expressão se tornou nostálgica. — A mãe da Melinda faleceu um ano após a morte da filha, devido a um AVC. Ela não era mais ela mesma. A doença havia progredido. Eu sofri duas perdas em um curto período de tempo. Então, saí do meu trabalho, peguei o meu dinheiro todo e investi em um sonho antigo: fazer filmes. Acho interessante que, nas horas mais trágicas, encontramos razões para lutarmos pelos nossos sonhos.

— É, eu também estava perdido quando os caras me ofereceram a The M's...

O Sr. Goodman voltou a se sentar conosco. Dividimos umas bebidas sem álcool e conversamos sobre a vida. No final, prometi a ele que não perderíamos contato mais. Porra, passamos por uma coisa tão foda juntos. E eu sabia que ele tinha criado um carinho por mim, como um filho, sem precisar de muito.

Existem elos que a gente cria que nenhuma pessoa consegue explicar. Não é pelo sangue, nem por amizade, mas por circunstâncias. Eu me peguei torcendo para que o Sr. Goodman encontrasse uma pessoa que o fizesse feliz, que ele vivesse um relacionamento leve como eu tinha com a Querubim.

Lancei um olhar para a minha mulher no meio daquele papo com o padrasto da Melinda.

Em seus olhos, vi toda a admiração do mundo por mim.

Ser amado independentemente do caos que você enfrentou...

Porra, não é todo mundo que tem uma chance dessas.

CAPÍTULO 17

If the world should ever stop
And you feel like getting off
Then my bags are packed
Yeah, you know I've got your back

— JP Cooper, "If The World Should Ever Stop".

SHANE

Festas de aniversário sempre foram uma coisa que eu adorava pra caralho, exceto na época mais sombria. Antes de tudo acontecer, eu ficava ansioso para virar a chavinha e ficar mais velho. Nunca tive medo da velhice, medo dos trinta, dos quarenta, dos cinquenta, dos sessenta...

É, a alegria da vida. Nem sempre valorizei a minha saúde. Muitas vezes joguei pela porra do ralo como se não valesse nada. Mas hoje, cacete, eu tinha tantos motivos para comemorar, para me orgulhar de mim mesmo. Motivos para eu falar que, a partir dos vinte e três anos, a melhor fase da minha vida ia começar.

Cara, eu tinha fé que tudo seria tão mais incrível agora. Eu tinha uma profissão foda, uma namorada que não me deixava inseguro sobre o relacionamento, pais que fariam tudo por mim, um irmão que me amava pra caralho. Amigos verdadeiros com que eu sabia que podia contar a qualquer momento. Dinheiro, sucesso... nada era tão importante quanto pessoas.

Percorri a sala do titio Carter com os olhos. Estava lotada. Todos que eu amava estavam ali. Meus pais dançavam no meio da sala, enquanto os pais de Roxanne estavam rindo no sofá, como se fossem um casal de adolescentes. Carter estava com a sua ruiva nos braços, flertando. Yan conversava com Oliver, Lua e Andrew. Meu irmão estava fazendo a sua Marrentinha rir. Mark e Cahya também estavam dançando, sem olhos para mais ninguém. Todas as pessoas que importavam para mim estavam bem. Inclusive, a mais importante de todas.

— Você tá fugindo da sua própria festa? — Roxy perguntou, me abraçando por trás.

— Tô só admirando a vista.

Roxy tirou os braços de mim, veio para o meu lado e ficou alguns segundos observando as pessoas, a alegria e a música.

— É uma linda vista.

— Só não é melhor que você. — Puxei-a na minha frente, prendendo-a contra a bancada da cozinha americana.

Ergui uma sobrancelha. Porra, Roxy ainda estava com o vestido de gala e a maquiagem intacta. Seus olhos marcados por dourado, sua boca em um batom vermelho que não saía nem com meus beijos. Os cabelos presos. Caralho, eu queria tirar tudo aquilo depois.

— Eu sei que estou linda esta noite. — Ela piscou para mim, suas mãos no meu peito, sentindo meu coração acelerado na palma.

Estar apaixonado é meio perigoso pra saúde, né, porra? Coração não para. O sangue circula depressa. Você quer transar o tempo inteiro. Só pensa na pessoa. É bem louco isso tudo. Que merda. Mas é *tão*... tão bom.

— Você está linda demais. Aliás, vai passar a noite comigo?

— Sim. — Roxy subiu os olhos para os meus. Quando ela fazia isso, meu coração acelerava. — Quero passar a noite inteira amando você. Falando nisso, falta pouquíssimo para a meia-noite.

— É? — sussurrei contra os seus lábios, me contendo para não puxá-la para cima da bancada e fodê-la ali mesmo. — Eu nem vi o tempo passar.

— Ele passa voando quando estamos juntos.

— Um minuto, porra! — Zane gritou. — Parem a música, quero fazer contagem regressiva. Vem pra cá, pirralho. Para de namorar um pouco.

Rindo, Roxy me puxou e me tirou da cozinha. Fomos para o meio da sala, Carter ligou a TV imensa com os números decaindo até chegarem a zero. Meu aniversário era próximo a datas comemorativas. Ação de Graças, depois o Natal e o Ano-Novo. Eu estava ansioso por essa nova fase. Ansioso para as comemorações também. Querendo viver com a minha família, namorada e amigos tudo o que eu raramente aproveitava.

— Dez, nove... — todo mundo começou a dizer junto. Senti um arrepio cobrir a minha espinha.

Roxy segurou meus dedos com força, os olhos de todos em mim enquanto o sorriso não saía da minha boca. Ser amado de verdade é um sentimento constrangedor e incrivelmente foda.

— Seis, cinco, quatro...

— Porra, vocês são... — sussurrei.

— Três, dois...

— Um! — Roxy gritou e pulou nos meus braços.

— Feliz aniversário, Shane! — todos desejaram juntos. Ouvi o som de um champanhe estourando e...

Roxy me beijou, de modo que colasse a boca na minha por um segundo, como se sempre desejasse fazer isso depois de uma contagem regressiva. *Porra, mulher.* Querubim sussurrou no meu ouvido que me amava e que sempre me faria feliz. Eu não duvidava. Então, meu irmão me abraçou, assim como meus pais, fui sentindo abraços, beijos e felicitação de todos, enquanto Yan estourava um champanhe sem álcool.

O baterista da The M's veio quando todos já tinham me apertado o suficiente, com sua pose de mentor e a porra toda, me garantindo que éramos uma família e que sempre estaríamos ali um pelo outro.

Assoprei as velas e fiz um pedido muito especial. Comemos bolo e recebi vários presentes, mas nada se comparava à presença daquelas pessoas ao meu redor. Nenhum aniversário havia sido tão feliz quanto aquele. Porque estávamos em paz, estávamos bem e nada arrancaria de nós essa satisfação.

Viver é do caralho!

Roxy

Shane era o caçula da The M's, portanto, o mais mimado. Ele sempre recebia muita atenção, mas hoje foi demais, e olha que acompanhei todos os seus aniversários. *Aquele* teve uma energia diferente.

Depois das felicitações e presentes, nos sentamos para combinarmos as festividades de fim de ano. Durante a conversa, suas mãos dançavam na minha perna, seu toque me arrepiava e me tornava cada segundo mais consciente da sua presença. Ele me lançava olhares de quem tinha tudo nas mãos, de quem *me* tinha nas mãos.

E eu adorava isso.

Simplesmente porque Shane estava aprendendo muitos truques a respeito de se relacionar.

Ele me ligava toda vez que saía. E não me pressionava para vê-lo sempre, respeitando o meu espaço para me dedicar à criação da Rosé. Ele também cedeu dois funcionários da equipe da The M's para me ajudarem a construir o site e o Instagram da minha empresa. Além disso, Shane sabia ser o meu melhor amigo e amante. Ele me entendia como ninguém mais. E se eu tive medo de que um relacionamento sério com ele pudesse atrapalhar os meus planos profissionais, estava completamente errada. Shane estava me ajudando e torcendo por mim como um verdadeiro fã. Eu era a sua rockstar. E talvez essa fosse a verdadeira beleza do nosso relacionamento. Admiração, paixão, amizade e entrega.

Não éramos apenas *algum-relacionamento-aleatório*, éramos tudo.

Depois de ficarmos até três da manhã conversando na casa do Carter, Cahya estava com sono por causa da gravidez e Mark a levou para casa. Aos poucos, todo mundo foi indo embora. E eu e Shane fizemos o mesmo. Enquanto estávamos indo para o seu andar, eu me peguei pensando no quanto aquela noite tinha sido especial.

O Sr. Goodman, um homem que havia ajudado Shane, nos contratou para fazermos a trilha sonora do seu filme. Eu sabia que Shane não estava abordando o assunto porque ainda estava processando tudo, mas também entendia que para ele era um passo imenso além do ponto final. É como o epílogo de um livro, a conclusão perfeita para aquilo que você sabe que já chegou ao fim. O Sr. Goodman era um homem gentil, caridoso, amável. Eu desejava toda a felicidade do mundo para ele, e que a vida pudesse retribuir todas as coisas que ele fez para Shane.

— Você tem duas opções, Tigrão — eu disse, assim que as portas do elevador se abriram. Shane foi entrando e Snow acordou em um pulo, fazendo festa quando nos viu chegar.

Shane se abaixou para acariciar os pelos do Snow e me lançou um olhar sobre o ombro.

— Quais opções?

— Hoje é o seu aniversário. Quer fazer uma viagem?

— É? Me fala mais sobre isso. — A voz dele desceu um tom.

— Não sei. Pensei em irmos para Vegas, passear por alguns cassinos... Você ia amar a energia. O que acha? — Sorri, porque eu sabia que ele realmente ia adorar isso.

Shane se levantou e Snow o seguiu, mas eu não consegui olhar para o nosso bebê. Toda a minha atenção estava no meu namorado, vestido naquele smoking impecável de uma marca muito conhecida. Ele já tinha se livrado da gravata borboleta, mas ainda estava com a camisa social, o colete, o paletó e a calça. Em branco e preto, naquela formalidade, Shane parecia mais homem. Como se ele tivesse saltado das calças rasgadas para a vida adulta em um pulo. Seu cabelo desalinhado e a gravata ausente eram os únicos traços que me remetiam a quem Shane era por trás daquilo tudo.

— Por que está me olhando assim? — perguntei, o fôlego desaparecendo quando Shane começou a caminhar na minha direção.

Senti a mudança no ar. Shane estava ponderando sobre o que ia dizer, escolhendo as palavras certas na sua cabeça, enquanto aquele olhar oblíquo me queimava viva.

— Eu ia adorar pra caralho ir para Vegas, apostar pra caramba. Ia adorar dançar nas baladas.

— Gostou da ideia?

— Sobre isso... — ele murmurou, estreitando os olhos. Shane estendeu a mão para mim quando chegou perto o bastante, sem abrir um sorriso, apenas com o brilho em seus olhos. Toquei na sua palma com a ponta dos meus dedos, e Shane deu um aperto suave nos meus dedos. — Acordei ao lado da minha mulher, que estava beijando cada parte do meu corpo. Então recebi um presente foda, um pendrive com todo o meu passado e o dela, que nem tivemos tempo de assistir. Fomos a uma première, e eu me senti ainda mais apaixonado. No meu apartamento, eu tenho pantufas de unicórnio, escova de dente cor-de-rosa e até a porra de uma almofada que solta glitter no meu sofá. — Shane respirou fundo. — É o meu primeiro aniversário podendo te amar, Roxanne. E tudo o que eu quero, pode ser egoísta pra caralho, mas é você. Não preciso viajar pra um lugar incrível, só preciso de você comigo.

— Ah, Shane. Você tá com corações nos olhos por minha causa! — Sorri, sentindo a vaidade feminina me preencher. — Repete tudo o que você disse. Não precisa de nada mais nessa vida, só a mim... Como eu sou maravilhosa!

— Você vai mesmo me imitar? — Ele riu, me puxando para os seus braços.

— Eu gosto de tudo em você, até a sua autoestima de quase dois metros de altura.

— Porra, meu pau não chega a tudo isso, não...

— Sua *altura*, Shane!

Um temporal começou a bater nas janelas, embalando uma trilha sonora que eu sabia que acabaria comigo. O cheiro da terra molhada se misturou ao perfume do meu homem, me inebriando no segundo em que Shane soltou uma risada antes de colar seus lábios nos meus.

Ah, era tão macio, quente e eterno. O beijo do Shane começava com um espaçar de lábios, moldando a minha boca para receber a dele, o piercing do canto do lábio implorando por fricção, enquanto seu corpo se aproximava a ponto de eu não sentir mais nada além dele. Os músculos rijos, a temperatura abrasiva, e a sua língua... pedindo espaço. Gemi no meio daquilo, perdida na sensação de ter Shane D'Auvray. Era ele ali comigo. Em mim. Em cada parte. E quando sua língua rodava o contorno da minha, me explorando e pedindo mais daquilo, eu me sentia a mulher mais poderosa do mundo. Shane levou suas mãos até a minha cintura, apertando o vestido como se quisesse arrancá-lo e, então, quebrou lentamente o beijo.

— Preciso arrancar essa porra de roupa e tomar um banho — Shane me avisou, a voz rouca e grave, antes de se afastar e começar a desabotoar a camisa.

— Você vai sozinho para o banho? — Senti meu coração acelerar.

Shane parou o movimento das mãos.

— Eu não deveria, né? — Então, seus dedos voltaram a abrir os botões. A mudança no ar, a sensação que Shane me causava no meio das pernas, começou a se tornar mais palpável e quente. Eu ainda sentia a sua língua rodeando a minha, como se o nosso beijo não tivesse sido interrompido. — Eu deveria chamar a minha namorada para ir comigo. E deveria vê-la tirando a roupa pra mim do mesmo jeito que eu tô fazendo pra ela. Porra, me diz, Roxanne. A lingerie combina com o vermelho desse vestido? Ou você tá nua por baixo de tudo?

Eu adorava o jeito que ele falava comigo, como se deixasse tão claro o seu tesão por mim. Arrepios começaram a dançar na minha pele quando o último botão da camisa do Shane se abriu. Me deparei com o tórax trincado, as tatuagens sexy que eu queria lamber. Levei minhas mãos para a lateral do vestido, sentindo o zíper na ponta dos dedos enquanto não conseguia desviar a atenção de Shane. Pude ver o seu sexo, largo e grosso, já completamente pronto, lutando contra a calça.

Puxei o zíper.

E deixei o vestido cair aos meus pés.

Eu tinha comprado um conjunto de lingerie vermelha no exato tom do vestido. A calcinha de renda, tão sexy que cabia perfeitamente nos meus quadris, conectava a cinta-liga à meia-calça no mesmo tom. Acima, vinha um corpete vermelho de renda, semitransparente, que unia meus seios pequenos e os tornavam mais volumosos. Eu levei muito tempo para escolher a lingerie perfeita para o aniversário do Shane e valeu cada segundo porque, seus olhos... desceram arranhando a minha pele como se quisessem me marcar.

Shane entreabriu os lábios, precisando encontrar ar para respirar. Eu vi tudo em câmera lenta, até ser engolida por uma avalanche. Suas mãos me tomaram e me ergueram pela bunda, no mesmo segundo em que minhas pernas envolveram sua cintura. Ele me beijou com desespero, nos levando para o banheiro, mordendo meu lábio inferior e dançando a ponta da língua na borda dos meus lábios, com pressa, antes de mergulhá-la fundo.

— Porra, Roxanne — Shane sussurrou, arrastando as coisas de cima da bancada do banheiro e me sentando na pedra de mármore. O frio fez meu clitóris parecer ainda mais quente e duro do que já estava, o choque inchando os lábios como se pulsasse um coração ali. — Quero arrancar essa porra toda e te chupar até você tremer na minha boca e encher minha língua do seu tesão. Te foder no chuveiro e dizer que te amo enquanto faço isso.

— Sha...

Ele não me deixou completar seu nome, sua boca cobriu a minha com ainda mais avidez, suas mãos em todos os lugares. Shane me trouxe para si, minhas pernas envolvendo sua cintura, seus dedos apertando as laterais do meu quadril, me moendo. De forma instintiva, comecei a rebolar, sua língua mais profundamente dentro da minha boca, exatamente como ele fazia quando me chupava. Gemi naquele beijo caloroso e molhado, seu piercing brincando comigo, seus dedos ficando mais apertados contra a minha pele. Shane levou uma das mãos até as minhas costas, descendo com a ponta dos dedos pela linha da minha coluna, sem parar de me beijar.

Seus dedos foram para a lateral da minha calcinha. Sua boca saiu da minha e Shane sugou o meu pescoço, me marcando.

— O que a gente faz com o embrulho do presente? — sussurrou contra a minha pele.

— Ah... Ras-gamos.

Escutei o som do tecido sendo partido e, em um segundo, ergui os meus quadris para me livrar do que sobrou da calcinha. Shane passou a boca da minha orelha até a linha do maxilar e eu abri os olhos, encontrando os seus cerrados. Em seguida, Shane os abriu e se afastou de mim em uma meia passada trôpega, como se estivesse tonto para se manter em pé. Ainda o sentia, estávamos perto, mas não colados. Shane alcançou a parte de trás do corpete, abrindo fecho a fecho, até a peça se render e cair no chão.

— Seus peitos pediam liberdade, amor — sussurrou na minha orelha. — Eu preciso ver você. — Sua voz caminhou pela minha pele, ao mesmo tempo em que as pontas dos seus dedos dançaram pela minha costela, suas mãos agarrando os meus seios e os massageando a ponto de me fazer arfar. Os polegares ásperos circularam os bicos durinhos por ele, e Shane riu rouco contra alguma parte da minha clavícula. — Preciso sentir você. Preciso sentir você na palma da minha mão. Isso, rebola, esfrega essa boceta no mármore e fica molhada pra mim.

Deus, Shane.

Uma das suas mãos desceu, e sua boca sugou um dos meus mamilos, chupando-o para dentro dos seus lábios. Shane e eu gememos assim que espacei as pernas e recebi dois dedos no meu calor enquanto ele me sugava. Pude sentir os músculos da minha vagina pulsando ao redor dos seus dedos, o meu calor molhado o recebendo tão bem. O clitóris pulsou, a nossa eletricidade transformando meu sangue em correntes de energia.

— Você tá tão molhada pra mim, caralho. — Os dedos de Shane foram e voltaram. Agarrei seus ombros, tremendo como se fosse gozar a qualquer segundo. Seus olhos perigosos desceram por mim, onde me tocava. — Continue enquanto tiro essa porra de roupa e ligo o chuveiro.

— Antes... — implorei. — Antes de irmos para o chuveiro, realiza a minha fantasia da ligação que fizemos. Transa comigo aqui, Shane. Por favor.

Ele entreabriu os lábios, as mãos congeladas no botão da calça.

— A ligação... — Os olhos de Shane desceram por mim enquanto minhas mãos desciam também. Coloquei um pé em cada lado da bancada, tremendo ao ficar tão exposta. Os olhos de Shane brilharam, e eu senti o meu prazer convulsionar bem onde meu namorado me encarava. Circulei o clitóris e quase fechei os olhos, mas não pude. Shane estava na minha frente. — Porra, sim. A gente estava com uma regra de não trepar e foder tudo.

Sorri e gemi ao mesmo tempo.

— É...

Shane, antes de tirar suas roupas, se aproximou e lentamente me livrou do que restava da lingerie. Meias e cintas-ligas voaram pelos ares. Em seguida, desceu sua calça rapidamente, a cueca boxer indo junto e fazendo a ereção saltar quando ficou livre. O meu corpo tremeu ao ver aquele homem nu. Ele era uma visão. A ereção dura, as veias desenhando em volta do pau, o pré-gozo bem na cabeça, úmido de vontade. Shane chutou a calça com os pés e eu pude me tocar vendo-o nu. Era a minha fantasia. Vê-lo sem roupas, vê-lo excitado, louco por mim.

Imaginar que eu teria isso pelo resto dos meus dias...

Então Shane levou a mão ao membro, manuseando-o para cima e para baixo, sem se afetar. O músculo do maxilar tensionou e ele jogou a cabeça para a direita, espaçando os lábios, enquanto me olhava circulando o clitóris.

— Não posso aguentar...

— Vem, amor — pedi para ele.

Não precisei dizer duas vezes. Sua mão agarrou o meu cabelo preso, soltando o penteado. Ele envolveu os fios nos seus dedos, circulando até que estivessem completamente presos em seu punho e inclinou a minha cabeça para trás. Shane me beijou desenfreado. A língua fora da boca, me engolindo como se pudesse me tomar por inteiro. Eu senti a sua posse naquele beijo, até que sua glande raspasse nos lábios e me pedisse o encaixe. Ah, Deus. Eu tinha transado com Shane pela manhã, mas nunca seria suficiente. Nunca seria, estando apaixonada por aquele homem.

— Eu tô prestes a foder você até que os nossos ossos derretam. Eu tô pronto para entrar em você e te fazer gozar loucamente, amor. Nossa, preciso tanto do seu corpo. Preciso tanto de você. — Ele fez uma pausa. — Sabe qual foi o meu desejo quando soprei as velas? — Sua mão se encaixou na base da minha nuca, Shane buscando meu olhar como se precisasse que eu o encarasse.

— Qual?

— Eu pedi que possamos viver o resto das nossas vidas juntos. Como melhores amigos, amantes e eternos namorados. Pedi também alguns bebês com a nossa cara e você dizendo sim para mim quando o momento chegar...

— Sim? Sim para quê?

— Sim... — Shane sussurrou. — Para quando eu te pedir para viver o resto dos seus dias como minha esposa.

— Shane... — A emoção sobrepôs o tesão. Na verdade, ela se uniu à vontade urgente de tê-lo. Eu resfoleguei em sua boca, fazendo-o entrar numa batida dos nossos corações. Senti meu corpo se acomodar para recebê-lo, Shane gemendo junto comigo quando nossos quadris se encontraram. Minha vagina pulsou como se nunca mais quisesse perder aquela sensação, o prazer líquido deslizando por meus lábios, lubrificando. Arfei quando senti o apadravya me tocar lá no fundo. — Você me deixa louca, sabia? Eu quero viver tudo com você, Shane. O passado, o presente e o futuro — sussurrei contra o seu pescoço.

Suas mãos vieram para a minha bunda, quase tirando-me do mármore. E ele foi mais fundo. Sem recuar o quadril, só me sentindo pulsar em torno dele, assim como o sentia pulsar em torno de mim. Pude experimentar o prazer de Shane e o meu se tornando um só e nossas bocas buscaram uma à outra.

— Eu também quero viver tudo com você. — Ele moveu o seu sexo dentro de mim, só um pouco, testando nosso encaixe. E eu tremi. — Mas, agora... — Suas mãos ficaram mais firmes em mim, e ele estocou e grunhiu.

A testa franzida, os lábios entreabertos, a respiração pesada. As veias no seu pescoço saltadas. Passei as mãos por suas tatuagens, arranhando-as, então as levei para suas costas, marcando aquele tigre que eu sabia que Shane havia feito para se lembrar que, por trás de um homem, sempre há garra, força e luta.

— O agora é o nosso melhor momento, Querubim.

Sua boca encontrou a minha e nosso beijo foi avassalador. A ponto de nos fazer tremer, de nos fazer ceder um pouco mais, a ponto de pertencermos um ao outro com a vontade de que fôssemos para sempre. Seu quadril recuou uma vez e estocou para dentro de mim, no encaixe perfeito.

Então, o bate e bate dos nossos quadris começou. O suor lambeu a minha pele como se quisesse me deixar mais excitada, o calor de Shane trespassou a minha pele e alcançou a minha alma. Bem no clitóris a pélvis de Shane estava roçando, então seu pau grande e grosso me desmontando, tocando cada terminação nervosa da vagina como se nascesse para me fazer gozar. Arranhei-o com mais força, gritei seu nome e fui calada com seu beijo, gemendo de frustração porque a onda parecia tão perto que eu gozaria em um segundo. Mas aí vinham suas mãos raspando a minha pele como se me prometessem que eu poderia me entregar quando quisesse. O seu corpo como uma parede de músculos rijos me sustentava naquele sexo alucinante. A pedra de mármore sob mim ficou quente, e Shane me fez sentir tão sua que me faltou o ar.

— Eu amo você — eu disse, tonta, excitada, a um passo de gozar.

— Porra, amor. Sim, sim — Shane sibilou entre os dentes. — É amor. É tesão. É tudo o que a gente quiser ser. Vem. — Ele me pegou no colo e me colocou contra a parede, minhas pernas sem saírem do seu quadril quando afundou em mim. Suas mãos sustentaram a minha bunda, e minhas costas começaram a descer e subir pelo azulejo, enquanto Shane...

— Deus!

— Eu tô sentindo você me apertar, caralho — grunhiu. — Porra, porra! Tão molhada, tão gostosa no meu pau.

— Eu vou...

Mas não tive tempo de terminar a frase. Como um tiro do clitóris até o meu coração, a onda veio, formigando meus braços, pernas, a vagina pulsando no ritmo do meu coração. Foi um prazer que fez minhas pernas tremerem sem que eu tivesse controle, varrendo a minha visão, levando embora o senso do que era meu, o que era dele. Shane beijou a minha boca, sem parar o ritmo dos quadris, e ele travou o seu pau dentro de mim como se quisesse pegar o último resquício.

O ritmo não parou.

E eu não queria que parasse.

Shane nos levou para baixo do chuveiro.

Eu soube ali que diria sim para Shane quando ele estivesse pronto para fazer a pergunta.

Querubim

Shane

Eu a fiz gozar, mas ela estava receptiva demais para ter apenas um orgasmo. Sob a água, pude literalmente sentir a boceta da minha Querubim me apertando cada segundo mais. As lambidas de prazer percorreram meu pau e fizeram minhas bolas se retesarem. Eu estava tão duro, mas tão vulnerável, que uma palavra dela seria a minha morte, porra.

Ela é tão gostosa, pensei, enquanto a fodia com prazer, sem acelerar as coisas, sem deixá-las calmas também. Éramos como as ondas do mar, emergindo a cada centímetro, recuando quando necessário. Mas a urgência da Roxanne em me ter veio quando suas unhas afundaram nos meus ombros, me exigindo pressa.

Uma pressa que eu não entregaria.

Seus cabelos estavam molhados, a maquiagem havia saído e deixado um rastro por sua pele. Ela estava selvagem, linda, bagunçada pelo sexo. Seus peitos balançando a cada vez que eu a subia e descia no meu caralho. Ela o recebia tão bem, da glande à base, até as bolas tocaram seus lábios. E Roxy queria tudo de mim, sem que eu conseguisse medir o quanto.

Porra, eu não ia aguentar aquilo.

Contra os azulejos molhados do chuveiro, nos escorreguei lentamente até minha bunda tocar o chão. O box imenso me permitia ter espaço suficiente para virá-la do avesso ali se eu quisesse. Toquei seu rosto, meu pau dentro dela, Roxy acomodando os joelhos da melhor forma ao lado dos meus quadris.

Entreabri os lábios, o cheiro do sexo com nosso perfume aquecido pelo vapor, me fazendo tremer.

— Senta nesse caralho e quica gostoso pra mim — pedi, passando a língua no meu lábio inferior.

— Você sabe que, se eu não controlar, vou gozar em um segundo — ela disse.

O meu box possuía duas duchas. Uma na esquerda e uma na direita. O banheiro era grande o suficiente para caber uma suruba tranquila de quatro pessoas e ainda sobraria espaço. Confesso que eu o tinha adaptado justamente pensando nessa putaria; eu só não esperava que nunca fosse usar. Que o espaço que eu me preocupei tanto em ter seria apenas para nós dois. E era maravilhoso pra caralho ver Roxy à vontade comigo. À vontade a ponto de estar nua, no chão de um box com a água quente caindo em nós, tão imersa que...

Então, como se uma ideia passasse por sua cabeça, Roxanne começou a escorregar para os meus pés.

— O que tá fazendo? — perguntei. Ela começou a enrolar o cabelo solto e molhado em um nó. — Roxanne...

— Você quer que eu goze várias vezes. Eu quero que você goze comigo. Então, preciso te fazer chegar quase lá, já que estou prestes de novo. Sem conversa, amor. Eu... — Ela agarrou meu pau, segurando-o na base. Ele estava duro, molhado, o piercing prateado brilhando pela umidade de nós dois e da água do chuveiro. Roxanne lambeu os lábios como se quisesse me... — Preciso te sentir latejando na minha boca.

Ela desceu os lábios para a glande, então lambeu a pontinha, provando o meu sabor com o dela. *Porra. Porra. Porra.* Espacei as pernas o máximo que pude, Roxy se encaixando entre minhas coxas abertas. A água escorreu pela sua pele, arrepiando seus peitos, deixando-a completamente excitada. O vapor subia por nós como se estivéssemos em uma sauna. Fiquei tonto quando sua língua dançou ao redor da glande mais uma vez, para depois ela me colocar dentro da boca.

Ah, caralho.

Tensionei as coxas, os dedos dos meus pés se dobrando como se precisassem conter o gozo que eu nem sabia que estava tão perto. Não, eu não ia gozar naquela boca, por mais que a visão da Roxanne molhada no meu chuveiro fosse foda pra caralho. Sua bunda começou um vai e vem instintivo, os quadris me pedindo, enquanto ela me chupava como se soubesse exatamente o que me quebrava. E sabia. Cacete, como sabia. Desde a sucção, até a brincadeira da língua quando chegava quase à base, a mão descendo e subindo enquanto rodava em volta do meu caralho, empunhando-o no ritmo da sua boca.

Minhas bolas começaram a se encolher, me avisando que eu não ia sustentar mais daquilo.

— Cacete, amor. Você chupa meu pau com tanto gosto, toda gulosa sugando o meu… — sibilei entre os dentes quando Roxy brincou com o piercing. — Porra, amor. Porra! Espera que eu vou gozar.

— Ah, agora posso sentar nele? — ela perguntou, parando o movimento da boca, mas punhetando-o da base para cima como se quisesse me perturbar. Trinquei o maxilar, tão rendido pelo tesão que estrelas se formaram na frente dos meus olhos.

— Não. — Parei o movimento da sua mão, e Roxy não teve escolha.

Eu montei em cima dela. Ali, no chão, a água batendo nas minhas costas e respigando no vidro, azulejos, nossos corpos. Escorreguei meu corpo a ponto dos meus joelhos fincarem no chão, e coloquei as costas da Roxanne apoiadas nos azulejos. Abri suas pernas, com ela sentada na minha frente, e desci a boca para a sua boceta porque… eu precisava provar isso também e fazê-la gozar muito naquela noite.

Seu sabor.

Nosso sabor.

Cacete, cara. Eu gostava de transar, mas com a Querubim era um nível completamente fodido de bom. Fiz minha língua dançar em volta do clitóris, me dedicando a deixá-lo ainda mais duro, ainda mais pedinte. Roxanne tremeu e agarrou meus cabelos, a água dançando entre nós como se fossem mil mãos nos tocando. Arrepiado e com tesão, enfiei a língua na sua boceta e comecei a estocar. Eu podia sentir a densidade do seu prazer diferente da água, os espasmos quentes da sua boceta numa temperatura mais abrasiva que a água do banho. Ela começou a tremer quando tirei a língua e acelerei só a pontinha no seu clitóris, depois lambendo de cima a baixo dos seus lábios com o piercing da língua. Seus gemidos ficaram desconexos, suas palavras se perdendo, e no pulsar ali, eu soube que…

Não deixei que ela gozasse assim.

Deitei-a no chão e montei em cima dela. Rapidamente suas pernas circularam o meu quadril e eu entrei. E era como se, cada vez que eu me afastava da sua boceta e entrava, ficava ainda melhor. Abri bem as pernas e deixei os joelhos apontados para os lados. Com os antebraços apoiados no chão molhado me mantendo sobre Roxy, desci meu quadril de encontro ao dela, movendo a bunda para que só a pontinha do meu pau entrasse, então, ele todo. Roxy arregalou os olhos quando sentiu algo diferente dessa vez, e eu sorri porque, caralho, eu sabia como foder bem a minha mulher.

— Shane, Deus... você.... Oh, Deus.

Roxy latejou em toda a volta do meu caralho, sugando-o para dentro como se me quisesse desse jeito, tão deliciosa que travei o maxilar para não gozar. Eu queria gozar com ela, eu queria gozar dizendo que a amava. E quando suas mãos foram para a minha bunda, passeando por minhas costas, até uma delas me agarrar pela nuca, eu soube que não aguentaria mais.

Deixei meu peso cair lentamente sobre ela e acelerei as estocadas. O som dos nossos corpos contra a água e a intensidade do meu quadril batendo no dela era mais alto do que os seus gemidos. Roxy me arranhou, me tomou e me puxou para a sua boca, sussurrando contra os meus lábios que ia chegar lá, que não ia conseguir aguentar mais. Acelerei com mais força, com mais brutalidade, montando em Roxy da forma que sempre sonhei, sem ressalvas, só a sua boceta me recebendo com todo o tesão do mundo, se alargando para gozar pra mim e me ter bem fundo.

— Porra, eu te amo. Eu te amo pra caralho. Eu te amo até o fim dos tempos. Eu te amo até a eternidade, amor — sussurrei antes da minha língua entrar em sua boca no mesmo segundo que um tiro de orgasmo e prazer serpenteou por nós dois.

Gozar é bom, mas gozar com uma mulher pulsando no seu pau... é a coisa mais deliciosa que pode existir.

Cacete, ela me espremeu e me beijou como se sua vida dependesse disso. Eu senti minhas bolas se retesando, o tesão fazendo um formigamento dançar, batendo no ritmo do meu coração enquanto o gozo saía em jatos fortes. Fui sentindo o prazer se prolongar e durar o mesmo tempo que Roxanne, o que era muito para um cara, mas, a cada espasmo que Roxy deu, eu estive ali, gozando insanamente, como se não quisesse perder um segundo. Nossas línguas se perderam no ritmo do beijo, nossas respirações ofegantes porque precisávamos de ar. Eu senti a última gota do gozo no meu pau enquanto os nervos de Roxy tremiam uma última vez.

Eu não consegui me mover, por mais que eu quisesse. Não consegui falar também. Eu estava fazendo um esforço sobre-humano para não depositar quase cem quilos em cima daquela mulher tão pequena, mas o meu corpo era uma gelatina, meus ossos tinham se transformado em poeira. Senti suas mãos nos meus braços, em cada pedaço da pele sensível, enquanto eu guardava o melhor orgasmo que já tive e que já fiz uma mulher ter em alguma parte do meu coração. Ela continuou me acariciando, voltando à realidade antes de mim e, como se aquilo tudo fosse demais, lágrimas começaram a se misturar com a água do chuveiro.

Era demais, sim. Amar e ser amado era bom pra caralho.

Entre bilhões de pessoas, você encontrar aquela que faz cada segundo do seu dia valer a pena.

Eu amava Roxanne.

Não só com o meu coração, cara. Era com o meu corpo, com as minhas feridas, com o meu passado sombrio, com as cicatrizes todas. Eu a amava como nenhum outro homem pôde amá-la porque pessoas que já viveram a destruição sabem valorizar o que o amor é capaz de construir.

Ela me colou pedaço a pedaço.

Durante todos os meus vinte e três anos.

E se isso não era o suficiente, eu sabia que ela continuaria me mantendo em pé por mais vinte e três, e vinte e três, e por todo o tempo que restar até o nosso último suspiro.

— Shane, está tudo bem? — ela sussurrou. Tirou meu rosto do seu pescoço e me fez olhar para ela. — Oh, Deus. Você está chorando?

— Eu te amo demais. Acho que é isso.

— Eu também te amo demais. — Seus olhos também estavam vermelhos. Seus cabelos, ensopados. Sua expressão, radiante. Suas íris brilhavam mais do que todas as estrelas. — Eu te amei por mais de vinte anos e vou te amar vinte vezes mais, amor.

Sim, ela lia os meus pensamentos e sentimentos. Eu era o seu livro favorito porque ela me entendia como nenhuma outra mulher poderia.

— Vinte e três anos aguentando um homem chorando depois de trepar contigo vai ser dose pra caralho.

— Shane! — Ela riu e me deu um tapa no antebraço. — Nossa, você não perde a piada.

Tirei um tempo para olhá-la. Um segundo, então mais um.

— Vamos tomar um banho de verdade e assistir a nós dois pirralhos?

Ela sorriu e balançou a cabeça em concordância.

Nos levantamos, pegamos os sabonetes e começamos a dar banho um no outro. Ela lavou meus cabelos, eu lavei os seus. Esfreguei suas costas, ela esfregou as minhas. Rimos enquanto fazíamos isso, porque estar apaixonado era rir à toa de piada nenhuma.

— Quem se secar primeiro faz o chocolate quente! — Roxy disse, desligando o chuveiro em um segundo. Então, ela puxou a única toalha que tinha no banheiro e saiu correndo. — Valendo!

— Você tá trapaceando, caralho! — gritei, procurando outra toalha.

E ri quando não encontrei.

Roxy começou a dançar no meu quarto, a toalha passando por seu corpo com a velocidade do Flash. Rebolando a bunda para mim, virou de costas. Snow pulou na cama para assisti-la e começou a latir para a minha namorada como se dissesse que ela era completamente louca.

Meus olhos começaram a transformar aquela cena em um filme em câmera lenta.

Então, avançaram para o nosso possível futuro.

Eu queria ver aqueles cabelos loiros ficando grisalhos, a pele ficando enrugada, a beleza se transformando enquanto sua personalidade a manteria sempre jovem. Eu era capaz de nos imaginar na praia, deitados em cadeiras coloridas e bregas, rindo de alguma piada interna que ninguém entendia. Xingando as pessoas e achando todo mundo jovem demais para as nossas manias.

Velhos, rabugentos, piadistas, com vários netos correndo pela areia nos dizendo que éramos os melhores avós do mundo.

A verdade é que o amor não é fácil pra todo mundo, eu tenho certeza disso.

Mas quando você escolhe passar o resto da sua vida com o seu melhor amigo?

Ah, aí o destino te faz entender o verdadeiro significado de viver.

EPÍLOGOS

O último para sempre da série Viajando com Rockstars começa agora. Tome uma água e respire fundo, porque as coisas vão ficar emocionantes daqui para a frente.

Shane e Roxy me apresentaram o verdadeiro significado da amizade e do amor. Eles se tornaram tão únicos que não há nada mais emocionante do que trazer para vocês um pedacinho do futuro.

É lindo, é eterno, é tão eles.

Sejam bem-vindos ao para sempre mais do que merecido de Shane e Roxy!

O casal que nos fez entender que tudo acontece no tempo certo.

Com o coração apertado e apaixonado,

Aline Sant'Ana

O MEU...

The book of love has music in it
In fact that's where music comes from
Some of it is just transcendental
Some of it is just really dumb
But I love it when you sing to me
And you can sing me anything

— Nico Santos, "The Book Of Love".

Um tempo depois

Roxy

A vida é feita de surpresas inacreditáveis. Eu nunca imaginei que estaria no tapete vermelho do Oscar com Shane, os meninos da The M's e minhas amigas. Eles foram indicados ao prêmio de Melhor Canção Original com a música composta por Shaxy e, apesar de a Academia ser complexa no quesito premiação, só o fato de os meninos terem sido convidados para se apresentar... Deus, meus joelhos não paravam de tremer. Shane estava com a mão na minha cintura e parecia tão tranquilo por fora, mas eu sabia que o meu namorado estava surtando por dentro.

A verdade é que havia muitas pessoas ilustres próximas a nós que eu não tinha estômago para lidar.

Quer dizer, eu topei com o Keanu Reeves logo na entrada do tapete vermelho e ele me disse oi. Eu vi o Chris Evans a menos de um metro de mim. E recebi um boa-noite do Henry Cavill antes que eu pudesse entender que aquele era *de verdade* o Henry Cavill, e não uma representação em 3D da perfeição. Lua quase deu um grito, é verdade, mas a gente conseguiu se conter e...

Os flashes. O glamour.

Passamos por tudo isso como se estivéssemos flutuando. Era a primeira vez para todos nós no Oscar. O Teatro Dolby era a personificação do requinte hollywoodiano, o tapete vermelho impecavelmente limpo e estirado no chão sustentando as figuras mais ricas do universo cinematográfico. Eu realmente não podia acreditar que estava ali, com o meu namorado, e todas aquelas pessoas maravilhosas ao nosso redor.

Meus nervos começaram a falhar miseravelmente quando uma repórter se aproximou da The M's para fazer perguntas. Shane, Carter, Zane e Yan se afastaram de nós para conseguirem responder juntos.

— Meu estômago está tão gelado — Erin sussurrou, observando os meninos sendo entrevistados.

— Nossa, eu estou tremendo. — Kizzie suspirou. — Deus, eu não acredito que estamos aqui!

— Nós vimos o Henry Cavill. Eu posso desmaiar agora. Não, eu posso morrer neste exato segundo que estará tudo bem. — Lua nos fez rir baixinho.

— Ouvi dizer que essa música é muito especial porque foi composta por um casal, e não pela The M's. A identidade verdadeira de Shaxy foi revelada no começo deste ano. Como vocês se sentem com isso? Roxanne, venha aqui! — a repórter disse, brincando comigo.

A câmera virou na minha direção e eu congelei.

Mas aí Shane me lançou um olhar sobre o ombro e abriu aquele sorriso que escorregava da sua boca como se não pudesse conter. Ele começou a se aproximar de mim, fazendo a repórter dar os passos junto com o câmera que eu fui incapaz de dar.

Meu coração parou de bater assim que sua mão tocou a base das minhas costas, porque eu ainda acordava todos os dias me sentindo muito grata por tê-lo na minha vida. Eu o observava por mais alguns minutos antes de me levantar para a vida real. Era um sonho amar Shane D'Auvray, dia a dia, compartilhando os problemas e as alegrias. Ele me sustentava como se fosse meu par favorito de asas, me elevava ao além com seus beijos e seu carinho, mas ainda se mantinha como o meu melhor amigo. O meu coração estava tão cheio naquele dia como no instante em que me apaixonei por ele.

Shane era o meu arco-íris depois da chuva.

— Ah, sim. Nós dois compusemos a música justamente no momento em que estávamos nos apaixonando. E como o filme retrata um amor amigo, e as dores da perda e a vivência de um casal extremamente real, conseguimos transportar os nossos sentimentos e criamos a canção *Sempre foi você*. — Recuperei o fôlego no fim.

— A história de vocês é tão inspiradora. De melhores amigos a amantes, assim como no filme *Enlace e Destino*. Um casal tão jovem e tão bem-sucedido!

— Obrigado, Michelle. — Shane tomou a frente, sua mão quente e tranquila no decote em V das minhas costas. — Sim, nós nos esforçamos muito para chegarmos onde chegamos, mas hoje o mérito é totalmente do Sr. Goodman e da superprodução do filme.

— Sei que temos que falar de cinema, mas é inevitável admirar vocês. Shane, parabéns pelo sucesso e pelos prêmios no Grammy Awards com a The M's. Roxanne, parabéns por ser uma das estilistas mais promissoras. Parabéns pela revista também. Você é uma mulher incrível. E o seu vestido...

— Feito por mim, cada linha, cada detalhe, cada costura.

— Você parece a Cinderela. — Ela sorriu, admirando a peça. — Espero que esteja à venda depois.

O vestido era no tom mais angelical de branco, elegante o suficiente para o tapete vermelho. Conforme a luz o tocava, o tecido se transformava em prata. O decote ombro a ombro descia em um V pelas minhas costas, em um espartilho que afinava ainda mais a minha cintura. Então, havia a armação na parte de baixo, digna de uma princesa.

— Estará, sem dúvida. É uma honra estarmos aqui, obrigada pelos elogios, Michelle — agradeci sinceramente.

— Falamos rapidamente com Shane e Roxanne, senhoras e senhores! Vamos conversar um pouquinho com Carter e Erin...

Quando a luz da câmera mudou de direção e a repórter foi conversar com os outros casais, eu consegui respirar fundo. Fechei os olhos e senti Shane ao meu lado, baixando o rosto para falar ao pé do meu ouvido.

— Porra, eles sabem tudo sobre nós. Será que sabem o que a gente fez na minha cozinha pela manhã?

— Shhh, Shane!

Ele riu baixinho.

— Você falou tão bem, amor — garantiu. — Porra, ela sabe até da revista que ainda nem saiu...

— Eu sou maluca, né? Me tornar editora de uma revista quando tenho a Rosé...

— Você vai dar conta. A gente vai contratar uma editora chefe estilo a Miranda, de *O Diabo Veste Prada*. Vai dar certo, amor. — Ele beijou a minha têmpora e inspirou fundo nos meus cabelos presos. — Eu tô orgulhoso pra caralho de você.

A Rosé era o meu sonho número um, mas acabei descobrindo que eu poderia juntar a moda a um outro amor. A ideia de criar uma revista mostrando as marcas mais famosas, divulgando a minha Rosé também, surgiu com força. Kizzie e Oliver encontraram as pessoas perfeitas para trabalhar comigo. No intervalo entre as coleções, eu já estava planejando a primeira edição da revista, consciente de que teria de deixar profissionais capacitados assumirem, mas confiante demais de que esse seria um grande salto para o nosso futuro.

— E eu estou morrendo de orgulho de você também. Grammy Awards, Shane. Eu ainda estou com aquela premiação no meu coração...

— Eu sei, porra. É louco, né? É tão louco tudo o que conquistamos.

— Vamos voar ainda mais alto — garanti a ele, me virando delicadamente para tocar seu rosto. Ele estava tão lindo. Seu cabelo estava mais curto, o maxilar, marcado por uma barba suave de alguns dias, os piercings todos ali. Fiz questão de produzir para o Oscar tanto as roupas dos meninos quanto das meninas. Shane estava de branco comigo e foi inevitável não pensar... — Vamos entrar? Os meninos já estão acabando as entrevistas.

— Sim. — Shane me encarou como se lesse através da minha alma. Os destoantes olhos caramelo e azul me fitaram, lá dentro, em partes minhas que eu não conseguia que mais ninguém acessasse, exceto o meu namorado. — Vamos.

Querubim

SHANE

Subir no palco era sempre uma emoção doida pra cacete. Saber que tem milhares de olhos em você era aterrorizante e foda demais ao mesmo tempo. O problema é que agora não estaríamos cantando e tocando para fãs da The M's, mas para a alta classe de Hollywood. Porra, até o Sr. Goodman, que eu podia vê-lo de onde estava.

Nos bastidores do Oscar, no fundo do palco, estava acompanhado do meu irmão e os caras que eram os meus melhores amigos, Yan e Carter. Todo mundo ansioso pra cacete.

— Eles vão nos apresentar — Carter disse. — Porra!

— A gente vai entrar quando formos anunciados. Tem um discurso antes — Yan explicou, tenso.

— Cacete. — Suspirei fundo.

— É. — Meu irmão riu, mas eu sabia que ele estava uma pilha de nervos.

Apresentar-se em um evento como esse é algo que nós nunca esqueceríamos. Ganhar o Grammy e todos os troféus que vieram com isso foi um dos maiores sonhos de toda a minha carreira como The M's. E até para os caras, um sonho muito mais antigo do que o meu. Estávamos voando tão alto que não sabíamos se um dia conseguiríamos parar. E hoje estávamos nos bastidores do Oscar, prontos para fazermos o Brad Pitt chorar. É bizarro, né? É insano!

— A música é tão importante para o cinema quanto uma atuação ilustre — um dos maiores cantores de todos os tempos falou, começando o discurso antes de entrarmos. Agarrei o baixo com mais força. Para o Carter ia ser mais foda, porque sua voz ia começar antes dos instrumentos. Então, ele teria que entrar primeiro. — Através da canção, nós somos capazes de ligar as cenas e as nossas memórias mais significativas da história... àquela melodia, àquele momento. A música é a mágica por trás dos filmes. E não só deles, como de toda a nossa vida.

O cara fez uma pausa, abrindo um sorriso quando parou de ler o cartão.

— A música é a nossa memória afetiva. Seja para a dor, alegria, amor. E hoje nós recebemos uma banda que descreve seus sentimentos como ninguém, que transborda carisma toda vez que sobe ao palco. Pela primeira vez na história do Oscar, os verdadeiros rockstars! Hollywood, receba a The M's!

Carter segurou o microfone, deu um passo à frente, mas parou. Nós tocamos no seu ombro, dando duas batidas, e quando a melodia iniciou, ele foi para a luz.

Olhei para o telão, vendo Carter coberto por um holofote que o deixava em destaque no Teatro Dolby.

Eu pude ouvir a sua voz em cada canto da porra da minha pele.

A música que eu e Roxy compusemos sobre o amor e a amizade estava embalando Hollywood, caralho!

Yan se posicionou na bateria, eu e Zane ficamos lado e lado, e quando a batida mais forte começou, nós entramos.

Pude ouvir as palmas, os gritos e sorri, olhando para a frente, me deparando com os rostos mais conhecidos do cinema: Chuck Ryder e Evelyn Henley, os favoritos para o prêmio de melhor ator e melhor atriz, nos olhando como se gostassem do que ouviam.

Porra, cara. *Porra*!

Dedilhei o baixo, a música composta por mim e Roxy me fazendo fechar os olhos por um segundo, me fazendo relembrar o que tivemos no Brasil. Quando começamos a pensar na letra com mais seriedade, o clima que rolou ali, a gente se contendo pra caralho com medo de se machucar. Meus dedos criaram vida, a memória muscular me fazendo tocar o que a minha alma já conhecia. Meu coração começou a bater mais forte e, no refrão, em que Carter repetia "sempre foi você", meus olhos a buscaram.

Roxy entregou tanto nessa música quanto eu. Sabia que a minha mulher era talentosa pra cacete, mas o que o nosso amor criou foi o suficiente para impressionar a Academia. Não teríamos sido chamados para tocar se a música não tivesse alma. E ela tinha. A de nós dois.

Os olhos da Querubim brilharam quando eu fui mais para a frente, as palmas ficando mais fortes e, quando eu e Zane ficamos lado a lado, eu pude ouvir...

Os donos da porra de Hollywood cantando a canção de Shaxy.

Zane me lançou um olhar, lágrimas nos seus olhos. Eu sabia que estava emocionado pra caralho também. Cacete, observei Carter cantando com cada parte do seu fôlego como se fosse a apresentação da sua vida. E era. Ainda tinha Yan, fazendo sua bateria urrar no Oscar.

A gente tinha uma aura que ninguém poderia contestar, porra.

Busquei Roxy uma segunda vez, e seus olhos não saíam de mim. Ela levou as mãos à boca quando percebeu que eu a havia encontrado. Seus olhos se estreitaram para mim, e ela começou a chorar quando colei a boca no microfone e ajudei Carter com o refrão.

— Shane — sua boca se moveu quando suas mãos caíram.

Pisquei para ela, a emoção daqueles exatos três minutos e quarenta e cinco segundos parecendo empurrar o tempo o suficiente para fazê-lo se tornar três horas. O baixo prateado nas minhas mãos cantou junto com a The M's, assim como a guitarra do Zane e a bateria de Yan. A voz do Carter se uniu à minha, à terceira do Yan e à quarta do Zane. E então nos tornamos um coro. Eu pude ver as pessoas se levantando e, quando o piano começou a acompanhar, o agudo do Carter subindo uma oitava, os pelos do meu corpo se ergueram.

Hollywood gritou por nós.

O teatro Dolby tremeu pela nossa performance, cacete!

Carter empurrou um pouco mais a sua última nota, como se não quisesse que acabasse.

Meus dedos pararam.

A guitarra de Zane se calou.

Yan bateu no prato uma última vez.

E as palmas ecoaram como se tivéssemos ganhado uma estatueta.

Meu maxilar travou, eu olhei para as garotas dos caras e a minha mulher, que estavam em êxtase e não paravam de aplaudir e chorar.

Zane se aproximou de um lado, Yan do outro, Carter na ponta.

Nos abaixamos em agradecimento.

As luzes se apagaram.

E assim que o fizeram, nós quatro fomos até o fundo do palco.

E caímos de joelhos, emocionados demais para conseguirmos dizer qualquer outra coisa além de nos abraçarmos e sermos gratos por sermos FODAS!

Roxy

A cerimônia do Oscar é sempre muito emocionante, mas ver os meninos tocando no palco foi como se a minha alma saísse do corpo para viver a experiência. Meu coração não conseguia parar de bater rápido, até mais rápido do que as palmas frenéticas que ecoaram por eles. Eu já estava achando aquilo tudo tão insano que, quando Shane voltou e se sentou ao meu lado para o resto da premiação, eu mal pude aproveitar sua presença e os nomeados depois do show porque ainda estava um pouco aérea. Os meninos estavam pilhados, brincando entre si, mas baixinho para não atrapalhar os outros que estavam ao nosso redor.

Eu pude ouvir quase sem escutar de verdade a conversa deles, a animação, porque estava tão longe.

A The M's havia crescido *tanto*. A Rosé tinha estourado todas as vendas assim que abriu o site com a primeira coleção. Erin estava desfilando como nunca, Lua estava engajada na profissão e no seu amor pela nutrição. Kizzie havia se casado finalmente com o meu querido quase-irmão Zane. Então vieram Cahya e Mark, que, além de serem excelentes profissionais e amigos, deram para nós o melhor presente de todos os tempos, um menino lindo com os olhos negros do Mark e os cabelos castanhos de Cahya. Evan era adorável e amoroso.

Tanto havia acontecido e, ao mesmo tempo, havia tão mais para acontecer. Os meninos estavam com uma turnê para o novo lançamento *In Vegas* já marcada, que prometia ultrapassar as expectativas dos fãs.

Nós todos, de alguma forma, nos tornamos rockstars.

— Amor, você tá bem, né? — meu namorado sussurrou, e a voz única de Shane que era tão grave, rouca e deliciosa, fez os pelos do meu braço se erguerem. Virei-me para ele, aérea. — Vai ter a nomeação de Melhor Ator agora.

— Oh... — murmurei, piscando freneticamente. — Sério?

— Sim, Evelyn Henley ganhou o prêmio de melhor atriz — me atualizou. — Acho que o cara dela vai ganhar também.

— Porra, toda hora esse assunto do Chuck Ryder. Ninguém supera esse cara? — Zane resmungou, e eu ri.

— Ele é maravilhoso. Vou me concentrar.

— Onde você estava? — Shane estreitou os olhos, o sorriso em sua boca se formando como se me pegasse no pulo.

— Me lembrando da sorte que temos de amarmos uns aos outros.

— Ah, é TPM? — perguntou, confuso por um momento, e eu voltei a rir.

— Shh... — pedi e virei o rosto para a frente.

— O ganhador do prêmio de melhor ator é... — Yadalla, a vencedora de Melhor Atriz do Oscar do ano anterior, anunciou, completamente eufórica. — Chuck Ryder!

— Eu disse — Shane falou ao pé do meu ouvido.

Mas eu fiquei um tempo processando aquele homem lindíssimo e muito bem-vestido subir pelos degraus como se não pudesse acreditar em sua conquista. Deve ser uma sensação maravilhosa e arrebatadora. Vi seus dedos trêmulos segurarem a estatueta e esperei o seu discurso.

Que foi impecável.

Ele elogiou toda a equipe, então a sua companheira, Evelyn Henley. Shane segurou a minha mão, como se as palavras de Chuck pudessem transmitir também o que ele sentia, mas, em um momento do discurso, Chuck… desceu do palco.

Carregando o microfone além do suporte, o Melhor Ator do ano desceu pelas escadas e caminhou pelo corredor com toda a sua atenção em Evelyn Henley. Ouvi o suspiro de todos, inclusive dos meninos da The M's e das minhas amigas, mas eu não podia acreditar no que estava vendo. Não era permitido quebrar as regras, protocolos e nem o tempo para cada pessoa. Meu queixo caiu no chão, e a mão de Shane se prendeu ainda mais à minha, os dedos entrelaçados.

— Meu Deus! — Erin murmurou.

— Porra, o que ele vai fazer? — Zane perguntou.

— Acho que ele vai… — Carter sussurrou, mas não continuou.

— Caralho… — Shane disse no mais completo choque.

Evelyn se levantou, indo até o corredor, e Chuck simplesmente colocou a estatueta embaixo do braço e se ajoelhou, se apoiando no chão.

— Oh, eu não acredito! — Lua gritou.

— É a coisa mais bonita que eu já vi! — Kizzie suspirou.

O ator tirou uma caixa pequena de dentro do bolso e voltou o microfone para perto da boca, de modo que todos ouvissem sua voz.

— Eu ia pedir isso com ou sem esse Oscar, Evelyn. Eu só queria que fosse algo memorável para você e desejava muito que fosse quando eu estivesse com esse microfone aqui. Casa comigo?

Todos levantaram ao mesmo tempo, as inúmeras câmeras transmitindo o amor dos dois para cada pedaço do planeta. Eu prendi a respiração quando Shane me levantou com ele, nós soltamos nossas mãos e as palmas soaram como se todos esperassem que aquela história de amor, além de ganhar tantos prêmios, pudesse se tornar real. Lágrimas começaram a descer dos meus olhos quando

Evelyn assentiu e, como se um conto de fadas surgisse na frente dos nossos olhos, eu me virei para os nossos amigos, completamente sem reação.

Todos estavam emocionados.

Porque todos entendiam o amor.

— Porra, é o melhor Oscar do século! — Shane riu, sem se conter, secando uma lágrima do canto do olho.

O evento foi para o intervalo, como se quisesse que todos se recuperassem. Eu senti o meu peito ficar tão imenso e tão pequeno. Gestos grandiosos de amor não eram os meus favoritos. Mas aquilo foi lindo e inesquecível. Eu, que já estava namorando o Shane há um tempo, vivendo mais com ele do que na minha própria casa, fiquei me perguntando quando conseguiríamos avançar essa etapa. Na verdade, eu não tinha pressa, mas acabei desejando...

— Preciso ir ao banheiro rapidinho — avisei-os.

— Quer que eu vá com você? — Lua ofereceu.

— Posso ir também — Erin disse.

— Vamos juntas — Kizzie garantiu.

— Não, meninas. Eu só... vou sozinha. Está tudo bem. — Virei-me para Shane. — Eu já volto. — E dei um suave beijo nos seus lábios antes de me levantar e sair como se o relógio tivesse batido meia-noite.

Precisei de ar, precisei de um tempo para respirar. Havia muitas coisas incríveis acontecendo com todos nós e também ao nosso redor. Ao que parece, o universo absorve as energias que você emana e espalha para o mundo.

O pedido de Chuck e Evelyn me emocionou além do que eu poderia prever.

Eu precisava de ar fresco.

SHANE

Eu estava inquieto pra caralho.

Havia alguma coisa dentro de mim me dizendo para ir. Ir... fazer o quê, exatamente? Poderia até ser a ansiedade mexendo com a minha cabeça, mas eu estava muito melhor, porra. Meu tratamento foi tão eficaz que os remédios foram reduzidos e a minha terapia com a Anabelle era só quinzenal. Não parecia ansiedade, entende? Parecia algo...

Tão mais forte do que isso. Mas de um jeito bom. Uma sensação bizarra de que eu precisava correr para longe dali e tornar realidade o que estava dentro do meu coração. Uma necessidade de fazer acontecer. Quer dizer, todo mundo fala que os D'Auvray são impulsivos. Porra, a gente vive meio no limite, meio na beira, né? Saltamos sem paraquedas e coisa e tal.

Só que tinha alguma coisa diferente com esse impulso...

Durante o intervalo, uma música que eu conhecia na voz de Peter Gabriel estava sendo cantada por outro cara, mais jovem, e aquilo começou a dançar no meu cérebro como se quisesse me fazer entender...

"Mas eu. Eu amo quando você me dá coisas. E você.
Você deve me dar alianças de casamento."

— Porra — eu murmurei, uma agonia correndo nas minhas veias quando entendi o que era aquele sentimento. Eu precisava fazer isso *agora*.

Lancei um olhar para o meu irmão. Ele estava fixamente me encarando, os olhos castanhos quase no mesmo tom do meu esquerdo, me decifrando além daquela vida. A conexão entre dois irmãos é algo que nunca pode ser explicado, é algo que você tem que viver na pele para entender. É uma parte sua, cara. Uma parte da sua existência existindo também.

Engoli em seco quando a emoção me tomou e Zane, que ainda estava meio balançado porque tinha se casado e visto um pedido de casamento junto comigo, simplesmente...

Levou a mão ao cabelo preso, tirando o elástico e deixando o cabelo bagunçado e solto.

Ele estendeu o elástico preto entre nós dois.

E sorriu, enquanto lágrimas desciam pelo seu rosto.

— Dê duas voltas para caber no dedo dela. — Ele inspirou fundo. — Vá buscar aquele sim, pirralho.

— Como você sabia?

— Eu te conheço. E já passei por isso.

— Zane... — Minha voz quebrou. — Porra, é ela. É ela a mulher que eu quero passar o resto da minha vida. Eu realmente preciso fazer isso.

— Eu sei. — Zane sorriu para mim, emocionado pra cacete. — Eu sei, Shane.

— Oh... — Kizzie murmurou, compreendendo tudo.

— O quê? — Lua quis saber. — O que está acontecendo?

— Vai, pirralho — Zane insistiu. — E só volte com Roxanne usando esse elástico no anelar, porra.

Eu não esperei um segundo a mais. Peguei o elástico do Zane, a urgência me fazendo levantar rápido. Senti os olhos de algumas pessoas em mim, mas eu não ia parar. O intervalo acabou assim que fechei a porta. E eu sabia que ninguém podia sair do teatro enquanto a apresentação acontecia, mas foda-se.

Eu tinha que fazer aquilo.

Saí me sentindo perdido o suficiente para sequer entender onde estava.

E comecei a correr.

Segurando o elástico do meu irmão como se aquela fosse a minha esperança.

Porra.

Eu não posso chorar, me avisei mentalmente. *Não posso chorar, cacete.*

Correndo pelas escadas do teatro, subindo e descendo, eu não consegui encontrar Roxanne. Ofegante sob as luzes douradas, procurei-a com os olhos e, quando não a encontrei assim, decidi fechar as pálpebras.

Para onde ela iria?

Para fora.

Desci as escadas pela enésima vez, os passos rápidos, o coração batendo tão forte que comecei a suar. Minhas mãos tremeram como se eu tivesse passado pela adrenalina mais louca da minha vida. Saí pela frente do teatro mesmo, no tapete vermelho, e reduzi o passo porque ainda havia fotógrafos posicionados na saída.

Então meus olhos pararam em Roxanne.

Ela estava com aquele vestido lindo e branco, que parecia ser feito para que ela se casasse comigo. Meu maxilar se apertou e a emoção correu quente por mim. Aquela mulher, que antes era uma garotinha, que viveu toda a sua vida ao meu lado...

Por favor, Roxy. Por favor. Diga sim pra mim.

— Roxanne! — gritei, porque estávamos a certa distância.

Os fotógrafos se posicionaram quando me ouviram. Abri um sorriso quando ela saiu do cantinho escondido onde tinha se enfiado, de costas para os fotógrafos, de frente para mim. Ela era de tirar o meu fôlego sem nem pedir permissão. Ela era a minha namorada, o meu verdadeiro amor. E foda-se se isso soa bobo, é a verdade.

Pertencíamos um ao outro.

Flashes começaram a estourar, os fotógrafos se espremendo para conseguir uma boa foto de nós. Eu os ignorei. Não ia parar. Não ia parar nem se um meteoro atingisse a Terra naquele segundo.

A emoção fez lágrimas transbordarem dos meus olhos quando comecei a caminhar até ela.

Me aproximei a ponto de conseguir tocá-la. Minha mão foi para a lateral do seu rosto e eu colei minha testa na sua, minha respiração se misturando à daquela mulher que me tinha na palma das mãos só por existir. Meu coração bateu tão forte que achei que ia sair do corpo e, quando eu pensei que não ia conseguir dizer uma palavra, o meu joelho obedeceu ao meu coração.

E fui para o tapete vermelho.

Aos pés de Roxanne.

— Shane, o que...

— Roxanne, eu *era* o cara que eu queria que você evitasse. Eu *era* o tipo de homem que achava que não te merecia. Eu fui me tornando lentamente um cara melhor. E eu só fui percebendo o quanto isso era a prova do que o seu amor é capaz de fazer quando entendi que era no seu apoio que eu me fortalecia. Você me segurou em cada escada que desci, e eu estive do seu lado em cada desafio assustador que enfrentou. Eu vivi com você um passado lindo e turbulento, mas esse meio tempo em que estivemos juntos como namorados foram os melhores momentos da minha vida.

Seus lábios se abriram, e sua respiração falhou.

— Caralho, você não faz ideia do quanto eu amo ver as suas coisas no meu apartamento, do quanto eu amo ver a sua cara de sono todas as manhãs, mas então me veio o pensamento assustador de que você ainda não é uma D'Auvray. Você ainda não é tudo o que eu quero que você seja.

— Deus... — As lágrimas começaram a escorrer dos seus olhos e suas mãos trêmulas foram para o seu rosto, como se ela precisasse conter o grito, ou o choro, talvez as duas coisas.

Eu sorri, sentindo o meu lábio inferior estremecer e, como se o maior pavor tivesse passado, consegui falar com coerência.

— Me veio o pensamento assustador de que eu não posso ficar sem te ver exatamente como está agora, mas caminhando até mim em um altar. Eu já quero isso há muito tempo, amor. Eu me casaria com você no Brasil, se me deixasse. Ou assim que voltamos para Miami. Eu iria para a porra de Las Vegas casar com um padre de caráter duvidoso. Eu me casaria com você agora. Hoje. Neste exato segundo. Ou esperaria mais vinte, trinta, quarenta, cinquenta anos se assim você desejasse. Eu tô pronto, pronto pra caralho pra dividir a eternidade com você e para ser o homem que eu sempre achei que você merecesse ter ao lado, mas preciso saber...

— Shane, meu Deus. Shane...

— Eu preciso saber se você quer ser a minha melhor amiga pelo resto da vida. Aceita se casar comigo, Querubim?

Foi como se um filme da nossa infância passasse diante dos meus olhos. Quando entendi sobre a vida, era Roxanne que estava lá. As nossas primeiras palavras, os primeiros brinquedos, as primeiras frustrações infantis, a primeira nota baixa. Ela viveu comigo todas as etapas da porra da minha vida, e eu ainda queria tão mais que isso, porque o que eu queria para nós era o futuro.

Vi seu rosto ficar tão vermelho que achei que ia explodir. Eu sabia que segundos estavam passando, mas pareciam carregar uma eternidade. Roxy perdeu a força das pernas e se ajoelhou comigo. Seus olhos dançaram pelo meu rosto, e suas mãos pegaram a lateral das minhas bochechas como se ela precisasse olhar bem dentro dos meus olhos, até que Roxy escorregasse para os meus lábios e...

— Você está segurando um elástico de cabelo?

Porra, eu acabei rindo.

— É, eu não planejei nada disso.

— Você não... você não planejou e fez esse discurso lindo, Shane?

— Não, me veio o impulso de que eu não aguento mais você sendo minha pela metade. Eu quero me casar com você, quero ter filhos com você, eu quero a porra toda, o pacotão completo do sonho americano.

Ela riu, enquanto chorava, e beijou os meus lábios.

— Você vai fazer isso com um cara ansioso? — perguntei contra a sua boca.

— Isso o quê?

— Você não me respondeu, amor.

— Ah! — ela deu um grito, como se só então entendesse o que tinha feito e, então, começou a gargalhar. Roxy agarrou a minha mão que estava com o elástico e mil toneladas saíram do meu peito quando seus olhos sondaram os meus. Porra, ela me olhou como se decifrasse todos os meus segredos. — Deixa eu pensar em uma resposta espirituosa.

— Não, amor. Caralho, fala logo.

— Espera! — Ela gargalhou de novo. — Prometa que você vai me fazer rir todos os dias.

— Prometo.

— Você vai me deixar dormir no lado esquerdo da cama.

— Prometo.

— E você vai tomar banho comigo toda vez que se sentir cansado demais para lavar suas costas sozinho?

— Prometo.

— Promete que vai cantar para mim todos os domingos?

— Farei serenatas bem bregas, prometo.

Ela sorriu.

— E promete que vai deixar o meu coração pular desse jeitinho que tá pulando agora para sempre?

Toquei seu queixo com a mão esquerda, meu polegar dançando ali, percorrendo em seguida seu lábio inferior. Meu estômago deu um giro, as borboletas assanhadas começando a rebolar na minha barriga, e o meu sangue circulou mais depressa. Perdi o ar quando Roxy perdeu a diversão nos olhos. Ela estava falando sério. E eu também.

— Eu prometo.

— Coloca o elástico logo, Shane. Sim! Vinte mil vezes "sim" por todos os anos que a gente demorou a aceitar esse amor. Eu te amo e mal posso esperar para ser sua!

Antes que eu pudesse colocar o elástico, tomei sua boca na minha. Senti os fotógrafos enlouquecidos, mas o que me importava de verdade era a textura daquele beijo, o sabor da Roxanne, a forma como era cálida e molhada toda vez que me recebia. *Merda, que beijo delicioso, cara.* Era como se ela me derretesse e me solidificasse, tudo ao mesmo tempo. Sua língua entrou em contato com a minha, girando de forma tão lenta que eu estava certo de que conseguíamos deixar o tempo desacelerar. Roxy respirou no meio do beijo e eu me senti inteiro como se, durante todos esses anos, sempre esperasse pelo momento em que essa mulher pudesse ser minha. Mordi seu lábio inferior, puxando-o, e Roxy estremeceu quando minha língua pediu passagem pela segunda vez e, enquanto eu me ocupava da sua boca, meus dedos buscaram a sua mão. O elástico entrou no anelar no mesmo segundo em que Roxy gemia dentro da minha boca.

Completos.

De uma forma que a gente nunca teve maturidade suficiente para viver.

Inteiros.

Como se nossas almas estivessem pela metade até nascermos.

Vivos.

A ponto de que nada que tenhamos passado fosse o suficiente para nos destruir.

Eternos.

Donos do nosso próprio infinito.

... MELHOR AMIGO...

And I'd choose you
In a hundred lifetimes I'd choose you
In a hundred worlds I'd find you

— Ryann Darling, "I Choose You".

Depois do D'Auvray, McDevitt e Sanders...

Roxy

Assim que vi o elegante cabide branco, com o meu vestido de noiva coberto com uma capa e os dizeres ***Sra. D'Auvray***, o meu coração começou a bater com muita força. Quer dizer, eu achei que estivesse pronta para isso. Nesta manhã, a ficha já deveria ter caído. Passei horas com a minha mãe, a tia Charlie, minhas melhores amigas e madrinhas no Dia da Noiva. Já era para eu estar acostumada com a ideia a essa altura, certo? Ainda mais levando em consideração toda a burocracia que eu e Shane enfrentamos para nos casarmos onde tanto sonhamos.

Mas uma parte minha simplesmente não conseguia acreditar.

Eu ia me casar com o meu melhor amigo.

No Rio de Janeiro!

Deus, meus nervos começaram a falhar e eu precisei respirar fundo.

— Não vai pirar agora. Você tá pirando? Quer que eu chame um carro pra gente fugir? — Zane perguntou, brincando. — Não vai deixar ninguém ver esse vestido?

— Demorei um ano para fazê-lo. Precisa ter emoção.

— Eu sei, você se dedicou demais. O pirralho vai ter um ataque cardíaco, porra.

— O que você tá fazendo aqui, Zane? — Kizzie indagou, se aproximando. — Vai cuidar do seu irmão.

— Vim ver a minha caçula primeiro. — Ele sorriu, então, me virou para ele. Eu estava com um roupão de algodão cor-de-rosa imenso para mim. Zane me olhou com ternura e então suspirou fundo. — Te vejo no altar, pirralha.

Ele me deu um beijo no meio da testa, tomando cuidado com a maquiagem, e então beijou sua esposa antes de ir.

— Ele só está preocupado com você — Kizzie garantiu, ficando ao meu lado.

— Zane é um amor. Aquela pose de Casanova nunca me convenceu.

— Não é? — Kizzie riu, passando o braço ao redor do meu ombro. — Mal posso esperar para ter uma parceira nessa maratona que é amar um D'Auvray.

— Vamos falar mal deles todos os dias — sussurrei.

— Toalha molhada em cima da cama, roupas espalhadas... se prepare para isso.

— Deus... — Acabei deixando escapar uma risada nervosa.

— Mas eles são os melhores companheiros de vida, Roxy. Amar um D'Auvray é passar a vida inteira sabendo que fizemos a escolha certa.

— Ninguém consegue resistir a eles.

— Ninguém mesmo. — Kizzie sorriu.

Então, minha mãe se aproximou, e tia Charlie também. Lua, Erin e Cahya suspiraram juntas quando ficamos todas lado a lado e tirei a capa do vestido. Eu ainda tinha um tempo para tomar um champanhe e acalmar os nervos. A verdade é que eu estava ansiosa para ver Shane. Eu não fazia ideia de qual roupa ele vestiria, quais seriam os votos. Passei vinte e quatro horas sem vê-lo, seguindo a tradição, e o meu coração estava apertado de saudade.

Eu sentia tanto a falta dele que até doía. Fisicamente. E olha que eu viajei com Shane para a turnê *In Vegas* e todas as outras que vieram depois, e não saí do seu lado nem por um dia desde que escolhemos ficar juntos.

Uma batida na porta soou, a voz de Carter perguntando se poderia entrar.

— Entra, amor — Erin disse.

Assim que a porta se abriu, Carter entrou como se fosse mesmo um príncipe encantado, vestido com um tom suave de areia, a cor dos padrinhos. A decoração do casamento era cor-de-rosa, dourada e nude. Sim, eu escolhi a paleta mais menininha, mas não pude evitar. Eu quis um casamento romântico e ver Zane e Carter vestidos como eu sonhei...

Deus, Shane estaria no altar de marfim?

Ah, ele deveria estão tão...

— Desculpe invadir, vim ver como você está, mas também estou aqui por uma razão. — Carter se aproximou, com uma caixa nas mãos. Só percebi isso quando o vocalista a estendeu para mim. Seus cabelos estavam bagunçados, os olhos verdes me fitando como se estivessem ansiosos. — É meio que uma missão de um dos padrinhos.

— Sério? — reagi, surpresa. Carter me olhou como se fosse um irmão mais velho e sorriu com os olhos para mim.

— Sim. E você já está linda. Shane vai desmaiar.

— Eu ainda nem estou com o vestido. — Ri, emocionada.

— Você já está linda, Roxy. Bom, preciso ir porque Yan está ajudando o Shane a se vestir e... enfim, eu não quero que ele dê bronca no cara justo hoje.

— Garanta que o Yan não seja tão perfeccionista, por favor — Lua pediu.

Carter riu e nos deixou, mas antes ele beijou os lábios da sua Fada.

Peguei a caixa e me sentei em uma das poltronas do quarto, as mulheres ao meu redor tão ansiosas quanto eu para descobrirem o que era aquilo. Meu batimento acelerou quando vi a letra do Shane do lado de fora de um pequeno envelope.

Querubim.

— Abre! — Lua pediu, empolgada. — Shane vai me fazer chorar, será? Aquele menino-problema...

— Ele vai fazer todas nós chorarmos — Cahya garantiu. — Ele sabe ser terrível quando quer.

— A maquiagem é à prova d'água — prometi. — Estamos bem.

Suspirei fundo e abri o envelope, lendo em voz alta.

Para a minha melhor amiga,

Hoje é o dia em que me torno responsável pela sua felicidade, amor.

Nós dois sabemos que eu tive sorte de ser o seu primeiro e vou cumprir a promessa de ser o seu último.

Hoje é o dia em que me torno o homem que eu sempre quis ser, o cara que pode oficialmente estar ao seu lado para sempre, como um parceiro de vida, muito além do título de melhor amigo, namorado e noivo.

Hoje eu me torno o seu marido.

Mal posso esperar para ouvir o seu sim.

Reuni, nesta caixa, todas as nossas vivências.

Se você tiver alguma dúvida ainda (não tenha, eu sou foda demais)... Enfim, se ainda não tiver certeza sobre eu ser o cara ideal para você passar o resto da sua vida, acho que isso vai desaparecer, porque não tem garantia maior do que mostrar o quão louco eu sempre fui por você.

Te amo acima de todas as coisas que existem, acima de mim mesmo.

Aperte o play.

E venha ser minha, Roxanne.

Seu futuro,

Shane

Em algum momento da carta, eu já estava chorando e rindo. Shane tinha o dom de me emocionar e me fazer rir ao mesmo tempo. Era por isso que ele era a minha melhor escolha. Não havia dúvidas. *Como* eu poderia ter dúvida sobre passar o resto da minha vida ao seu lado?

— Os D'Auvray apaixonados sabem ser tão românticos... — A mãe de Shane e Zane sorriu emocionada para mim.

— Isso é tão lindo, Roxy. Ah, tão absurdamente lindo! — Mamãe suspirou.

— Vou ver o que tem na caixa. Preparadas? — perguntei a elas, porque eu não me sentia pronta de modo algum para descobrir o que havia lá dentro.

— Estamos se você estiver — Lua garantiu.

Abri a caixa e, lá dentro, havia um tablet. Pisquei, percebendo que literalmente era para eu apertar o play.

Com os dedos trêmulos, apertei o botão e compreendi, em um segundo, o que Shane quis dizer com provar o quanto era louco por mim durante toda a nossa vida. Eu pisquei, percebendo que eu nunca tinha visto aquele vídeo da nossa infância. Talvez tenha sido gravado pelos pais D'Auvray, e não pela minha família. Nós bem pequenos aparecemos, talvez com dois anos de idade, e Shane segurava a minha mãozinha, enquanto olhava para mim com carinho.

Comecei a soluçar.

O vídeo foi cortado para um em que estávamos mais velhos, talvez com cinco anos. Shane escalava um brinquedo de escorregar junto comigo. A voz da tia Charlotte soou:

— Cuidado, Shane! — ela alertou.

— Não, mamãe. Eu tenho que cuidar da Roxy — ele garantiu, e a tia Charlie deu zoom.

Shane ia escorregar pelo tobogã comigo, com as pernas ao meu redor, tão curtinhas, enquanto ele me abraçava apertado. Comecei a rir quando percebi que eu só estava ansiosa por escorregar logo, mas Shane veio nas minhas costas, me abraçando, para descermos juntos.

— Meu Deus, Roxanne — Lua disse, suspirando.

— Eu... — Arfei no meio do choro e da risada e precisei pausar por um segundo o vídeo. — Tia Charlie, eu nunca vi essas gravações.

— Estão todas na minha casa. — Ela sorriu. — Shane me pediu uma semana antes de viajarmos para o Rio de Janeiro. Eu não fazia ideia do motivo, mas agora eu sei.

— Isso é tão vocês... — minha mãe elogiou.

— É a coisa mais preciosa que ele poderia me dar. — Meu coração acelerou. Me lembrei do presente que dei para Shane dos nossos vídeos da infância, mas nada se comparava a isso. Era inédito e havia sido editado. As palavras apareciam no meio da tela e depois sumiam como poeira. Shane produziu isso como um curto filme, a nossa história...

Apertei novamente o play.

Vi cenas de nós aos dez brincando de esconde-esconde, aos doze em um Halloween em que Shane fez questão que eu fosse vestida de anjo, aos treze quando Shane segurou a minha mão em um piquenique em família e não soltou mais, então aos quinze, em um jantar de Ação de Graças, Shane não conseguia tirar os olhos de mim. Aos dezesseis, quando nos gravamos dançando. O sorriso de Shane mostrava o quão preciosa eu era na sua vida. Ao dezessete, em um vídeo em selfie, eu falava algumas besteiras sobre Shane ser péssimo na cozinha. E então ele me roubando um beijo na bochecha. Ele parou por um segundo, enquanto eu, distraída, continuava a nos gravar.

— Eu te amo, Querubim.

Eu só virei para ele e sorri de volta.

— Eu te amo também, Shane! — prometi.

Por que eu nunca consegui perceber?

Mais vídeos nossos, da fase adulta, surgiram. E então, o vídeo ficou em silêncio. Ao fundo, uma música começou a tocar, nossas cenas do passado se misturando com fotos nossas, e a edição impecável me fez chorar ainda mais.

SEMPRE FOI VOCÊ

E

A PARTIR DESTE DIA

EU VOU FAZER

TUDO POR NÓS

O vídeo congelou em uma foto do dia em que Shane me pediu em casamento no Oscar. O paparazzo havia pegado o momento em que Shane estava com o joelho no chão, minhas mãos escondendo a minha surpresa, a expressão dele carregada de esperança.

— Pelo amor de Deus, eu preciso colocar o vestido e ir logo me casar com esse homem! — murmurei, chorando, e recebendo o abraço de todas aquelas mulheres que sabiam o quanto a estrada para amar Shane havia sido longa.

— Case-se e seja feliz, querida — Cahya prometeu. — A melhor parte da vida começa depois do felizes para sempre.

— Sem dúvida — Erin garantiu.

— Estou ansiosa para ver a reação do Shane quando te vir de branco... — Lua confabulou.

— Imagino que ele vá ficar muito impressionado. — Ri, precisando secar as lágrimas. — Vamos, meninas. Vamos amarrar o último D'Auvray que falta!

Querubim

SHANE

Cara, o hotel luxuoso parecia um palácio, com direito a uma varanda gigante e uma vista para a praia de Copacabana. Era em uma estrutura tão foda e clássica que eu fiquei me perguntando quantos finais felizes começaram aqui. Já no altar, nervoso pra caralho, cruzei as mãos na frente do corpo e tentei me lembrar de respirar fundo.

A cerimônia era íntima, com cem convidados, só as pessoas que mais importavam para nós. Os pais de todo mundo estavam lá, os amigos mais íntimos também, a equipe da The M's e a equipe que trabalhava com a Erin, a Lua e a minha futura esposa. Porra, o salão estava lotado. Mas cem convidados foi o número perfeito para a gente não pirar. Queríamos algo bonito e memorável sim, mas nada que beirasse um casamento de celebridade. Ainda éramos nós, apesar de tudo.

O salão estava enfeitado com flores e arranjos imensos, e havia um arco de flores gigante bem acima da minha cabeça. No teto, longos fios em diferentes níveis carregavam uma cúpula de vidro, com velas dentro. Estávamos casando de tarde, porque eu e Roxy queríamos jantar com os convidados e depois aproveitar a badalada festa que organizamos.

A melhor escolha das nossas vidas foi voltarmos para o Brasil e oficializarmos no país que nos permitiu ceder. Não havia outro lugar no mundo onde eu escolheria ouvir o sim da Roxanne. A nossa lua de mel, inclusive, seria um tour por todas as cidades que visitamos e mais algumas que queríamos conhecer. Ficaríamos alguns meses viajando, só nós dois. As passagens e toda a organização da viagem foram feitas por uma agência boa pra caralho de Nova York, a Freedom. Victoria era a esposa do advogado que nos ajudou com a situação da Suzanne, Hugo De La Vega, e ela tinha essa empresa foda de consultoria de viagens com sua sócia, Laura. A gente só teve que se preocupar com a papelada. O resto, Victoria resolveu. Ela e o marido também foram convidados para o casamento. De onde eu estava, podia vê-los.

— Ansioso? — Yan perguntou ao meu lado. Os padrinhos estavam a postos: Zane, Carter, Yan, Mark e Oliver. Eu escolhi a dedo os caras. Eram os meus melhores amigos. E eu queria todo mundo em pé ao meu lado sim, porra.

— Pra cacete.

— Logo ela deve estar chegando. Eu não a vi com o vestido, mas está tão linda, Shane — Carter garantiu.

— Porra, ela vai ficar do caralho no vestido — Zane opinou. — Ela trabalhou um ano na peça, né? Escondida de você?

— Foi. — Eu ri. — Porra, depois do pedido de casamento, vocês sabem, ficamos noivos por um longo tempo. Enfim, quando a Roxy começou a produzir o vestido um ano antes, quando estávamos nos organizando, eu fiquei sem poder ir visitar a tal sala secreta, porque ela fechou uma área da Rosé para isso. Deve estar tão foda.

— Roxy é muito dedicada — Oliver adicionou.

— Ela é uma supermulher. Você tem sorte, Shane — Mark falou.

— Sortudo pra porra — confirmei.

A minha mulher era do caralho. Além de ter a Rosé, sua revista estava estourada e atingia a cada edição um novo recorde. Eu não sabia como ela conseguia administrar tantas coisas, mas não poderia estar mais orgulhoso.

— Quanto tempo será para... — comecei, mas fui interrompido quando as pessoas começaram a virar a cabeça para a entrada.

As madrinhas entraram, jogando flores por onde passavam, todas carregando um carinho imenso por mim. Eu amava cada uma delas, cara.

Assim que se posicionaram, meu coração começou a bater com mais força.

— Acho que agora é a hora, pirralho — Zane disse, emocionado.

Havia uma orquestra inteira dedicada à entrada da Querubim, porque fiz questão que ela entrasse no salão como o anjo que verdadeiramente é. Então, os instrumentos principais seriam piano, harpa e violino.

Quando o piano iniciou e um violino passou a acompanhar o outro, até a harpa iniciar o toque da música *I Choose You*, todo o meu corpo se arrepiou.

Era isso.

A gente teria o nosso para sempre e...

Uma pessoa se levantou.

E eu pisquei, tentando entender o que era aquilo, até que o convidado, mais especificamente o pai do Carter, começou a cantar a primeira estrofe da música.

— O quê?

Uma segunda pessoa levantou, uma mulher da equipe da Querubim. A voz dela se juntou à do pai do Carter, tão afinados que parecia loucura, e eu fiquei estático enquanto outra pessoa se levantava e seguia a canção. Carter, ao meu lado, começou a cantar junto. Então, Yan. Meu irmão. Mark. E Oliver. Kizzie, Erin, Lua, Cahya... Um coro de pessoas, se levantando e adicionando suas vozes, me surpreendendo a ponto de eu, por um segundo, me esquecer do que estava prestes acontecer.

Até a voz da minha Querubim ecoar pelos alto-falantes.

Ah, porra.

Ela não ia entrar cantando, ela não ia fazer isso comigo...

As portas se abriram, sua voz chegando antes que eu pudesse vê-la.

Então, eu a vi.

O meu coração se esqueceu de como batia, meus pulmões se tornaram incapazes de respirar e a minha emoção foi tão forte que precisei levar a mão à boca, incrédulo. Gritei quando a vi, porra. Eu *literalmente* gritei. Comemorando o fato de que aquela mulher ia ser minha. Lágrimas escorreram pelo meu rosto como se nunca fossem parar.

Ela não estava linda. Ela estava deslumbrante.

Entrando de braço dado com seu pai, com um microfone na mão e o buquê de rosas na outra, eu perdi tudo o que estava acontecendo ao redor. Os convidados estavam cantando *I Choose You*, e Roxanne estava fazendo a primeira voz. A emoção dela quando me viu chorar quase a fez errar a letra, mas ela conseguiu respirar fundo, sorrir para mim, e continuar caminhando na minha direção.

O vestido era a coisa mais preciosa que ela já criou.

Como uma sereia, colado em cada parte do seu corpo até se armar antes de tocar seus joelhos. Branco, de renda e colado. *Porra, Roxanne. Porra. Porra. Porra.* As mangas eram curtas, o decote realçava os seus seios pequenos, em um V foda demais que beirava o sexy. Seus cabelos estavam presos, e havia uma coroa no topo da sua cabeça.

Porra, ela estava tão absurdamente linda. Eu não conseguia parar de chorar.

Passo após passo, ela caminhou até mim. A canção embalava sua entrada, cada convidado cantando a música que Roxanne escolheu para garantir que seria minha, e quando ela estava perto o bastante para eu conseguir ver os detalhes do vestido, cada pedra preciosa que ela colocou nele, cada detalhe... Deus, cara. Eu era mesmo um sortudo do caralho.

— Shane, eu estou entregando nas suas mãos a melhor coisa que já me aconteceu nessa vida. Faça o futuro de vocês dois ser tão feliz quanto o presente. — Kennedy me puxou para um abraço e eu, emocionado pra cacete, bati duas vezes em suas costas.

— Eu vou fazer isso todos os dias, tio Taylor.

Ele me entregou a mão da filha quando desfizemos o abraço. Perto, tão perto dela que eu mal conseguia respirar, peguei sua mão e dei um beijo nas costas, lento, sem conseguir tirar os olhos da mulher que me fez entender o que de verdade é amar e ser amado. Dancei meus olhos por ela, atento a cada detalhe, a emoção em suas íris claras, o sorriso imenso e o lábio inferior trêmulo quando me olhou vestido de marfim, exatamente do jeitinho que ela sonhava.

— Você está tão linda — murmurei. — E o que foi aquela cantoria da galera? Você me surpreendeu pra caralho, amor.

O celebrante pigarreou por causa dos palavrões.

— Desculpa, cara.

— Ah, Shane. — Ela tocou meu terno, escolha do Yan. Era impecável como tudo o que o baterista escolhia. — Você está incrível. Eu amo tanto você. Fico feliz que se emocionou. Espero que tenham gravado o quanto você chorou quando me viu. Vou querer mostrar para os nossos filhos.

Filhos. Futuro. Ela.

— Obrigado por não ter fugido. — Sorri, umedecendo os lábios secos. Deus, senti tanto a falta dela nas últimas horas.

— Você só me convenceu mesmo de que eu deveria me casar com você por causa daquele vídeo. Zane me propôs até um carro de fuga.

— Sério? — sussurrei.

Roxy riu.

— Eu jamais fugiria do meu destino, Tigrão. Sempre foi você.

— Tudo por nós — eu murmurei.

Viramos de frente para o celebrante quando as pessoas sentaram.

Respirei fundo.

E me deixei levar pelo dia mais feliz das nossas vidas.

Querubim

Roxy

A cerimônia, a troca de votos... o pequeno filho de Mark e Cahya, Evan, entrando na igreja com as nossas alianças e Snow. O nosso bebê estava com uma plaquinha no pescoço, que estava escrito: ***Papai, eu a amei primeiro!*** Eu vivi o nosso casamento em lágrimas e, quando finalmente deslizamos as alianças no dedo um do outro, prometendo que seríamos sempre leves, apaixonados e melhores amigos, eu tive uma sensação forte no meu coração de que minha vida estava completa.

Não porque era um sonho antigo eu me casar, ter uma vida com quem amasse, uma profissão da qual me orgulhasse, não porque eu passei boa parte da minha infância sonhando em confeccionar o meu próprio vestido de noiva e desejando encontrar a minha alma gêmea. Mas sim porque, de todas as bilhões de pessoas do mundo, era justamente Shane que estava dizendo sim para mim.

Lágrimas rolaram pelo meu rosto quando pétalas de rosas começaram a cair do teto. O celebrante estava dizendo as últimas palavras e então...

— Recebam de braços abertos o novo casal! A partir de agora, Sr. e a Sra. D'Auvray! — o celebrante anunciou, depois do seu discurso emocionante sobre erros e acertos, exatamente o que eu e Shane vivenciamos no nosso relacionamento.

Eu me sentia tão eufórica, feliz e apaixonada que mal conseguia processar. Palmas soaram quando nos aproximamos. Shane com a mão na base das minhas costas, sorrindo para mim, os olhos destoantes brilhando enquanto eu via a sua alma. Ele era o meu lar. A minha eternidade. Durante todos os dias da minha vida, a cada momento, meu coração bateria por aquele homem, por aquela beleza arrebatadora e sua rebeldia. Não havia nada mais gratificante do que ser uma D'Auvray agora.

Seu rosto desceu em direção ao meu, e eu estava pronta para o nosso primeiro beijo como marido e mulher, mas Shane me surpreendeu e me arrancou uma risada quando inclinou meu corpo em seus braços, me fazendo agarrar a coroa da minha cabeça para que não caísse. Meus olhos se fecharam, e o meu marido me beijou. *Ah, Deus*. Perdi a risada quando sua boca se colocou na minha, e agarrei seus ombros para não me desequilibrar, embora soubesse que Shane jamais me deixaria cair. Então ele suavemente encaixou seu lábio inferior no meu, até que sua língua pedisse espaço e me deixasse completamente tonta. Agarrando o buquê e a coroa, eu fui beijada como a sra. D'Auvray, e prometi silenciosamente que não iria para mais nenhum lugar além daqueles braços. Senti os flashes eternizaram o momento, embora eu soubesse que sempre me lembraria do instante em que finalmente nos tornamos um só.

Ele me ergueu, entrelaçou nossas mãos e levantou-as para o céu.

— Eu tô casado com a mulher da minha vida, porra! — ele comemorou, rindo, emocionado quando me lançou um último olhar.

Palmas soaram intensamente e, dessa vez, o caminho pelo tapete cor-de-rosa não foi de ida com o meu pai, mas de volta com o meu marido. Nós fizemos a caminhada como o mais novo casal D'Auvray pela primeira vez, dançando. *Macarena*, que era uma música que o nossos pais sempre tocaram e era uma tradição dos Taylor, ecoou pelo salão. Arrancamos risadas e lágrimas dos convidados naquela noite, porque não tinha como ser diferente disso.

Éramos loucos um pelo outro, pela vida e pela felicidade que nos foi concedida.

— Caralho, agora a vida começa, esposa. Tá pronta pra passar todos os momentos da sua vida com um D'Auvray? — ele perguntou, a palavra *esposa* dançando em sua língua como se ele gostasse demais disso.

— Pronta, marido — garanti, antes de entrarmos no salão do buffet.

O jantar foi feito pelo chef do hotel. Nós comemos, rimos, aproveitamos a companhia dos nossos convidados. E como se nunca fôssemos perder a nossa sincronia, eu provei um dos camarões do seu prato enquanto ele colocava o guardanapo no meu colo.

Ainda estávamos em nossa mesa quando a mão de Shane buscou a minha, entrelaçando nossos dedos, como eternos namorados.

— Aliás — eu disse, no meio do jantar. — Agora que sou uma D'Auvray, acho que posso seguir a tradição.

— Tradição? — Shane indagou, confuso. — Qual tradição?

— Erin, tá com você?

— Ah, está sim! — Erin confirmou, rindo, enquanto me estendia uma caixa.

— Porra, você também tem um presente pra mim, amor? — Shane ficou surpreso. — Obrigado, Erin — falou assim que ela entregou a caixa.

As meninas sabiam o que era, mas os meninos não. Zane se esticou na cadeira para espiar, Carter pareceu surpreso porque sua Fada escondeu até dele, Yan estava com os olhos atentos, e Oliver e Mark pareciam tranquilos, embora estivessem querendo saber o que eu tinha aprontado.

— Abra, amor — pedi para Shane.

Shane, ansioso do jeito que era, desfez o laço branco da caixa azul em meio segundo. Ele tirou a tampa e seus olhos ficaram congelados por um momento. Ele pegou o objeto com todo o cuidado do mundo e deixou uma risada escapar. Seus olhos vieram para mim, ainda descrentes.

Quando caiu a ficha, meu marido começou a gargalhar.

— Como você... — Ele não aguentou e riu mais um pouco, tirando a revista de dentro da caixa. — Porra, você lembrou que eu procurei dicas para te conquistar, né?

— É claro que eu lembrei. — Ri baixinho.

Rosé Fashion

Na edição especial da minha revista, feita unicamente para Shane, a chamada especial da capa era: ***"10 dicas para resistir a Shane D'Auvray"*** e, com uma fonte menor e mais delicada embaixo da chamada: ***"É impossível, mas você pode tentar"***. A capa da revista era uma foto do Shane sem camisa e, ao redor da foto, várias coisas divertidas a respeito de nós dois.

Rosé
Fashion
O QUE FAZER QUANDO UM HOMEM
NÃO SABE FRITAR UM OVO?
CINCO UTENSÍLIOS DE COZINHA QUE
PODEM TORNAR O SEU FUTURO
MARIDO UM AJUDANTE PARTICIPATIVO
10 DICAS PARA RESISTIR A
SHANE D'AUVRAY
É impossível, mas você pode tentar
CONQUISTE O SEU
MELHOR AMIGO
REBELDE EM
CINCO PASSOS
SHANE D'AUVRAY
É ELEITO O MARIDO MAIS
GOSTOSO DO SÉCULO
CALÇA ROSA:
O VERDADEIRO MASSACRE
DO MUNDO FASHION
DE ROCKSTAR A SERVO
DE UMA SÓ MULHER:
COMO FAZER UM BAIXISTA
BEIJAR O CHÃO QUE VOCÊ PISA
SEXO SELVAGEM?
DEZ POSIÇÕES SEXUAIS PARA
SUPORTAR A SHANECONDA E
SEU PIERCING
ALINE SANT' ANA
Editora
Charme
POR QUE HOMENS GOSTAM DE SER CHAMADOS DE TIGRÃO?

— Você sabe massagear meu ego, né? É por isso que eu te amo tanto.

— Ninguém é capaz de resistir a um D'Auvray.

Meu marido se inclinou e me deu um beijo na boca.

— Eu tô tão emocionado e, porra, não consigo parar de rir.

— Deixa eu ver — Zane pediu e, então, gargalhou.

Todos os nossos amigos riram enquanto folheavam a revista e viam que era mesmo uma edição especial sobre o Shane. Meu marido ainda estava rindo das coisas que eu coloquei na revista e tirou das mãos dos meninos para ler e rir mais um pouco. Em um minuto, seus olhos subiram para os meus, cheios de gratidão e alegria.

— Você realmente é a cor dos meus dias, Querubim. É a metade da minha alma. Eu amo o quanto você consegue me surpreender e de forma que... porra. Eu vou querer guardar essa revista para sempre. Eu quero viver isso assim, com você, para sempre.

— Shane.

— Roxanne. — Ele sorriu antes de me beijar de novo.

A verdade é que a vida com Shane seria sempre uma alegria. Éramos tão parecidos e tão diferentes ao mesmo tempo que a sensação era de ter achado um lugar para chamar de lar.

Em seu coração. Nos seus braços. No dia a dia. Sempre viveríamos da melhor maneira o "nós".

Shane

O que esperar da festa de casamento Shaxy? Caralho, a balada do século, claro! Depois de Roxy tirar o vestido e colocar um branco mais solto, para ficar mais confortável, e eu ficar só com a camisa e a calça social, a parte boa do casório D'Auvray finalmente pôde começar. O salão de festas estava com luzes neon, o ambiente enorme permitindo que todos dançassem e se divertissem. Havia um DJ para fazer aquilo durar a noite inteira e os convidados estavam soltos na pista, curtindo o funk carioca e as músicas americanas no meio da playlist.

— Zane, você nunca vai aprender a dançar. — Eu ri do meu irmão.

— Eu tento, cacete. Pelo menos eu tento.

Carter gargalhou.

— Ele se esforça, a gente tem que dar esse crédito a ele — Yan disse, sorrindo.

— Vocês vão ter que dançar direito quando a hora chegar — pedi. — Vocês treinaram comigo.

— A reboladinha eu não dou conta não, caralho — Zane resmungou.

— É como transar, só que sem transar — expliquei.

— Porra, o que eu não faço por você, pirralho? — Zane resmungou.

— Está quase na hora — Erin se aproximou, me avisando. — O DJ vai colocar a música daqui a três minutos.

— Cadê a minha esposa que já tá fugindo de mim? — perguntei, procurando-a.

Erin riu.

— Ela está com os pais e os seus pais, dando um pouco de atenção para a família.

— Ah, beleza. É uma surpresa para a Roxy, de qualquer maneira.

— Nem me fale. Foi muito difícil convencer sua esposa a ter dois vestidos só para a surpresa que você preparou, Shane. — Erin tocou meu ombro. — Ela não queria um vestido curto e rodado. Muito menos trocar de roupa para a pista de dança. Aliás, como ela achou que vocês dançariam algo mais tranquilo...

— Qual foi a sua desculpa? — perguntei. — Para convencê-la?

— Eu disse que o casamento seria no Rio de Janeiro, e ela não ia aguentar usar o mesmo vestido a noite toda. É quente aqui.

— Faz sentido. Vou me preparar. As meninas estão a postos também?

— Kizzie, Cahya, Lua... todas prontas. Mark, Oliver e Andrew também. Seus pais e os pais de Roxy também estão prontos.

— Então, a hora é agora — eu disse e, quase como se o DJ tivesse me escutado, as luzes do salão acenderam completamente e a música parou.

— Boa noite, senhoras e senhores! — o DJ iniciou ao microfone. — Peço que abram espaço na pista de dança, façam um círculo, por favor, e para os convidados que estão no palco... peço que desçam porque teremos uma apresentação muito especial.

Lancei um olhar para os meus amigos, que assentiram, e eu fui buscar a Roxy.

Os olhos dela arregalados quando me aproximei já foram o suficiente para que eu precisasse prender uma risada.

— O que é isso, Shane?

— A última surpresa da noite — sussurrei no seu ouvido. — Nosso casamento foi o mais emocionante do século, mas tem só uma coisa que eu não quero deixar passar.

— Shane...

— Vem comigo. — Entrelacei nossos dedos, subindo as escadas do palco.

Assim que Roxy estava no lugar certo, as pessoas começaram a gritar.

Ela ficou ainda mais chocada quando as luzes se apagaram, ficando somente sobre nós.

E dei um beijo em sua boca antes de me afastar.

— O que você está fazendo?

— Você vai entender quando começar.

— Shane.

— Roxanne. — Pisquei para ela, indo para a lateral do palco, deixando-a sozinha no centro.

Foi quando a música *(I've Had) The Time Of My Life* começou a tocar que Roxy pareceu compreender o que eu ia fazer. Caminhei em direção a ela, os passos calculados e lentos, como Patrick Swayze fez com a Baby. Roxy começou a rir, de nervoso ou felicidade, assim que nossos olhos se encontraram.

Movi o indicador, pedindo para ela se aproximar de mim.

Com os olhos brilhando e o sorriso solto, ela entendeu que apresentaríamos *Dirty Dancing* como a nossa primeira dança sendo o Sr. e a Sra. D'Auvray. Minhas mãos foram para a sua cintura, e as suas tocaram os meus ombros, segurando com força.

— Eu não acredito — ela sussurrou quando nossos rostos ficaram perto o suficiente para os nossos narizes quase se tocarem.

— Acredite, esposa. — Desci a atenção para a sua boca, e inclinei seu corpo da esquerda para a direita. Quando voltou, ela sorriu.

As pessoas gritaram.

Ela se colocou na minha frente, o salto alto permitindo que suas costas tocassem o meu peito. Peguei seu braço delicadamente e o joguei atrás da minha cabeça, nossas respirações se misturando enquanto meu coração batia como um louco. Roxy fechou os olhos por segundos, entreabrindo os lábios, e eu lentamente desci a ponta dos dedos por sua pele, deslizando do seu braço até suas costelas, meus dedos buscando a mão esquerda que estaria me esperando para girar.

— Eu te amo. — Beijei sua boca delicadamente e ela não pôde me responder porque minha mão firmou o aperto na sua e, meio segundo depois, Roxanne já estava girando para se afastar de mim, girando para então voltar aos meus braços.

Os convidados ovacionaram quando a batida soou mais forte e eles perceberam que sabíamos mesmo como dar um show.

Em posição, começamos a nos mover. Frente. Trás. Seus olhos divertidos me encarando em uma música que já havíamos dançado mil vezes, mas era a favorita da Roxy, era o seu filme favorito também, e eu não podia deixar passar. Só de ver a felicidade naquela expressão, porra, cada segundo contava. Girei-a mais uma vez, empurrando-a para longe de mim, até que estivesse perto de novo. Ficamos lado a lado, sua mão no meu ombro, a minha na sua cintura, de frente para os convidados, que não pareciam acreditar no que estavam vendo.

— Ah, Shane D'Auvray. Eu amo tanto você — ela disse, rindo, tão leve, enquanto dançava tão bem quanto a própria Baby. — Que surpresa!

Os convidados começaram a bater palmas no ritmo da música.

E aí eu me senti vivendo a cena de verdade.

Voltei-a para mim, a ponta dos meus polegares nas palmas das suas mãos, nós dois sorrindo. Movemos nossas mãos, pulamos e voltamos para o passo básico da dança. Girei-a, e ela me girou. E quando voltou para os meus braços, joguei-a lentamente para um lado e depois para o outro, enquanto os passos de Johnny e Baby nos embalavam. Girei-a incontáveis vezes, fazendo-a rodar, nossos corpos mais próximos do que em *Dirty Dancing* porque precisávamos pra caralho um do outro. Roxy estava tão entregue, que a luz que nos acompanhava parecia apagar todas as outras pessoas.

Éramos nós dois.

Sua mão segurou na minha nuca, a minha na sua cintura, quando nossos corpos estavam colados, e eu nos girei, sem tirar os olhos da minha esposa, quase perdendo o *timing* de afastá-la e puxá-la porque, sério, aquele olhar me deixava louco.

— *Because*... — ela cantou quando seu corpo se chocou no meu. *Porra. Porra. Porra.* Sua respiração ofegante se misturou à minha, Roxanne no primeiro dia do resto das nossas vidas fazendo o meu peito retumbar como o choque das baquetas do Yan na bateria.

Minha. Mulher.

Empurrei-a de novo para longe e a fiz se chocar contra mim, como Johnny. Nós rimos, nos perdendo na dança, todos os sentimentos que colecionamos ao longo dos anos se tornando explosivos. Estávamos dançando como marido e mulher.

Eu a puxei para um beijo rápido antes de continuarmos a dançar.

— *And I owe it all to you*... — sussurrei contra a sua boca, rebolando gostoso e fazendo o movimento do Johnny de provocar o quadril da Baby em um vai e vem.

Roxy arfou, e eu a girei. E quando estávamos imersos demais, era a hora de eu erguê-la no palco, as pernas para frente e para trás enquanto eu a suspendia do chão, girando comigo, ao redor de mim, sorrindo até que eu a descesse e a girasse. Já com os pés no chão, roubei um beijo da sua mão e saltei do palco.

— Shane! — Roxy gritou quando percebeu que eu faria o solo do Johnny.

— É claro que eu vou fazer, baby — gritei pra ela. E comecei a dançar no meio do público. As pessoas abriram espaço para mim, Roxy rindo e chorando, tudo ao mesmo tempo, enquanto eu dançava ao redor das pessoas que torciam pela nossa felicidade. — *Oh, yeah. Yeah. Yeah* — cantei.

Fui caminhando, dançando exatamente o passo do filme, em direção a todo mundo que treinou comigo. Ouvi o grito da Roxy quando ela percebeu que eu ia atrás dos nossos amigos, dos nossos pais, todos que ensaiaram para fazerem a caminhada da volta. E quando eu comecei a ir em direção a ela, uma galera às minhas costas, vi a minha esposa com as mãos cobrindo a boca, sem conseguir acreditar.

Rebolamos, fizemos os passos todos, e eu parei no meio do caminho quando era a hora de Roxy pular.

Carter e Zane correram para buscá-la. E, como no filme, Roxy foi tirada do palco como se fosse capaz de levitar. A minha esposa assentiu, sem conseguir parar de sorrir, quando seus pés tocaram o chão. Ela não teve dúvida, cara. A mesma certeza que a fez dizer sim para mim naquele dia, a moveu. Roxy começou a correr na minha direção, deu um pulo, literalmente voando para os meus braços quando eu a peguei pela cintura, erguendo-a acima da cabeça. Como um anjo, ela abriu suas asas, se equilibrando. Eu pude ouvir os gritos dos convidados, mas nada importava, nada além de fazer Roxanne...

Escorregar. Por. Mim.

Eu a desci lentamente, nossas roupas ficando bagunçadas. Ofeguei quando seus pés tocaram o chão, seu corpo delicioso me atiçando em público a ponto de eu precisar travar o maxilar. Roxy sentiu o meu olhar, suas mãos tocaram os meus cabelos e, antes que eu pudesse mover meu rosto em sua direção, ela me puxou para um beijo.

Caralho, cara.

Seu gosto salgado, doce, feminino, tão minha. Gemi quando sua língua espaçou meus lábios, minhas mãos agarrando sua cintura com força, e me perdi naquela mulher como sempre seria. Escutei as palmas ao nosso redor, mas eu estava desacelerado nos braços da Querubim, em uma realidade só nossa, em uma bolha que ninguém mais compreendia, exceto nós dois.

— A gente já pode pular para a noite de núpcias? — murmurei contra a sua boca, assim que a intensidade reduziu um pouco.

Roxy tocou meus lábios com a ponta dos dedos e sorriu, as íris tão intensas quanto as minhas, eu tinha certeza.

— Mal posso esperar para viver esta noite com você.

— E todas as outras?

Roxy me encarou com carinho.

— E todas que virão, meu amor.

O nosso casamento teve uma energia maravilhosa demais para eu colocar em palavras. Zane fez um discurso, nossos pais também fizeram, todos os padrinhos e madrinhas falaram sobre nós dois. Caímos na pista de dança de novo quando percebemos que a noite não ia ter mesmo fim. Quando os convidados estavam ocupados demais, fugimos para o quarto, querendo viver com ela cada segundo do nosso para sempre do jeito mais gostoso de todos. Eu estava certo de que aquele seria o dia mais feliz da minha vida.

Eu só não esperava que mais tantos outros dias incríveis estavam por vir.

... É O MEU AMOR.

So let the children remember the sun
Let them dance, let them soar
For their lives have begun

— Celine Dión, "A Mother's Prayer".

Anos depois...

Shane

Ah, a vida sabe ser maravilhosa pra caralho.

Morar com Roxanne em um bairro afastado da cidade, sendo vizinhos dos caras e das meninas, com direito a acesso à praia e toda a tranquilidade do mundo, era muito melhor do que eu poderia esperar. Eu e Roxanne vivemos os primeiros anos do nosso casamento viajando, aproveitando a vida, curtindo um ao outro. Meus laços com a The M's e as meninas se tornaram ainda mais estreitos também, muito além do que já poderíamos prever. A banda ainda arrebentava a porra toda, mas eu estava começando, em paralelo, a realizar um sonho de ajudar as bandas indies a terem espaço no meio musical. Roxy estava quebrando tudo com a Rosé, levando desfiles até para Paris, e sua revista continuava sendo a mais lida dos Estados Unidos.

Agora, só faltava apenas uma coisinha para a gente completar...

— Shane! — Ouvi a voz da minha esposa na cozinha.

— Oi, amor! — gritei de volta, indo até ela. Snow e sua namorada me seguiram, os filhotes deles pulando nos meus pés como os verdadeiros terrores que eles eram.

Roxy estava com as mãos na bancada da pia, curvada, o olhar um pouco mais lânguido do que o normal e, quando ela franziu a testa, percebi que alguma coisa estava errada.

— Eu acho que talvez... — ela sussurrou. — Você precisa manter a calma, ok?

— Eu preciso? O quê? — Desci os olhos para a sua barriga gigante. — É o *bebê*?

— É. — Ela sorriu, os olhos emocionados. — Eu acho que pode ser que esteja acontecendo.

— Acontecendo? — gritei, me aproximando dela depressa. Minhas mãos tocaram sua barriga, meu cérebro correndo para processar a informação. — Vai nascer? É isso que está dizendo?

— Estava previsto para nascer a qualquer momento... — Ela gemeu. — Hum, isso deve ser uma contração.

— Porra. Porra. Porra.

— Shane, não pira, pelo amor de...

— Não vou pirar — eu a interrompi e dei um beijo suave na sua boca, me afastando em seguida. — Eu vou ligar para a médica e a equipe. — Parei de correr e me lembrei de respirar. — Você quer sentar? Quer água? Quer *mesmo* fazer isso em casa?

— Eu estou bem em pé. Não, não quero água. E sim, quero fazer no nosso lar.

Peguei o celular em cima da mesa, procurando entre os números salvos. A médica atendeu no segundo toque.

— Doutora, a minha esposa... porra, ela tá... ela tá...

— Roxanne está em trabalho de parto?

— É, talvez. Ela tá com dor. — Arregalei os olhos quando vi a minha esposa se contorcer. — Você tá vindo, né? Você tá vindo?

— Eu preciso que anote as contrações dela. Eu só vou poder ir quando estiverem mais frequentes. Estarei com a doula da Roxanne, enfermeira e também o pediatra. Fique tranquilo, papai.

— O que eu faço enquanto isso? — perguntei, desesperado, e ouvi a risada da Roxy.

Mulheres são bizarras. Como elas conseguem rir enquanto sentem dor?

— Como eu disse, esteja atento às contrações e me ligue quando elas piorarem. A enfermeira vai na frente para ver o batimento do bebê e fazer um ultrassom, ok? Você pode dar gelo para ela, acomodá-la em um ambiente confortável, colocá-la embaixo do chuveiro.

— Ok, eu vou fazer isso tudo. Doutora, venha rápido, por favor.

Desliguei a chamada. Todos os partos das meninas foram feitos pela mesma médica. Ela era excelente, eu sabia disso, mas Roxanne estava prestes a ter a nossa primeira filha em casa. Cara, a minha garotinha. Eu não conseguia pensar com coerência e a minha esposa estava com *dor*.

Antes que Roxy pudesse protestar, eu voltei até ela e a peguei no colo. Suas mãos rodearam o meu pescoço, ela rindo de mim e gemendo de dor, e ali eu percebi que ela já deveria estar enfrentando isso há algum tempo, só não tinha me dito. Coloquei-a delicadamente no sofá, ajeitando as almofadas. Snow e Coral, a cachorrinha que adotamos para que ele não se sentisse tão sozinho, se aproximaram com seus filhotes para nos observarem.

— Você tá sentindo isso há quanto tempo?

— Eu acordei me sentindo um pouco diferente, como se estivesse com cólica, mas achei que não era nada até... — Roxy fez uma pausa e seus olhos se fecharam. — Até agora... *Deus*.

— Amor, você tinha que ter me falado.

— É o meu primeiro bebê. E nós já tivemos três... não, quatro sustos! Eu não tinha certeza de que era real até uma dor sobre-humana me atravessar na cozinha. No mais, serão horas e horas de parto por ser a primeira. Já estamos cientes, certo? Que pode levar muitas horas. Você separou uma mala caso a gente precise ir para o hospital?

— Sim, está tudo pronto. Um passo de cada vez. Nós vamos viver isso juntos. Você quer trocar de roupa ou o vestido tá confortável? Tiro a sua calcinha?

— Ah, que sexy.

— É sério, amor. — Sorri para ela, tentando me tranquilizar e, como consequência, tranquilizá-la. — Você quer?

— Por enquanto não.

— Summer vai nascer linda e governando a porra do mundo, não é? Venha com carinho, Summer. Eu sei que você não quer machucar a mamãe. Filha, o papai tá ansioso, mas faça isso ser o mais tranquilo possível, ok? Seu pai é jovem e tudo, mas o coração não aguenta fortes emoções. — Olhei para a minha esposa. — Porra, amor. Se eu pudesse, faria isso por você.

Roxy tocou meu rosto. Ela estava tão linda naquela manhã, os cabelos presos, os olhos brilhando. Fiz um carinho na sua barriga gigante, sentindo que estava maior, que parecia diferente de alguma maneira e mais baixa que o normal.

— Eu sei, Tigrão. Mas você está aqui e vai viver isso comigo. Nós vamos conseguir. Juntos.

— Vamos sim. — Beijei sua barriga uma segunda vez. — Summer, seja boazinha para o papai, ok? Não namore antes dos trinta anos...

— Não é o momento de você falar essas coisas para ela, Shane.

Eu ia ser pai. Eu, Shane D'Auvray. *De todas as pessoas do mundo, eu...*

Não foi planejado, mas, quando Roxy me contou da gravidez, em uma videochamada quando ela estava em Paris, eu peguei o primeiro avião para ir atrás dela. Nossa, eu chorei como um bebê, cara. A verdade é que todos os caras da The M's já tinham filhos. E eu e Roxy não estávamos com pressa. Nós curtimos muito o tempo que passamos sendo os tios de Evan, Lennox, Liam, Luna, Zoe, Shawn e Sky. Erin estava grávida de outro garotinho, eles ainda estavam escolhendo o nome, mas eu votei por Axel. E Cahya e Mark tinham acabado de ter uma menina, Angel, a coisa mais fofa do mundo. Ou seja, a galera toda cheia de bebês a ponto de dar para montar um time de futebol e ainda sobrava para o banco de reserva. Não era como se eu e Roxy estivéssemos carentes de crianças. A gente tinha muitas para cuidar e toda vez que rolava uma bagunça, era na minha casa porque eu os chamava e fazia todas as merdas que os pais evitavam fazer. Tipo, colocar um pula-pula terrivelmente perigoso no quintal, ensinar às crianças a andarem de skate, mostrar para os meninos como eles poderiam xavecar as garotas e como as meninas poderiam impressionar os garotos.

Agora, eu ia mesmo ser pai, caralho!

— Zane... — resfoleguei na linha assim que ouvi a voz do meu irmão.

E, como sempre, eu nem precisei dizer mais nada.

— Eu tô indo para aí.

— Você quer vir? Eu sei lá, cara. Ela ainda não começou a parte foda. Eu acho que...

— Eu tô indo para aí — ele repetiu. — Vou ligar para todo mundo, nossos pais e os pais da Roxy. Fica tranquilo que eu tô contigo, pirralho.

Roxy estava com trinta e oito semanas de gestação. Nós tivemos todos os acompanhamentos em relação a Summer. E foi uma gravidez tão certinha que parecia que Summer estava mesmo vindo com gentileza. Não teve risco. Summer D'Auvray era absolutamente perfeita.

— Tá todo mundo vindo. Eles estão preocupados, serão os tios da Summer, e não vão sair do nosso lado até o momento crítico chegar... — avisei a Roxy, me ajoelhando no chão ao seu lado. — Como você tá?

— Tudo bem, eu ainda estou... ah, que cólica. Parece uma cólica, mas é mais forte que isso...

— Quer ir para o chuveiro?

— Por enquanto, não. A médica está vindo?

— Ela me pediu para acompanhar as contrações primeiro. — Acariciei sua barriga, meus olhos preocupados dançando pela minha mulher. — Respira, amor.

— Eu estou tranquila.

— Vem calminha, filha. Tá todo mundo ansioso para te conhecer. Amor, você quer um chocolate? Quer comer alguma coisa? Eu posso começar a marcar as contrações?

— Não, por enquanto. Eu só preciso de você. Do seu cheiro. — Roxy me puxou, acariciando as minhas costas. — Você cheira tão bem, amor.

— Eu tô aqui — prometi. — Não vou a lugar algum.

Querubim

Roxy

Eu estava mentalmente preparada para aquilo. Eu assisti a um zilhão de vídeos de parto, aliás, eu acompanhei todos os partos das minhas melhores amigas. E por mais que a minha mente soubesse a teoria, a prática funcionava de outra maneira. Como, por exemplo, eu ainda conseguia caminhar pela casa. Estava em pré-parto quando Shane chamou a médica, e ela pediu para marcar as contrações porque é um processo demorado e ela não poderia começar, a não ser que eu estivesse com alguma dilatação.

Fui descobrindo coisas novas.

Chupar picolé aliviava o desconforto, assim como ficar de quatro. Descobri que caminhar era melhor do que ficar deitada; parecia que o peso que havia na barriga fluía melhor. Os exercícios que eu e Shane estudamos para esse momento definitivamente diminuíam a pressão. Me concentrar na respiração me deixava com mais controle da dor. Ter calma, saber que eu ia passar por aquilo e ainda viver o melhor dia da minha vida. Carregar a minha filha nos braços. Foi com esse pensamento que eu segui.

Ainda coloquei a ração para Snow e Cora, além dos filhotes, e os deixei livres pela casa. Snow estava sentado me observando como se soubesse que sua mamãe lhe daria uma irmãzinha. Cora parecia atenta também, mas estava tranquila, como se confiasse em mim para fazer isso acontecer do jeito certo.

Escolhi o parto humanizado e normal em casa porque me sentia bem o suficiente para ter a nossa pequena pérola. Eu e Shane já visitamos demais os hospitais e não tínhamos memórias agradáveis sobre isso. Eu precisava que fosse no conforto do meu lar, rodeada pelas pessoas que eu amava. Claro, se houvesse qualquer complicação, Shane estava pronto para me levar ao hospital.

Em algum momento, eu já não me aguentava mais em pé e nem sentada. Tive que deitar de lado no sofá. As contrações foram ficando mais fortes e Carter nos ajudou com um aplicativo para monitorar porque Shane estava atordoado demais para isso. Erin fez massagens, o que foi um alívio entre as contrações. Lua encheu a piscina para usarmos mais tarde. Mark e Cahya me disseram palavras tão tranquilizadoras que eu não sei se teria enfrentado com tanta força sem o apoio deles. Kizzie, como uma irmã que eu não tive, segurou uma das minhas mãos enquanto Shane segurava a outra. Cada pessoa ali teve um papel importante nesse momento, e lágrimas vinham aos meus olhos cada vez que eu me dava conta disso. Então lágrimas se misturavam à dor e à emoção de ver Summer.

Eu mal podia esperar.

A médica trouxe todos os equipamentos necessários quando as contrações se tornaram mais frequentes e cheguei a quatro centímentros de dilatação. Acompanhamos os batimentos da Summer por longas horas — acho que mais de sete. O alívio que eu sentia entre uma contração e outra era incrível, mas, quando Summer começou a se posicionar embaixo, ainda que eu não estivesse dilatada o suficiente, entendi a força que uma mulher precisa ter para trazer uma vida ao mundo. Sem dor, não existe o nascimento. Mas era algo que transcendia a explicação.

— Eu tô aqui — Shane disse, acariciando as minhas costas enquanto eu bufava no sofá, urrando, sentindo o momento cada segundo mais próximo. — Eu amo você, amor. Você consegue.

Quase todos os nossos melhores amigos estavam lá, exceto Oliver, que tinha ficado com as crianças para nos dar mais liberdade. Ainda assim e, apesar de amar cada uma daquelas pessoas, era a voz do meu marido que me tranquilizava. O carinho do Shane nas minhas costas, então a sua paciência com o meu choramingo, o meu medo. Ninguém conta a parte em que a mãe fica apavorada de fazer qualquer coisa errada, a ansiedade também para entrar logo em trabalho de parto e...

— Filha! — Ouvi a voz da minha mãe assim que ela entrou. E quando meus olhos encontraram os dela... Eu não esperava que ela viesse. Estava em uma curta viagem com os pais do Shane, e ela teve de pegar um voo de volta para casa. — Oh, minha filha!

— Mãe! — Comecei a soluçar no momento em que a vi. Eu estava jogada no sofá com um cobertor nas pernas, apertando a mão de Shane como se eu não conseguisse viver se não fizesse isso, mas, no momento em que minha mãe entrou e correu para mim...

Ela me abraçou.

E inspirou nos meus cabelos.

O cheiro de lar, da minha mãe...

Eu só queria ser para a minha filha ao menos a metade do que a minha mãe significava para mim.

— Mãe, eu est-tou com ta-nto me-do.

— Não fica, meu amor. Você é tão forte. Tão guerreira! Uma deusa maravilhosa que vai ter outra mulher tão incrível quanto! — Ela chorou abraçada comigo, me puxando como se conseguisse pegar a minha dor para si. As lágrimas rolaram nos meus olhos e, quando os abri, Shane estava secando as suas também. — Eu e seu pai vamos ficar aqui na casa, ok? A Charlotte também chegou...

— Ah, minha querida filha! — Tia Charlie se aproximou, me abraçando junto a minha mãe. E eu chorei com as duas. A minha energia foi revigorada, a minha força, o meu eu feminino. — Você vai trazer uma menina tão linda para o mundo, meu amor. Eu estou tão orgulhosa de você.

— Tia Charlie...

— Roxanne, precisamos ver os batimentos da nossa Summer, ok? — a doutora disse. — E acho que, se você estiver com seis centímetros, precisaremos ficar a sós com o papai no ambiente que preferir.

— Tudo bem — falei. A contração veio e me fez ver estrelas e urrar. Longos minutos passaram até que eu conseguisse respirar de novo. — Oh, Deus. Sim. Estão mais frequentes... — Parei de falar quando outra onda chegou. Foi tão forte dessa vez que...

— Roxy, sua bolsa estourou. Sim, nós vamos começar. — Ouvi a voz da doutora.

— Pode ir para a outra sala com a galera, cara? — Shane pediu ao irmão. — Leva o Snow, a Cora e os filhotes também, por favor.

— Beleza.

— Eu quero a minha mãe... também... — eu disse, resfolegando e tonta pela dor excruciante.

— Parece ótimo. Você quer ir para a água?

— Sim, sim. Qualquer coisa que alivie... Ah, Deus! — gritei.

Eu achava que Summer estava prestes a vir ao mundo. Pela dor e pela sensação absurda, eu pensei... mas Summer ia vir no seu tempo, rebelde como o pai.

Querubim

Shane

A água da banheira não estava agradando a Roxy, muito menos a posição, mas descobrimos que era na água que ela se sentia o mais confortável possível, então eu a peguei no colo e a levei para debaixo do chuveiro. Você traça um plano, mas, na hora do parto, a coisa muda. Roxy começou a se sentir compelida a empurrar por volta da uma hora da manhã. Eu me enfiei embaixo do chuveiro com ela, nós dois sentados no chão porque não havia mais uma posição ou uma maneira boa, sabe? A médica nos acompanhou durante todo o processo, assim como a enfermeira e a doula. E a sorte é que o banheiro era grande o suficiente para abrigar todo mundo sem transtorno. Com o box aberto, Roxy estava com a cabeça apoiada no meu peito, eu me fazendo de apoio para ela. A minha esposa estava gritando tão alto quanto seus pulmões permitiam. Segurei suas mãos enquanto a doula direcionava a água para a barriga de Roxy, e a médica analisava as contrações. Estava com oito de dilatação e precisava de, no mínimo, dez para que as coisas começassem a acontecer de verdade.

Porra, eu estava desesperado e o meu emocional estava uma bagunça, com a euforia de conhecer a minha bebê misturada ao pânico ao ver a minha esposa com tanta dor.

— Eu te amo — sussurrei no seu ouvido. — Você vai conseguir, amor. Você é tão incrível, porra. Você vai ter a Summer do jeitinho que sonhou.

— Shane, eu estou tão cansada. Eu te amo, mas estou tão cansada. Não sei se consigo fazer mais isso.

— Claro que você consegue! — a mãe de Roxy disse. — Você já está dilatando, filha.

— Sim, Roxy. Você já está quase lá e logo vai começar a sentir uma pressão mais e mais forte. Então uma queimação. E aí vai saber que precisa empurrar. Escute seu corpo, não há nada como o seu próprio corpo te guiando nesse momento — a doutora instruiu. — Sentar ajuda. Se você quiser, podemos trazer a pequena piscina para perto e você pode tentar ficar de cócoras.

— Minhas pernas doem. Mas acho que quero tentar.

Saímos do chuveiro e voltamos para a piscina. Ali, Roxy começou a sentir as contrações ainda mais fortes.

Chegou o momento de empurrar.

Porra.

Porra.

Meu Deus, cara.

Roxy estava suada, pálida, tremendo e urrando como se fosse uma verdadeira leoa. Se eu já amava a minha esposa enlouquecidamente antes, estava ainda mais apaixonado por ela agora. Completamente nua na banheira, recebendo o meu carinho, as palavras da médica e o apoio da mãe. Todo o universo deixou de existir quando Roxanne agarrou a minha mão e começou a empurrar com toda a força do mundo.

Três horas da manhã.

E empurrando.

E então empurrando mais um pouco.

Fazendo toda a força do mundo e então se acalmando.

— Já conseguimos ver o cabelo da Summer, Roxy. Toque. Ela está vindo.

A água começou a se misturar ao suor da Roxy e, quanto mais força ela aplicava, mais exausta se sentia. Como se o seu corpo soubesse o que fazer, os empurrões começaram a ficar mais e mais frequentes. Coloquei a mão na sua nuca, inspirando nos seus cabelos molhados, lágrimas descendo pela porra do meu rosto enquanto eu não conseguia me controlar.

— Você tá indo bem, amor. Você é perfeita. Traga a Summer para nós. Força. Respira. Força. Força! — comandei e, como se minha voz a guiasse, como se seu cérebro estivesse tonto para pensar por si mesmo, aos meus comandos, Roxy foi seguindo o que deveria ser feito. Umedeci os lábios quando a cabeça da Summer passou. Mas eu ainda permaneci ali, agarrado à minha esposa, fortalecendo-a com a minha voz e o meu comando. — Vamos, amor. Mais um pouco. Empurra. Empurra. Você consegue. Você tá indo bem. Empurra. Vamos ver a Summer. Por favor, amor. Só mais um pouco.

— Vem, filha! Vem, filha! — ela pediu, chorando copiosamente, as mãos soltando as minhas enquanto ela levava a ponta dos dedos para onde estava nascendo a Summer.

Roxy estremeceu por inteiro, um pé de cada lado da piscina pequena de plástico enquanto jogava a cabeça para trás e urrava. Força, uma força que homem algum seria capaz de fazer, surgiu na minha esposa como se a Mãe Natureza a ajudasse, como se os anjos cantassem, como se a divindade desse o resto da energia que ela precisava ter.

Foi Roxanne D'Auvray que pegou Summer no segundo em que ela nasceu.

No instante em que vi aquela coisinha pequena nas mãos da minha esposa, o meu coração... caralho, parou de bater. Apenas para depois retumbar com toda a força do mundo bem na minha garganta. Eu chorei com tudo o que havia em mim junto a Roxanne, beijando seus cabelos molhados enquanto assistia Summer colada em seu peito, feita para ser nossa. Solucei quando ouvi seu primeiro choro e minhas mãos tremeram quando tive de cortar o cordão umbilical.

Ali eu entendi o que era, de fato, amar incondicionalmente um filho.

É tão frágil, tão especial, é um ser que vem para transformar a vida das pessoas ao redor e também... vem para *viver*. Antes eu, um cara que desprezava tanto a minha existência, não fazia ideia do que uma família é capaz de fazer com o coração de um homem. Hoje, era grato por estar vivo, e ainda mais por ter insistido na minha existência porque, caso isso não fosse acontecer, eu não teria Summer Taylor D'Áuvray como a minha *filha*.

— *Eu oro para que ela ache sua luz. E a segure em seu coração. Assim como a escuridão cai toda noite. Lembre-a de onde você está* — cantei a música da Celine Dion, bem baixinho.

— *Cada oração de uma mãe. Cada criança conhece. Guie ela com sua graça. Dê fé a ela e ela vai estar salva. Conduza ela para um lugar. Guie ela com sua graça. Para um lugar onde ela estará salva* — Roxy cantou o resto, sem conseguir parar de chorar. — Seja bem-vinda ao mundo, meu pedaço de sol.

Abracei as duas; o meu mundo inteiro. A expansão do meu sentimento por Roxy se elevou à décima potência quando nossa bebê nasceu. E o meu amor por Summer se multiplicou a cada milésimo de segundo, a cada detalhe que eu reparava, a cada respiração e movimentação.

Tão preciosa, cara. Tão nossa.

Roxy

— O titio Zane vai ser o *maaaaaaaais* legal de todos. — Eu nunca ia me acostumar a ouvir Zane D'Auvray fazendo uma voz doce para um bebê. Ri e chorei ao vê-lo com Summer nos braços assim que ela passou pelos primeiros exames. Summer era perfeita, palavras do pediatra. — Você vai arrumar vários namoradinhos e o tio vai te acobertar sempre. Quando o seu pai ficar um pé no saco, é pra casa do titio Zane que você vai. É. É sim.

— Ela vai para a minha casa — Carter garantiu. — Eu sei fazer comida, assisto desenho animado...

— Não, ela vai pra casa do tio Yan porque o tio Yan vai contar histórias para ela dormir a noite inteira.

— Vocês são tediosos — Zane resmungou. — É claro que é pra minha casa que a Summy vai.

— Summer Taylor D'Auvray só sairá de casa depois de completar dezoito anos — Shane decretou, se aproximando. — Aliás, podem esquecer. Vocês são péssimos tios. Eu sou o mais foda de todos. E, portanto, vou ser o melhor pai.

— Vocês já estão brigando? — Erin se aproximou, tirando Summer dos braços do Zane delicadamente. Já estava de oito meses de gravidez e logo seria a sua vez de pegar outro bebê nos braços. — Oi, meu amor. Como está se sentindo nessa loucura? Deixe a titia te dizer uma coisa: esses meninos são todos maus. Não ligue para eles. Vem para cá com as meninas que vamos te mimar tanto... — E ela começou a levar a minha filha para fora do quarto, para que Summer conhecesse Lua, Kizzie e Cahya.

Deus, eu estava tão exausta, mas o meu coração já se sentia angustiado de estar longe da minha filha. Summer já tivera a primeira mamada e eu fiquei tão emocionada e feliz que ela pegou o peito instintivamente, sem esforço, já sabendo exatamente o que fazer para sobreviver. Mesmo que tivesse nascido há poucas horas, eu pude ver o nariz de Shane nos traços dela, os meus cabelos loiros e a boca carnuda do pai. Ela era uma cópia do Shane, exceto pelos meus cabelos. Torcia para que sua personalidade parecesse com a minha ou eu teria cabelos brancos bem antes da hora.

Shane se sentou ao meu lado na cama e beijou a minha testa.

— Agora somos papais — ele disse, rindo, me aconchegando em seus braços.

— Agora somos — concordei e, como se uma ideia batesse na minha cabeça, olhei para os meninos. — O que fazemos agora?

Zane, Mark, Carter e Yan riram.

— Agora vocês vão descobrir como é pensar vinte e quatro horas em um serzinho minúsculo — Mark revelou, sorrindo.

— É, loucura pra cacete — Zane confirmou.

— Sua vida se torna ela — Yan explicou. — E não há nada nesse mundo que alivie esse cargo.

— É pesado e maravilhoso — Carter acrescentou. — É a melhor experiência que qualquer um pode ter.

— Eu tô apavorado. — Shane riu e, então, me olhou. — Quando encomendamos o próximo?

Eu ri e bati no braço dele.

— Nem brinca comigo, Shane. Eu preciso de um espaço entre um bebê e outro.

— Um ano? — ele negociou.

— Dois.

— Dois, fechado. — Ele me beijou na boca. — Ah, cadê a nossa filha? Eu já estou com saudades dela.

— Está aqui! — Minha mãe entrou com o meu pai e os meus sogros. Como se os avós fossem mesmo encantadores de bebês, Summer estava cochilando tranquilamente nos braços da minha mãe, o rostinho rosado e inchado tão relaxado quanto era possível. — Ah, nossa neta é a coisa mais linda do mundo.

— Eu estou apaixonado — papai disse.

— É perfeita — meu sogro elogiou.

— Ela é definitivamente uma Taylor-D'Auvray — tia Charlotte garantiu, emocionada.

Mamãe me entregou o pequeno pacotinho cor-de-rosa. Shane prendeu a respiração e eu também. Summer era de tirar o fôlego. Meu coração de mãe se encheu com uma emoção arrebatadora. Eu já a amava loucamente na minha barriga. Na verdade, desde que descobri sua existência, mas ter a pequena Sum nos meus braços era como se o mundo parasse de girar para que eu pudesse admirá-la. Senti o calor do meu marido, a emoção dele e as lágrimas caindo sobre o macacão e cobertor rosa da Sum. Ele colocou a mão sobre ela, delicadamente, como se temesse quebrá-la. Lancei um olhar para cima e, depois, para baixo. Summer, como se estivesse cumprimentando seu papai, agarrou o mindinho dele com a mãozinha pequena.

Espremi os lábios para não chorar de novo.

— É o papai, filha. Dá oi para o papai.

Ela fez um som suave estalando a língua.

— Oi, linda. Eu sou o seu pai. Pois é, eu sei que você tem um pai muito gato que vai causar inveja em todas as outras bebês de Miami. Mas é o que destino te reservou — ele brincou e, como se Summer tivesse entendido a piada, ela fez um barulhinho que parecia um espirro. — Prometo não ser tão ciumento, ou tentar não ser. Prometo que você, nessa casa, será livre em suas escolhas. Prometo que vou brincar mais do que dar bronca. E vou te ensinar como viver nesse mundo louco através do caminho certo. Você tem um pai e uma mãe que vão dar o mundo para você, mas também tios e tias, avôs e avós incríveis que estarão ao seu lado em cada minuto de vida. Prometo que você nunca vai ter medo do amor como eu tive, Summy. Você só vai conhecer o lado mais carinhoso da vida. Você vai ser amada. E vai ter coragem suficiente para amar também.

— Shane... — eu resfoleguei quando ele me beijou.

Naquele instante, pequenos raios de sol começaram a entrar pela janela. Summer nasceu no primeiro dia do verão em Miami, como se fosse uma deusa da estação e tivesse vindo ao mundo para nos iluminar. Senti a emoção preencher o quarto enquanto os lábios do meu marido me tocavam com carinho e ternura. Em Shane, a proteção. Em Summer, a minha existência.

Eu havia encontrado tão mais do que o amor.

Eu havia achado a minha vida inteira.

FIM

Ainda não!
Achou mesmo que nos despediríamos assim?
Leia agora THE M'S PARA SEMPRE e
venha se divertir mais um pouco!